조국과 민족을 위해 모든 것을 바친

애국지사들의 이야기·5

– The story of Korean patriots

애국지사 기념 사업회 (캐나다)
Canadian Association for Honouring Korean Patriots

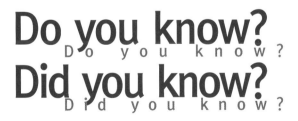

2021
신세림출판사

조국과 민족을 위해 모든 것을 바친

애국지사들의 이야기·5

– The story of Korean patriots

『애국지사들의 이야기·5』호를 펴내며

애국지사기념사업회(캐나다) 회장 김 대억

애국지사기념 사업회가 발족한지 11년이 되었다.

처음 몇 년 간은 애국지사기념사업의 필요성과 중요성을 인식하지 못하는 동포들이 의외로 많아 어려움이 많았다. 반면 본회의 시대적 사명감은 더욱 높아갔다. 우리들은 묵묵히 애국투사들의 고귀한 조국애와 민족애를 캐나다 동포들과 그 후손들에게 알려주기 위해 최선을 다했다. 그러다 보니 본 사업회에 동참하거나 사업회가 추진하는 일들을 후원하며 격려해주는 분들이 점차적으로 늘어나기 시작하며 기념사업회의 기반이 굳어지기 시작했다.

많은 동포들의 지도와 편달을 받으며 기념사업회는 그간 열일곱 분 애국지사들의 대형 초상화를 제작하여 토론토 한인회관에 전시해 놓았다. 또한 캐나다 동포들을 대상으로 매년 애국지사들을 소재로 한 문예작품을 공모 시상해 이 땅에 살고 있는 동포들과 그들의 자녀들이 조국의 광복을 위해 일제와 싸운 애국지사들에 대해 알아볼 수 있는 기회를 마련했다. 그 외에도 한글을 배우는 학생들

애국지사기념사업회(캐나다) 회장 김 대억

에게 애국지사들에 관한 이야기를 들려주어 그들의 가슴속에 독립
투사들이 품었던 고귀한 정신을 심어주는 등의 사업계획들을 추진
했다. 그러던 중 2014년부터『애국지사들의 이야기』를 발간하기
시작하여 2020년에 발행한 제4권에 이어 금년에 다섯 번째 책을
펴내게 되었다.

『애국지사들의 이야기·5』호를 위해 많은 분들이 옥고를 보내주
시며, 물심양면으로 협력해 주신 것은 참으로 고무적이었다. 특
별히 이번 책자를 위해 축사를 써주신 연아 마틴 상원의원님, Ali
Ehsassi 연방국회의원님, 정태인 토론토 총영사님, 이진수 토론토
한인회장님, 김연수 민주평통 회장님, 김정희 캐나다 한국문화예술
협회 이사장님에게 진심으로 감사드린다.

이번 제5권에는 곽낙원 여사, 권기옥 여사, 김창숙 선생, 여운형
선생, 에이비슨 박사, 이혜련 여사, 이회영 선생, 조 마리아 여사 등
여덟 분의 이야기를 다뤘다. 이 중에 여성 독립운동가가 네 분이 포

함되어 있다. 앞으로 여성 독립 운동가들에게 더 많은 관심을 기울이기 위한 첫 시도다. 척박한 이민생활을 하면서도 시간을 할애하며 애국지사들이 걸었던 발자취를 더듬어가며 그들의 생애와 업적을 조명해 주신 김정만, 백경자, 이기숙, 최봉호 이사님과 황환영 장로님에게 감사의 마음을 전한다.

다섯 번째로 펴내는 이 책을 좀 더 일찬 내용으로 꾸미기 위해 "특집 1,2,3"을 마련했다.

"특집 1"에는 민족시인 이윤옥 박사의 "우리는 여성 독립운동가를 얼마나 알고 있는가?"를 수록했다. 이번 책의 내용에 맞추어 특별히 정성들여 쓰신 옥고를 보내주신 이윤옥 시인님께 머리 숙여 감사드린다.

"특집 2"에는 "내가 존경하는 애국지사/독립운동가"라는 주제로 캐나다에 거주하는 각계각층의 인사 아홉 분의 글을 실었다. "특집 2"를 위해 글을 써주신 김미자 목사님, 김민식 사장님, 김완수 회장님, 김영배 회장님, 이영준 선생님, 이재철 목사님, 조준상 회장님, 한학수 목사님, 홍성자 수필가 님에게 깊이 감사드린다.

"특집 3"에는 2020년도 문예작품 응모에서 입상한 학생들의 작품 열두 편을 포함시켰다. 앞으로 이 땅에서 태어나는 많은 2세들이 애국지사들에 관해 관심을 갖게 되기를 바라는 마음에서다.

이번에도 여러 분들의 글을 정성껏 편집하여 좋은 책으로 만들어 주신 신세림 출판사의 이시환 사장님께도 심심한 사의를 표한다.

『애국지사들의 이야기·5』호를 읽는 모든 사람들이 나라와 민족을 사랑하는 것은 국민의 의무요 권리임을 새롭게 깨달아 조국의 번영과 발전을 위해 그들의 위치에서 최선을 다할 수 있게 되기를 바라는 마음 간절하다.

Thank you for the efforts of the Canadian Association for Honouring Korean Patriots

MESSAGE FROM THE HONOURABLE YONAH MARTIN

The Honourable Yonah Martin Senator

On behalf of the Senate of Canada, congratulations on the publication of your 5th volume of The Story of Korean Patriots. Over the past seven years, the Canadian Association for Honouring Patriots has produced four volumes of historically accurate and highly entertaining stories that have captured the imagination of Koreans around the globe.

One of my favorite accounts is from Volume Three, which details the story of Canadian missionary and world renown veterinarian Dr. Frank Schofield, his love for Korea and how he and other Korean Patriots advanced the nation's independence movement in 1919. I look forward to reading the newest volume with its stories of Korean women and teens who stood up for what is right and just in the face of adversity.

MESSAGE FROM THE HONOURABLE YONAH MARTIN

Korea is a proud nation with many patriotic women and men whose contributions need to be told. I commend the Canadian Association for Honouring Patriots in their quest to immortalize these stories of courage and hope, to educate and inspire the current and future generations.

Sincerely,

애국지사기념사업회의 노력에 감사의 말씀드립니다

캐나다 상원 의원 연아 마틴

캐나다 상원을 대표해, 애국지사들의 이야기·5호의 출간을 축하드립니다.

지난 7년간 캐나다 애국지사기념사업회는 전 세계 한인들의 상상력을 자극하며 역사적으로 정확하고 매우 흥미 있는 이야기들로 4권의 책을 제작했습니다.

제가 가장 좋아하는 것은 3권으로 캐나다 선교사들과 세계적으로 유명한 수의사인 프랭크 스코필드 박사님의 이야기, 한국을 향한 박사님의 사랑, 그리고 박사님과 다른 애국지사들이 1919년 한국의 독립운동을 어떻게 발전시켰는지 상세히 다루고 있습니다.

역경 속에서도 옳음과 정의로움을 위해 일어선 대한민국의 여성들과 청소년들의 이야기가 담긴 최신 책을 읽기를 고대하고 있습니다.

대한민국은 많은 애국적인 여성과 남성들의 기여가 있었으며 그에 대한 이야기들이 전해져야 하는 자랑스러운 나라입니다. 저는 이러한 용기와 희망의 이야기들이 영원히 존재하게 하며 현재와 차세대를 교육하고 영감을 주기 위한 애국지사기념사업회의 노력에 감사의 말씀드립니다.

진심을 담아,

HOUSE OF COMMONS
CHAMBRE DES COMMUNES
CANADA

Ali Ehsassi

Member of Parliament
Willowdale

Dear Canadian Association for Honouring Korean Patriots (애국지사기념사업회),

I would like to thank Rev. Dae Eock (David) Kim and the Canadian Association for Honouring Korean Patriots for allowing me to be a part of the publication of The Story of Korean Patriots— Volume 5.

As you know, the Korean peninsula had encountered decades of turmoil followed by millions of innocent lives being engulfed by the horror of the Korean War: families torn apart, the economy left in shambles, and the tragic demarcation along a demilitarized zone, which continues to remain as a symbol of tragedy in the history of Korea.

Nonetheless, the Republic of Korea today stands as one of the most respected members of the international community, having catapulted into a dynamic global leader in technology, culture, and entertainment; being transformed into a vibrant democracy through years of reforms; and committed to maintaining peace and stability for our children and their children.

Let us take a moment to remember and cherish the close bonds forged between Canada and the Republic of Korea since many decades ago and many decades to come. More than ever, our ties have been further strengthened through trade, cultural exchanges, and our mutual desire for everlasting peace and democracy in the Korean peninsula.

As we marvel at the emergence of a modern Korea, we should recall how our two countries are stronger when we cooperate and continue in our partnership to promote peace, democracy, and justice throughout the Korean peninsula and beyond. We should always cherish our bilateral relationship and remember that our shared legacy remains strong and proud.

Yours truly,

Ali Ehsassi
Member of Parliament, Willowdale

Ottawa | Constituency Office

Room 502, Wellington Building, Ottawa, Ontario K1A 0A6 | 115 Sheppard Avenue West , Toronto, Ontario, M2N 1M7
Tel.: 613-992-4964 Fax.: 613-992-1158 | Tel.: 416-223-2858 Fax: 416-223-9715
Ali.Ehsassi@parl.gc.ca
http://aehsassi.liberal.ca

〈애국지사들의 이야기〉 5권의 발간을 축하드립니다.

캐나다 토론토 윌로우데일 국회의원 알리 에사시

『애국지사들의 이야기·5』의 출간에 참여할 수 있게 해주신 애국지사기념 사업회와 김 대억 회장님에게 감사드립니다.

우리가 알고 있듯이 한반도는 참혹한 한국전쟁으로 인해 수많은 선량한 사람들이 생명을 잃었고, 숱한 이산가족들이 생겼으며, 경제는 파탄지경에 이르렀고, 비무장 지대를 경계선으로 국토가 분단되었습니다. 이 같은 현상들은 한국 역사의 비극의 상징으로 남아 있습니다.

그러나 대한민국은 오늘 날 국제사회에서 가장 존경 받은 국가 중의 하나로 우뚝 서있습니다. 과학, 문학, 연예 등 분야에서 세계의 선두 주자의 위치에 올랐으며, 어려운 시기를 거치면서 튼튼한 민주국가의 체제를 갖추었으며, 한국은 우리 후손들의 평화와 안정에 기여하는 나라가 된 것입니다.

한국과 캐나다는 참으로 밀접한 관계를 지내고 있음을 기억할 필

캐나다 토론토 윌로우데일 국회위원 알리 에사시

요가 있습니다. 수십 년 전부터 형성된 이 긴밀한 유대관계는 앞으로도 계속 유지될 것입니다. 한카 양국의 두터운 상호협조 관계는 무역과 문화교류, 영구적인 평화와 민주주의를 위한 공동의 목표로 인해 더욱 강화될 것입니다.

근대화된 한국의 모습을 경의의 눈으로 바라보며, 우리 두 나라가 평화와 민주주의와 정의가 한반도와 인근 국가들 간에 계속 유지되도록 협력한다면 한국과 캐나다의 유대관계는 더욱 공고해 질 것입니다. 이처럼 한국과 캐나다가 서로 존중하며 나아갈 때 두 나라가 공동의 가치를 부여하는 것들은 더욱 견고히 그리고 자랑스럽게 남아있을 것입니다.

애국지사기념사업회 책자
-애국지사들의 이야기 5판

주 캐나다 토론토 총영사 정 태인

『애국지사들의 이야기』가 2014년 초판 발간 이래 어느덧 5권 발간을 맞이하였습니다. 5권 발간을 진심으로 축하드리며, 책자 발간을 위해 아낌없는 노력을 해 오신 애국지사기념사업회 김대억 회장님과 여러 관계자분들께 깊은 감사의 말씀을 드립니다.

2010년 출범한 애국지사기념사업회는 애국지사 초상화 제작, 토론토한인회와 광복절 경축식 공동 개최, 애국지사 관련 문예작품 공모, 『애국지사들의 이야기』 책자 발간 등 다양한 애국지사 관련 활동들을 통해 우리 동포사회가 한민족으로서의 얼과 혼을 지키고 우리 독립운동사를 기억하는데 큰 기여를 해왔습니다. 애국지사기념사업회가 동포사회의 따뜻한 성원 속에 이러한 활동들을 계속 활발히 전개해 나가기를 기원합니다.

우리 한민족은 5천년 찬란한 역사 속에서 부흥과 발전을 지속 이루어 왔지만 어려운 시련도 많이 맞았습니다. 역사의 고비마다 숱한 역경을 이겨내 온 데에는 수많은 애국지사들의 희생과 헌신이

주 캐나다 토론토 총영사 **정 태인**

있었기 때문이라고 생각됩니다. 이러한 애국지사들의 활동과 숭고한 정신을 기리고 예우하는 일은 현 시대를 살아가는 우리 후손들이 해야 할 마땅한 일이자 당연한 책무라고 사료됩니다.

현재 우리는 코로나19라는 정체불명의 바이러스와 싸우며 또 한 번의 큰 위기를 맞고 있습니다. 고난과 좌절 속에서도 굴하지 않고 역경을 헤쳐나간 우리 애국지사들의 위대한 정신과 용기, 저력이 우리 동포사회에 다시 한 번 면면히 이어져 코로나19의 고통과 어려움을 다 함께 극복해 나갈 수 있기를 기대해 봅니다.

"애국지사들의 이야기·5"호 발간축사

토론토한인회장 **이 진수**

애국지사기념사업회의 『애국지사들의 이야기·5』호 발간을 진심으로 축하드립니다.

2014년부터 발간하기 시작하였던 『애국지사들의 이야기』는 그동안 2020년까지 총4권의 책자를 발간하였습니다.

김구선생, 안창호선생, 안중근의사 등 독립운동가 18인을 소개했던 애국지사들의 이야기1권에 이어, 2권, 3권, 그리고 4권까지 그동안 잘 알려지지 않은 독립운동가들의 일대기와 공적을 담은"애국지사들의 이야기" 시리즈는 국내외 동포들과 자라나는 2세들에게 독립투사들의 나라를 사랑하는 마음과 고귀한 희생정신을 잘 보여 주고 있습니다.

이번에 발간되는 『애국지사들의 이야기·5』호는 지금까지 발간된 지난 4권보다 좀 더 다양하고 알찬내용으로 꾸며졌습니다. 우선 이회영, 김창숙, 여운형, 권기옥 등 여덟 분의 애국지사들의 이야기와 "내가 존경하는 애국지사"라는 특집을 마련하여 동포사회 지도자들의 글을 수록하여 보다 다양한 내용을 접할 수 있으리라 생각합니다.

그동안 우리는 "애국지사들의 이야기"를 통하여 애국지사들의 고

토론토한인회장 이 진수

귀한 희생정신을 기리고, 우리 후손들에게는 조국 대한민국에 대한 긍지와 자부심을 심어주는 귀한 계기가 되었습니다. 이를 위하여 물심양면으로 헌신하여주신 애국지사기념사업회의 김대억 회장님을 비롯하여 이사님들, 그리고 집필에 참여하신 모든 분들에게 존경을 표합니다.

단재 신채호 선생님께서는 "조선상고사"라는 저서에서 "역사를 잊은 민족에게 미래는 없다"라고 하였습니다. 일제강점기에 단재 신채호 선생님께서는 애국계몽운동에 헌신하며 일제의 부당한 침략에 맞서 우리민족의 민족혼과 정신을 일깨우기 위하여 노력하였습니다. 비단 신채호 선생님뿐 아니라 우리가 애국지사들의 이야기를 통하여 만났던 많은 애국지사들이 있었기에 오늘의 눈부신 발전을 이룬 대한민국이 존재할 수 있다고 생각합니다.

애국지사들의 헌신과 희생에 다시 한 번 존경과 감사의 뜻을 전하며, 우리는 영원히 이들을 기억할 것입니다.

다시 한 번 『애국지사들의 이야기·5』호 발간을 진심으로 축하드리며, 애국지사기념사업회의 무궁한 발전을 기원합니다. 감사합니다.

"애국지사들의 이야기·5"호 발간을 축하하며

민주평통 토론토협의회 회장 김 연수

『애국지사들의 이야기·5』호 발간을 진심으로 축하합니다.

애국지사기념사업회(캐나다)가 어려운 환경 속에서도 '애국지사들의 이야기'를 계속 발간해 캐나다 동포사회에 귀감이 되고 있음에 경의를 표하는 바입니다.

사업회가 시리즈로 발간해오고 있는 이 책은 조국과 민족을 위해 모든 것을 바친 애국지사들의 숭고한 애국정신을 널리 알리고 추모하여 그 얼을 자손대대로 전하는 이정표가 되리라는 확신을 주고 있습니다.

우리 민족의 등불인 애국지사들, 그들의 애국정신을 이어받고자하는 우리들의 노력은 한시도 멈춰 서서는 안 될 것입니다. 그리하여 이념의 늪에서 헤어 나와 하나가 되는 날을 기약해야 할 것입니다.

먼 훗날 통일되어 우리민족이 하나 되어 일제강점기의 역사를 잊

민주평통 토론토협의회 회장 김 연수

어버렸을 수도 있는 다음 세대들에게 이 책은 선조들이 몸을 던져 희생하여 이룩한 대한민국을 자랑스럽게 여기고 애국지사들의 공훈을 기리며 나라사랑정신을 가르쳐 주는 초석이 될 것입니다.

애국지사들의 이야기가 다른 잊혀져있던 많은 애국지사들을 발굴하는 계속되는 이야기가 펼쳐지기를 바라마지 않습니다.

애국지사들의 이야기가 다른 잊혀져있던 많은 애국지사들을 발굴하는 계속되는 이야기가 펼쳐지기를 바라마지 않습니다.

축하드립니다

캐나다한국문화예술협회 이사장 김 정희

애국지사기념 사업회(캐나다)가 발행하는 '애국지사들의 이야기 제 5호' 발간을 진심으로 축하드립니다. 아울러 이시대의 선도적이며 모범적인 모습으로 사업을 펼쳐나가시는 회장님과 임원을 비롯한 회원 및 관계자 여러분들의 노고에도 깊은 감사의 인사를 드립니다.

캐나다 애국지사기념사업회는 2020년 3월 15일 창립된 이래 여러 가지로 희로애락을 겪어왔습니다. 그런데도 불구하고 각종 행사 및 '애국지사들의 이야기' 발간을 통해 조국과 민족을 위해 몸 바친 애국지사들의 생애를 재조명해 왔습니다. 이에 캐나다 동포들에게는 나라사랑하는 자긍심을 한층 더 높일 수 있었고, 후세들에게는 조국을 위해 몸바쳐온 애국지사들과 조국을 제대로 이해하게 되는 훌륭한 길잡이가 되어오고 있습니다.

이제 세계화가 진행될수록 뿌리 깊은 민족의 힘이 더욱 중요해지는 때입니다. 이런 시대에 애국지사기념 사업회에서 시리즈로 발간해 오고 있는 '애국지사들의 이야기'라는 살아있는 역사책은 일반문

캐나다한국문화예술협회 이사장 **김 정희**

학이나 교양서적과는 의미가 여러모로 다릅니다, 작업도 철저한 보충은 물론 자료수집과 집필 등 시간과 노력이 많이 따르는 참으로 방대한 과업이라고 할 수 있습니다. 이렇듯 어려운 일에 서로서로 도와 모두의 뜻이 함께 성장하길 바랍니다.

다시 한 번 『애국지사들의 이야기·5』호 발간을 축하드리면서 애국지사들의 어떤 영감과 통찰력과 또 비전을 배울 수 있는 부분에 대해서 많이 숙고할 수 있는 기회가 되기를 소망해봅니다.

감사합니다.

차례   애국지사들의 이야기·5

〈발간사〉 **김대억** 애국지사기념사업회(캐나다) 회장 / 4
〈축　사〉 The Honourable Senator. Yonah Martin 연아 마틴 캐나다 상원 의원 / 8
〈축　사〉 Ali Ehsassi. Member of Parliament, Willowdale 알리 에사시 캐나다 토론토 윌로우데일 국회의원 / 11
〈축　사〉 **정태인** 주 캐나다 토론토 총영사 / 14
〈축　사〉 **이진수** 토론토한인회장 / 16
〈축　사〉 **김연수** 민주평통 토론토협의회장 / 18
〈축　사〉 **김정희** 캐나다한국문화예술협회 이사장 / 20

애국지사들의 이야기·5

김대억
항일투쟁과 민족통일에 생애를 바친 심산 **김창숙** 선생 / 27
조국광복의 제물이 된 우당 **이회영** 선생 / 56

김정만
안중근 의사의 어머니 **조 마리아** 여사 / 85

백경자
독립을 향한 조선 최초의 여성비행사 **권기옥** 여사 / 97

이기숙
민족의 큰 스승 백범 김구의 어머니 **곽낙원** 여사 / 110

최봉호
적의 심장부에서 조선의 독립을 외친 **여운형** 선생 / 124
도산島山에겐 열두 번째였던 **이혜련** 여사 / 147

황환영
우리나라 서양의학의 기초를 세운 캐나다선교사 **에이비슨** 박사 / 161

이윤옥

[특집·1] 이윤옥 민족시인

우리는 여성독립운동가를 얼마나 알고 있나? / 177

[특집·2] 내가 존경하는 애국지사 / 독립운동가

김미자 꽃보다 불꽃을 택한 애국여성 **권기옥** 여사 / 205

김민식 내가 존경하는 **안중근** 의사님 / 210

김완수 도산 **안창호** 선생과 캐나다 이민 1세대 / 214

김영배 내가 존경하는 애국지사 **"스코필드박사"** / 220

이영준 내가 **이승만**을 존경하는 이유 / 227

이재철 나의 모국 독립운동에 앞장섰던 **"김창숙(心山)"**선생 / 234

조준상 조국을 위해 미련 없이 몸을 던진 **안중근**의사 / 243

한학수 나의 8.15해방경험과 애국지사 / 249

홍성자 청산리 전투의 영웅 백야 **김좌진** 장군 / 255

김미자 김민식 김완수 김영배 이영준 이재철 조준상 한학수 홍성자

[특집·3] 2020년 보훈문예공모전 학생부 입상작

글 김준수(4학년) ▎나라를 구한 슈퍼 히어로 / 280

   이현중(6학년) ▎용감한 애국지사 노동훈님 / 284

   박리아(8학년) ▎권기옥 / kwonki-ok / 286

그림 정유리(유치원) ▎대한독립만세! / 289

   왕명이(유치원) ▎유관순열사, 사랑합니다 / 289

   송호준(1학년) ▎대한민국만세! / 289

   조윤슬(2학년) ▎대한독립만세! / 유관순 언니 감사합니다 / 290

   이다은(3학년) ▎(애국지사님들)감사해요! / 290

   송명준(3학년) ▎대한민국만세! / 290

   신서영(3학년) ▎(애국지사님들)희생에 감사드린다 / 291

   송민준(5학년) ▎대한민국만세! / 291

   하태은(5학년) ▎조만식 선생의 물산장려운동 / 291

〈부록〉 ● 애국지사기념사업회(캐나다) 약사 및 사업실적 / 292

    ● 동참 및 후원 안내 / 298

    ● 애국지사들의 이야기 1,2,3,4,5호 독후감 공모 / 299

애국지사들의 이야기·5

김 대억 편

▶ 항일투쟁과 민족통일에 생애를 바친 심산 **김창숙** 선생
▶ 조국광복의 제물이 된 우당 **이회영** 선생

김 정만 편

▶안중근 의사의 어머니 **조 마리아** 여사

백 경자 편

▶독립을 향한 조선 최초의 여성비행사 **권기옥** 여사

이 기숙 편

▶민족의 큰 스승 백범 김구의 어머니 **곽낙원** 여사

최 봉호 편

▶적의 심장부에서 조선의 독립을 외친 **여운형** 선생
▶ 도산島山에겐 열두 번째였던 **이혜련** 여사

황 환영 편

▶우리나라 서양의학의 기초를 세운 캐나다선교사 **에이비슨** 박사

김 대억 편

▶ 항일투쟁과 민족통일에 생애를 바친 심산 김창숙 선생
▶ 조국광복의 제물이 된 우당 이회영 선생

심산 김창숙 선생

심산 김창숙 선생

일제 강점기의 유림대표로 독립운동을 주관하였고, 대한민국 임시정부의 부의장으로 활동했다. 대한민국의 정치가, 시인 겸 교육자이다. 광복 이후에는 남조선대한국민대표민주의원 의원을 역임, 유도회(儒道會)를 조직하고 유도회 회장 겸 성균관(成均館) 관장을 역임하였고 성균관대학교를 창립하여, 초대학장에 취임하였다. '김우(金愚)'라는 이름을 사용하기도 하였다.

나는 대한 사람으로 일본의 법률을 부인한다. 일본의 법률을 부인하면서 만약 일본 법률론자에게 변호를 위탁한다면 얼마나 대의에 모순된 일인가? 나는 포로다. 포로로서 구차히 살려고 하는 것은 치욕이다.

- 옥중투쟁 시 변호를 거절하며

항일투쟁과 민족통일에 생애를 바친
심산 김창숙 선생

김 대 억

창세기에 하나님께서 죄악의 도시 소돔과 고모라를 멸망시키는 이야기가 나온다. 하나님의 계획을 알게 된 아브라함은 의인 열 명을 찾을 터이니 소돔과 고모라를 멸망시키지 말아달라고 하나님께 간청 드린다. 하나님께서 허락하시자 아브라함은 두 도시를 살리기 위하여 의로운 사람 열 명을 찾아 나섰다. 그러나 그가 찾는 의인은 아무데도 없었고, 소돔과 고모라 두 도시는 하나님께서 내리시는 유황불에 소멸되고 말았다. 그 곳에 살던 사람들이 악랄하고 추악한 죄 가운데 빠져있었다고는 하지만 만약 그들 중에 의인 열 명만 있었더라면 두 도시에 살던 사람들 모두가 구원을 받을 수도 있었다는 이야기다.

소돔과 고모라에 관한 성경의 기록을 염두에 두고 생각해 보았다. 우리나라는 반만년 역사를 통해 헤아릴 수 없을 만큼 많은 외침을 당하였다. 그런데도 우리의 선조들이 나라가 위기에 처할 때마다 나라를 지켜낼 수 있었던 것은 "이 몸이 죽어서 나라가 선다면 이슬 같이 죽겠다."는 의로운 사람들이 있었기 때문이다.

반면 목숨을 걸고 나라와 민족을 지켜야 할 지도자들은 일본과 결탁하여 그들에게 나라를 넘겨주는데 앞장섰다. 이런 사람들 때문에 의로운 사람들은 국가와 민족을 위해 죽을 수조차 없을 정도로 철저하게 억눌리고 짓밟혔다. 이런 시국에 진정한 의인이요 선비인 심산 김창숙 선생이 기울어가는 조선 왕조를 살리고자 일어섰다.

많은 사람들이 김창숙을 "마지막 선비"라 부른다. "선비"의 사전적 의미는 "옛날에 학식은 있으나 벼슬하지 않은 사람", 혹은 "학덕을 갖춘 사람의 예스러운 말"이다. 하지만 조선시대의 선비 상은 "학식 있고, 청렴 강직한 유학자"의 면목을 갖추기도 했지만 특권의식에 사로잡혀 거들먹거리며 "놀고먹는" 상류계층의 사람들이란 부정적인 의식도 깔려있다. 김창숙에게 붙여진 선비란 명칭은 그런 것들과는 전혀 다른 의미를 지니고 있다. "뜻은 웅장하고, 배움을 돈독히 하며, 예를 밝히며, 의리를 지키며, 청령함을 긍지로 여기며, 부끄러워 할 줄 아는"(조선 16대 인조 때 재상 신흠(申欽)이 선비에 대해 내린 정의) 진정한 의미의 선비가 김창숙이다.

김창숙은 조선말기 어렵고 혼란한 시기에 지식인이 걸어야 할 인생행로를 말과 행동으로 보여준 선비의 이정표였다. 뿐만 아니라 그는 자신의 역량을 국가와 민족을 위해 어떻게 사용할지를 아는 애국자였다. 일제강점기 때는 조국의 광복을 위하여 두려움 없이 일제에 맞서 싸웠으며, 해방 후에는 통일정부 수립과 반독재투쟁과 나라의 백년대계를 설계할 인재를 기르기 위해 몸과 마음을 온전히 바쳤다.

조선의 마지막 선비로서 독립운동의 선봉에 섰던 김창숙은 1879년 8월 27일 성주군 대가면 칠봉동에서 아버지 김호림과 어머니 인동 장씨의 장남으로 태어났다. 그의 아버지 김호림은 학문이나 직위로 볼 때는 특별히 내세울 만한 것이 없었다. 하지만 당시의 양반치고는 완고하지 않았음은 물론 상당수준의 통찰력과 선견지명을 지니고 있었다. 그는 아들 창숙에게 고루한 봉건적 사상에서 벗어나 새로운 풍조를 받아들이며, 신학문을 배우라고 일러주었다. 이 같은 아버지의 영향을 받은 김창숙은 유교적인 사상을 지녔으면서도 급변하는 시대사조에 적절하고 민감하게 대처할 수 있었다. 그러나 김창숙이 18세 되던 해인 1896년에 아버지가 타계한 후 그로 하여금 선비와 독립투사의 길을 걷도록 만든 것은 어머니 인동 장씨였다.

김창숙은 6살 무렵부터 글을 배우기 시작했는데, 총명하기는 했지만 글공부 보다는 아이들과 어울려 놀기를 좋아하는 개구쟁이였다. 염려스러워진 아버지는 정은석이란 스승을 정해주고 열심히 공부하라고 타일렀지만 그는 공부와는 거리를 둔 생활을 아버지가 세상을 떠나실 때까지 계속했다. 아버지의 장례가 끝난 후 어머니가 "너는 부친의 상중임에도 무례하게 행동하니 아버지의 혼령이 계시다면 어찌 슬퍼하지 않으시겠느냐?"(정범진: 〈백번 꺾어도 꺾이지 아니하는 민족의 자존〉, 19 페이지)고 꾸짖자 크게 깨닫고 마음을 새롭게 하여 학문에 몰두하기 시작했다.

그 무렵 조선은 참으로 어려운 국면으로 접어들고 있었다. 구미열국들이 조선에 침투하려는 시도를 본격적으로 노출하고 있었으며,

특히 일본은 1876년에 강화도조약을 체결한 후 우리 땅에 발을 들여 놓고는 치밀하게 조선을 그들의 손에 넣을 계획을 세우고 하나하나 실현시켜 나가고 있었다. 이런 상황에서 어머니의 영향으로 18세부터 학문에 정진한 결과 그 실력을 인정받은 김창숙에게 관직에 나갈 수 있는 기회가 찾아왔다. 그러나 그는 일본의 침략과 일본에 아부하는 아첨 배들로 나라가 극도로 어지러운 때에 부패한 무리들과 함께 정부에 들어갈 생각이 없다며 관직에 나가기를 거부했다. 젊은 시절부터 명예와 직위를 탐하지 않는 선비의 지조가 엿보이는 선택을 한 것이다.

강화도조약이후 조금씩 우리 국권을 장악하기 시작하는 일본의 음흉한 의도를 모를 리 없는 애국지사들은 독립협회를 구성하고, 만국공동회의를 여는 등 어려가지 방법으로 기울어 가는 국운을 바로 잡기 위해 노력했다. 그러나 정부 내의 반역자들의 도움을 받아 은밀하면서도 조직적으로 진행시키는 일제의 합병계획을 제지하기에는 역부족이었다. 결국엔 1905년 11월 17일 일제의 총칼 앞에서 체결된 을사늑약으로 대한제국의 외교권이 일본으로 넘어갔고, 조선을 완전히 그들의 것으로 만들려는 일본의 시도는 더욱 노골적으로 추진되기 시작했다.

더욱 슬픈 현상은 이 같은 일제의 불법적이고 악랄한 침략행위에 편승하여 일신의 영달을 꾀하는 친일분자들이 경쟁이나 하듯이 일어난 것이다. 그때 가장 강력하고도 체계적인 방법으로 나라를 일본에게 넘겨주는데 앞장 선 단체가 송병준, 이용구 등이 주도하는 일진

회였다. 김창숙은 "역적을 치지 않는 사람 또한 역적이다."란 건의서를 중추원에 제출함과 동시에 각 신문사에 보냈다. 그러나 그 건의서에 서명한 사람은 김창숙을 포함하여 4명에 불과했다. 뿐만 아니라 어렵게 중추원에 전달된 건의서는 이완용 등에 의하여 사문화 되었다. 대한제국은 이미 일제의 호구 속으로 빨려 들어가고 있었던 것이다. 그럼에도 불구하고 김창숙은 호랑이 굴에 들어가도 정신만 차리면 살 수 있다는 신념으로 고향인 성주군 대하면 칠봉리의 청천학원을 개조하여 성명학교를 설립했다. 교육을 통해 젊은이들의 민족혼을 불러일으켜서 그들로 하여금 나라를 지킬 힘을 기를 수 있도록 하기 위해서였다. 배워서 힘을 배양하여 나라를 구해야 한다고 믿었던 도산 안창호와 같은 생각이었다.

그러나 1910년 8월 29일 한일합병조약으로 대한제국은 일제의 식민통치 하에 들어가게 되었다. 1905년에 일사늑약을 주도한 을사오적을 처형해야 한다는 상소문을 올렸고, 1909년 일진회를 성토하는 건의서를 중추원에 제출하였으며, 1909년에는 성명학교를 세워 애국계몽운동을 벌인 김창숙의 모든 노력이 허사가 되어버린 것이다. 나라가 일본의 손으로 넘어가자 김창숙은 극심한 좌절감과 패배감에 사로잡혀 연일 술에 취해 울분을 토로했다. 〈한국현대인물사론〉의 저자 송건호는 한일합병이 된 후의 김창숙의 생활을 "그는 연일 통곡하면서 술을 통음하고 건강을 돌보지 않았다. 그는 한동안 낚시질로 세월을 보냈다. 물속에서 자유로이 뛰노는 고기들이 한없이 부럽고 우리민족은 저 물고들만도 못하다며 개탄하며 눈물지었다."라고 들려준다. 이렇게 지내던 김창숙이 나라를 위해 몸을 던질 계기가 찾아왔으니, 1919년 3월 1일에 일어난 삼일운동이 그것이었다.

"경술국치"는 우리민족에게 일어난 가장 부끄럽고 수치스러운 사건이었다. 반만년의 역사를 통해 수없이 많은 침략을 당하면서도 우리 선조들은 표현 못할 고난과 치욕은 당했어도 한 번도 우리의 국권을 남에게 빼앗겼던 적은 없었다. 그러나 1910년에 체결된 한일병합조약으로 대한제국이란 나라자체가 소멸되어 버렸다. 한 마디로 한민족의 후예들이 반만년을 지켜온 삼천리금수강산을 섬나라 일본에게 강탈당하는 수모와 멸시를 당함으로 빛나는 우리역사의 한 페이지가 더럽혀진 것이다. 이 치욕의 역사를 지워버리기 위해 단군의 자손들은 남녀노소를 가리지 않고 일어섰다. 하지만 우리의 힘은 일본의 악랄하고 막강한 힘 앞에 너무도 무력했다. 동시에 우리의 항일투쟁은 국부적이며 산발적이기도 했다.

삼일운동은 달랐다. 온 국민이 하나 되어 일어난 민족해방운동이었기 때문이다. 이날 낭독된 독립선언서에는 민족대표 33인이 서명했으며, 국내의 동포들은 물론 만주와 중국, 미국을 비롯하여 전 세계에 흩어져있는 동포들에게까지 확산된 범민족적인 독립운동이었다. 그런데 민족대표 33인 중에는 기독교, 천도교, 불교 대표는 들어 있었지만 이조 500년의 근간이 되었든 유교대표가 빠져 있었다. 원래 33인 중의 하나인 한용운이 그 당시 유림(유교의 가르침을 신봉하고 따르는 사람들)의 대표자였던 거창의 곽종석에게 민족대표의 일원이 되어줄 것을 요청했었다. 곽종석은 주저하지 않고 승낙했지만 병으로 누워있을 때라 아들을 대신 서울로 보냈다. 그러나 독립선언서가 이미 인쇄에 들어갔기 때문에 곽종석은 서명할 기회를 잃었다.

　김창숙도 독립선언서가 발표되기 전에 상경했지만 시간적으로 늦어져서 유교의 대표로서 선언서에 서명할 기회를 놓치고 말았다. 이같은 사연이 있기는 했지만 김창숙은 유교를 대표하는 인물이 민족대표에서 빠진 것을 몹시 안타까워했다. 그러나 그는 유림이 삼일운동에는 앞장서지 못했지만 삼일운동의 밑바닥에 깔린 우리민족의 진정한 소원을 전 세계에 알리는 선두주자의 역할을 담당하기로 마음먹었다. 한일병합은 일본의 강압으로 인해 이루어진 불법적인 조약에 의한 것으로, 우리민족의 염원은 빼앗긴 나라를 되찾는 것임을 세계의 모든 나라들에게 주지시키겠다는 것이 김창숙의 계획이었던 것이다.

　일단 뜻을 정하자 그는 망설이지 않고 그 당시 유림의 대표격인 곽종석, 김복한 등 137명이 서명한 독립탄원서인 "파리장서"를 작성했다. 프랑스 파리에서 열리는 강화회의에 제출하기 위해서였다. 그는 파리장서를 지니고 박돈서와 함께 1919년 3월 23일에 상해로 향했다. 그러나 그들이 3월 27일에 상해에 도착했을 때는 이미 신한청년단 대표 김규식이 독립선언서를 가지고 파리강화회의에 참석하기 위해 그 곳을 떠난 후였다. 상해에 진지를 구축하고 있던 이동녕, 이시영, 신채호, 조완구 등은 김창숙이 상해에 온 목적이 파리강화회의에 파리장서를 전달하기 위함임을 알고는 그가 파리에 가는 계획은 중지하는 것이 좋겠다는 의견을 제시했다. 영어를 못하는 김창숙이 파리까지 힘들게 가느니 보다는 파리장서를 영어로 번역하여 파리

강화회의에 보내는 것이 경제적으로나 효과적인 면에서나 좋지 않겠느냐는 것이 이동녕의 생각이었다.

　김창숙이 어렵고 힘들게 파리까지 가기보다는 상해에 남아서 그의 해박한 한학지식을 활용하여 중국의 영향력 있는 인사들과 접촉하여 그들의 협력을 얻어 독립운동에 박차를 가하는 것이 어떻겠냐는 의견이 나오자 신채호를 비롯한 모든 사람들이 찬성했다. 김창숙도 그 의견을 좋게 여겨 파리로 가는 것을 중지하고, 윤현진이 영어로 번역한 파리장서를 이미 파리에 가있는 김규식에게 보내어 강화회의에 제출하도록 하였다. 또한 파리장서의 우리말 번역본과 영어번역본을 3,000부씩 인쇄하여 파리강화회의의 의장과 각국의 대표들과 각 나라의 대사, 공사와 중국의 정계요인들과 언론계와 국내의 유림들에게도 우송하였다. 김창숙이 주동이 된 파리장서운동은 한국 유학사와 삼일운동의 의미와 목적을 전 세계에 알리는데 크게 기여한 독립운동이었다.(조동걸: 〈한국근대사의 이상과 형상〉, 74 페이지) 그러나 상해에서 발송된 파리장서가 국내에 배달되면서 장서에 서명한 많은 유림들이 검거되어 유죄판결을 받고 옥고를 치루는 제1차 유림단 사건이 일어나게 되었다.

　한편 파리로 가지 않고 상해에 남은 김창숙은 그의 탁월한 유학과 한문학지식을 바탕으로 중국의 정치지도자들은 물론 학계와 법조계를 비롯한 여러 분야의 인사들과 교류하면서 선비로서 독립운동가로서의 면모를 나타냈다. 이 무렵 상해에서는 김구, 박은식, 이동녕, 이동휘, 신채호 등이 임시정부수립 문제를 논의하기 시작하여 의정원이 구성되고, 민주공화제 헌법이 제정되었고, 대한민국 임시정부가 선포되었다. 김창숙은 경상도를 대표하는 의정원의원과 교통위원회 위원으로 선출되어 임시정부수립에 적극적으로 참여했다. 그러나 삼일운동을 전후하여 수립된 노령 임시정부와 한성 임시정부가 1919년 11월에 상해 임시정부로 통합되어 대한민국 임시정부로 확정되면서 이승만이 대통령으로 선출되자 임시정부 내부에 심각한 의견대립이 일어나기 시작했다. 많은 인사들이 이승만이 임시정부의 대통령이 되는 것을 합당하게 여기지 않았기 때문이었다. 김창숙은 신채호, 박은식 등과 이승만을 반대하는 입장에 섰다.

여러 가지 이유가 있었지만 김창숙과 신채호가 이승만이 대통령이 되어서는 안 된다고 여긴 제일 중요한 까닭은 이승만이 정한경과 함께 1919년 1월 18일부터 6월 28일까지 열린 파리강화회의에서 한국을 국제연맹에서 위임통치 해달라는 청원을 했기 때문이었다. 그들이 위임통치 청원을 한 사실이 알려지자 중국에 있는 독립투사들은 분개했다. 더욱이 정한경이 "한인들이 원하는 것은 국제연맹에서 한국을 관할하되 민주정치를 하는 미국이 한국정치가 굳건해 질 수 있도록 고문하는 것"(한국독립운동연구소: 〈한국독립운동사전〉 6권 57-68 페이지)이라 주장한 것이 알려지면서 민족주의 독립 운동가들은 흥분했다. 김창숙과 신채호는 이승만의 이 같은 처사를 매국행위로 간주했으며, 신채호는 "이완용은 있는 나라를 팔아먹은 매국노지만 이승만은 있지도 않은 나라를 팔아먹는 역적"이라 말했을 정도였다.

결국 이승만은 1925년 3월 18일 임시정부 임시의정원에 의해 탄핵되어 임정대통령에서 면직되고, 박은식이 임시대통령으로 선출되었다. 이때 김구, 이시영, 이동녕, 안창호 등은 임시정부가 분열될 것을 염려하여 이승만 탄핵에 동의하지 않았다. 이승만으로 인한 임정 내의 갈등이 더욱 고조되자 김창숙과 신채호을 비롯한 강경파들은 임정의 노선자체를 비판하게 되었고, 결국 그들은 임정을 떠나게 되었다. 임정과 결별한 김창숙은 북경에 있던 이회영과 손잡고 내몽골 지방에 독립군기지를 건설할 계획을 세웠다. 그는 기지건설에 필요한 땅을 구하기 위하여 중국 참의원 의원 이몽경을 만나 상의한 결과 북부 내몽골지역에 3만 정보 정도의 개간이 가능한 땅을 사용할 수 있게 되었다. 김창숙과 이회영은 희망에 부풀어서 기지건설을 위한 자금을 마련하려 백방으로 노력했지만 필요한 돈을 마련할 길이 없었다.

그때 마침 김창숙이 파리장서를 작성할 때 그를 도왔던 경상도 유림을 대표하는 곽종석의 문집간행 관계로 서울에서 유림들이 모인다는 사실을 알게 되었다. 김창숙은 국내로 들어가 그들에게 상황을 설명하고 자금을 지원받기로 결심했다. 하지만 그가 국내로 잠입한다는 것은 호랑이 굴에 제 발로 들어가는 것처럼 위험한 일이었다. 일경이 그를 파리장서의 주범으로 단정하고 체포하려고 혈안이 되어있었기 때문이었다. 그러나 그는 위험하다고 가능한 기회를 보고도 놓칠 수는 없다고 생각하여 1925년 8월 초에 북경을 출발하여 신의주를 거쳐 서울로 들어가는데 성공했다. 서울에 당도한 김창숙은 믿을만한 동지들에게 연락을 취하여 그가 돌아온 까닭을 설명하고 자금을 모금하는데 협조해 줄 것을 요청했다. 그러나 기대했던 것과는 달리 그들의 반응은 싸늘하고 부정적이었다. 어떤 사람은 이왕 귀국했으니 경무국에 자수하는 것이 좋겠다는 권고까지 했다. 그는 "친일부자들의 머리를 독립문에 걸지 아니하면 우리나라가 독립할 날이 없을 것이다."라며 비분강개했다.

김창숙은 포기하지 않고 1925년 9월 2일 서울에서 독립운동자금을 모금할 신건동맹단을 조직하고 유림들과 부호들에게 협조해 달라고 부탁했지만 긍정적인 반응을 보이는 사람은 열에 한 둘 뿐이었다. 그러다 보니 8월부터 이듬해 3월까지 모금된 돈은 3,500원 정도에 불과했다. 3,500원은 지금 가치로 대략 5억 정도로 금액자체는 적다고 볼 수 없지만 독립군기지를 건설하기에는 턱없이 부족한 액수였다. 군자금모금 실적이 이처럼 부진했고, 설상가상으로 김창숙은 일경의 눈을 피해 다니다가 교통사고를 당하여 큰 고역을 치러야 했다. 그는 사촌동생 김종택에게 모금된 돈을 중국 봉천까지 전해 달라고 부탁하고 1926년 3월 15일에 서울을 떠나 다음 날 압록강을 건넜다. 목표한 자금을 확보하지 못한 것도 한스러웠지만 국내 동포들에게서 조국광복에 대한 열망이 식어가며, 친일파로 변해가는 유림들이 늘어가는 것을 보며 비통한 심정이 되어 중국 땅을 다시 밟은 김창숙은 목적지인 북경으로 가지 못하고 해로로 5월 하순에 상해에 당도하였다.

그가 모금한 자금으로는 독립군기지를 건설할 수 없음으로 김창숙은 그 돈을 의열투쟁에 사용하기로 작정하고, 김구, 이동녕 등과 상의했다. 그는 국내에 들어가 보니 독립을 갈망하는 사람들 보다는 일제에 아부하는 친일세력이 늘어가고 있다는 사실부터 설명했다. 그리고는 그가 모금한 자금으로 무리하게 독립군기지건설을 시작할 것이 아니라 청년결사대를 국내에 침투시켜 일제의 주요기관들을 파괴하고 친일파들을 처단한다면 꺼져가는 동포들의 민족의식을 고취시킬 수 있을 것이란 의견을 피력했다. 김구와 이동녕이 즉석에서 그의 생각에 동의하자 그들은 의열단원 나석주에게 그 임무를 맡겼다. 김창숙에게서 자금과 무기를 전달받은 나석주는 서울로 잠입하여 총독부 산하인 식산은행과 동양척식회사에 폭탄을 투척하고, 척식회사 직원과 일경 여러 명을 사살한 후 남은 탄환으로 자결하였다. 조국의 광복을 위해 목숨을 초개같이 버린 대한 남아의 장렬한 최후였다.

나석주의 폭탄투척 사건과 거의 때를 같이 하며 김창숙이 국내에 들어와 군자금을 모금해 간 사실이 드러나 관련된 600여 명이 체포되어 가혹한 고문을 받고 수감되는 제2차 유림단 사건이 발생했다. 이 소식을 전해들은 후 김창숙은 김구, 이동녕 등 임시정부요인들과 독립운동단체들의 통합을 논의하고 통일독립당을 결성하였다. 개편된 임시의정원 의장에는 이동녕이, 부의장에는 김창숙이 추대되었다. 이승만 탄핵문제가 고조되었을 때 신채호와 함께 임시정부를 떠난 지 6년 만에 복귀하여 의정원 부회장을 맡아 활약하기 시작했다.

1926년 12월 김창숙은 치질이 심해져서 영국병원인 공제의원에 입원하여 수술을 받았다. 그러나 결과가 좋지 않아서 이듬 해 봄에 두 번 더 수술을 받았지만 별다른 효과를 보지 못하던 중 큰 아들 환기가 국내에서 체포되어 심한 고문을 받고 출감한 후 죽었다는 소식을 듣고는 병세가 더욱 악화되었다. 김창숙의 장남 환기의 죽음은 제 2차 유림단 사건과 무관하지 않다. 일경은 김창숙이 국내에 들어와 독립운동 자금을 모금할 때 관련된 사람들을 모두 체포했으며, 김창 숙을 잡기 위해 밀정들과 그의 친지들까지 동원했다. 그러는 과정에 서 김창숙의 장남 환기도 체포되어 고문을 받고 나온 후 세상을 떠난 것이다.

아들이 자기 때문에 모진 고문을 당하고 죽은 것을 알게 된 김창숙 은 병이 더욱 위중해져서 네 번째 수술을 받으려고 기다리는 중에 병 원으로 들이닥친 일경들에게 체포되었다. 공제병원은 영국조계 안 에 있는 영국병원이기 때문에 안심할 수가 없었다. 그래서 김구와 이 동녕을 비롯한 몇 몇 임정요인들 만이 김창숙이 그곳에 입원해 있는 것을 알고 있기로 했다. 그런데 어느 날 상해 교민사회에서 일본의 밀정으로 알려진 유세백과 박겸이 불현 듯 찾아왔다. 김창숙도 그들 의 정체를 어느 정도는 알고 있었지만 그와 국내에서 또 상해에서 함 께 지낸 인연이 있었기에 그들을 만나주었다. 하지만 그들이 돌아간 후에 어쩐지 마음이 께름칙하여 날이 밝으면 병원비를 청산하고 퇴 원하리라 마음먹고 있었는데 아침 8시에 몰려온 일경들에게 체포당 한 것이다. 유세백과 박겸이 병문안을 하는 척 공제병원에 김창숙이 입원해 있는 것을 확인한 후 곧바로 일본경찰에 신고한 것이다.

체포된 김창숙은 국내로 압송되어 대구경찰서에 감금된 다음 날부 터 심문을 받기 시작했다. 일경의 입장에서 김창숙에 대한 심문은 곧 고문이었다. 김창숙이 그들의 묻는 말에 답하지 않을 것을 일본경찰은 알고 있었기 때문이었다. 악화된 치질로 네 번째 수술을 받기 직전에 체포된 그가 심한 고문을 당해야 했으니 그 고통이 얼마나 컸을까는 쉽게 짐작할 수 있다. 계속되는 고문에도 그는 조금도 흔들리지 않았다. 고문이 심해질수록 그는 "너희들이 고문을 해서 내게서 무엇을 얻어내려 하느냐? 나는 고문으로 죽는다 할지라도 아무 말도 하지 않을 것이다."라며 필묵을 달라하여 그의 결단을 써 주었다.

조국의 광복을 도모한지 십 년
가정도 생명도 돌아보지 않았노라
뇌락한 내 평생 백일하에 분명하거늘
고문을 요란스럽게 할 필요가 무엇이뇨?

고등과장 나리토미 무미고가 한문으로 쓴 시를 한국인 간수에게 물어 그 뜻을 알고는 그에게 큰 절을 하며 말했다. "비록 일본 사람이지만 선생의 대의에 절하지 않을 수 없습니다. 선생은 이미 생명과 가정을 돌보지 않기로 했으니 고문으로 선생의 입을 열게 할 수 없음을 알겠습니다. 그러나 조사를 하자면 형벌을 써야하니 힘드실 것입니다." 그 후로 고등과장은 김창숙을 선생이라 부르며 고문의 정도를 조금 낮추었다. 한 달 남짓 심문을 받는 동안 그의 병세는 날로 악화되어서 의사가 수시로 살피며 약을 주었지만 상태는 좋아지지 않았고, 여러 번이나 죽을 지경까지 이르기도 했었다. 예심을 받는 중에 예심판사 하세가와는 그와 같이 의연하고 흔들리지 않는 독립운동가를 보지 못하였다며 도대체 조선이 무슨 힘이 있어 독립을 할 수 있겠느냐고 물었다. 김창숙은 엄숙한 목소리로 "내가 보기에는 일본인의 안목이 지나치게 근시안적인 것 같소. 그렇게 천하대세를 모르고 망동하는 것을 보면 멀지 않은 장래에 일본은 반드시 망할 것이요."(송건호: 〈현대한국 인물사론〉, 134 페이지)

1927년 7월에 예심이 끝나 본 재판이 시작되자 김용무와 손치은이 변호를 맡겠다고 자청해 왔다. 그러나 김창숙은 필요 없다며 "변호사를 사절함"이란 시까지 써주었다. 가족과 친지들이 변호사 없이 어떻게 재판을 받느냐며 변호사를 선임하라고 권했지만 그의 마음은 변하지 않았다. 변호사 김완섭이 세 번이나 찾아와 자기가 변호하겠다고 자원했지만 그는 요지부동이었다. 김완섭이 변호를 거부하는 까닭이라도 알려달라고 요청하자 그가 말했다. "나는 대한 사람으로 일본 법률을 부정하는 사람이다. 일본 법률을 부정하면서 일본 법률론 자에게 변호를 위탁한다면 얼마나 대의에 모순되는 일인가..... 군은 무슨 말로 나를 변호하겠는가? 나는 포로다. 포로로서 구차하게 살려고 하는 것은 치욕이다. 내 지조를 바꾸어 남에게 변호를 위탁하여 살기를 구하고 싶지 않다."(자서전: 312-313 페이지) 그 후에도 김완섭은 여러 차례 찾아와서 자기가 변호하게 해달라고 청했지만 일본 법률자체를 인정하지 않기 때문에 일본법에 의한 변호는 받지 않겠다는 그의 의지를 굽히지 않고 혼자 재판에 임했다.

김창숙은 재판관의 질문에 시종일관 "그렇다", "아니다"와 "침묵"으로 응했다. 본적을 묻는 질문에 "없다"라 답하자 본적 없는 사람이 어디 있느냐고 다시 묻자 "나라가 없는데 본적이 있겠느냐?"고 응수했다. 일반 방청객은 허용되지 않았고, 고등계 형사들만 서너 명

앉아있는 가운데 이런 식으로 진행된 재판에서 무기징역 구형에 14년 형이 선고되었다. 지나치게 가혹한 형량이었지만 그는 공소도 하지 않았다. 공소를 하게 되면 일본 법률과 사법체제를 인정하게 된다는 이유에서였다. 이때 예심을 받으면서 당한 가혹한 고문으로 그는 두 다리가 마비된 불구가 되어버렸다. 김창숙이 14년 형을 받고 대전형무소로 이감되자 옥의(獄醫)는 그가 중환자임을 알아보고 병감에 수감하고 위중한 환자임을 표시하기 위하여 흰옷으로 갈아입게 하였다.

두 다리가 마비되어 부축을 받지 않으면 일어서기도 힘든 몸으로 대전형무소에서 복역하면서도 그는 선비의 자세를 잃지 않았다. 힘들게 형무소 당국의 허락을 받아 책을 읽고 사색을 하며 마음을 정리했으며, 집필까지 하는 여유를 보였다. 새로 온 전옥(典獄: 교도소장의 구칭)이 자기에게 절하라고 하자 그는 일언지하에 거절했다. 죄수가 전옥에게 머리 숙이는 것은 형무소의 불문율이며 예의라며 계속 절할 것을 강요하자 김창숙은 "내가 너희들에게 절하지 않는 것은 나의 독립정신을 고수하기 위함이다. 절이란 경의를 표하는 것인데, 내가 너희들에게 경의를 표해야 할 까닭이 어디 있겠느냐?"며 끝내 절하지 않았다. 독립투사로서 일본에게 머리 숙일 수 없음을 분명히 보여준 것이다. 그때 김창숙은 "옥리에게 절하기를 거절하며"란 시를 씀으로 그 같은 그의 굳은 결의를 다짐하였다.

7년 세월 이미
죄수로 몸져누웠으나

나의 몸자세를 지킴은

　　나쁘지 않았어라

　　머리를 조아리고 무릎을 꿇으라니

　　어찌 참아 말하랴

　　분통의 눈물이

　　창자를 찢는구나

　　한 번은 간수가 최남선이 쓴 〈일선 융화론〉을 주며, 읽고 감상문을 쓰라고 했다. 삼일독립선언서를 기초한 최남선이 변절하여 일본과 조선은 그 뿌리가 같다는 황당한 내용을 기술한 책을 받아든 김창숙은 불같이 노했다. 책을 비틀어 찢어 간수에게 던지며 "민족을 배반한 반역자인 미친개가 짖어댄 이 더러운 책을 내가 읽을 것 같으냐?"고 소리쳤다. 그리고는 종이와 붓을 가져오게 하여 즉석에서 시를 써 그에게 주었다.

　　기미년 독립을 선언하던 날

　　의성의 외침이 육주를 진동터니

　　굶주린 개 도리어 원식을 위해 짖는도다

　　양의사의 비수를 들사람 어찌 다시없으랴

　　누구든지 민족을 배반하면 "내선일체론"을 주장한 친일파 민원식이 1921년 2월 16일 동경의 한 호텔에서 양근환의 비수를 맞고 죽은 것과 같은 최후를 맞이하게 될 것이란 의미의 시였다. 간수는 그것을 가지고 있으면 화를 당할 것을 염려하며 수첩에 적은 후에 찢어

버렸다. 그러나 많은 사람들이 그 간수의 수첩에 적힌 시를 옮겨 써서 외우고, 다른 사람들에게 전했다. 김창숙의 애국시를 읽고 일본 간수들까지도 큰 감명을 받았던 것이다.

병세가 생명이 위독할 정도로 심해지자 일제는 그가 대전형무소에서 복역한지 7년 되던 1934년 9월에 그에게 형 집행정지처분을 내려 석방했다. 사경에 달한 몸으로 출소하여 대구병원에 입원하였지만 일경이 주야로 그를 감시하는 바람에 편히 누워 기력을 회복하기도 힘들었고, 문병을 원하는 친지들도 해를 당할 것이 염려되어 찾아오기를 꺼려했다. 1929년에 병보석으로 일시 석방되었을 때는 전국 각지에서 많은 친지들이 찾아왔었는데 이번에는 그때에 비해 감시가 몇 배나 심했다. 연금 상태와 같은 병원생활에 지친 김창숙은 1936년 3월에 울산에 있는 백양사로 들어갔다. 그곳에 머무는 동안 그는 100 편이 넘는 시를 썼다. 원래 한학에 조예가 깊은 그는 21세에 시를 쓰기 시작하여 84세부터 세상을 떠날 때까지 270여 편의 시를 썼는데 그 중 100 편 정도는 백양사 시절에 쓴 것이다. 그 대부분이 조국광복을 위해 함께 싸운 동지들과 관련된 애국시였다. 그러나 백양사 있을 때 쓴 시들 외의 다른 시들도 거의 전부가 일제를 향한 저항과 나라와 민족을 사랑하는 마음이 그 바탕에 깔려있다.

김창숙이 형 집형정지로 출감한 후 일제는 한국을 영구적으로 식민통치하기 위해 더욱 잔인하고 가혹한 정책들을 밀어붙였다. 반면 독립운동 진영에서는 날로 더해가는 일제의 탄압과 예측할 수 없이 급변하는 국제정세와 더불어 내부갈등과 분열로 항일투쟁 전선이 조금씩 무너지고 있었다. 다행이 만주와 중국에서는 일제에 항거하는 열기가 여전히 타오르고 있었다. 그러나 김창숙과 의기투합하여 일제와 싸우던 단재 신채호가 1936년 여순 감옥에서 8년간의 옥고 끝에 숨을 거두었다. 1938년 3월 10일에는 민족의 지도자 중의 하나인 도산 안창호가 경성제대 병원에서 타계했다. 당시의 국내 상황은 일제에 아부하여 호의호식하는 소수의 친일파와 매국노들을 제외한 대다수의 동포들은 한반도라는 창살 없는 감옥에 갇힌 일본의 노예처럼 살아야 했다.

이 같은 상황에서 1939년 4월 백양사를 떠나 집으로 돌아온 김창숙은 어머니의 산소를 찾아 무릎 꿇고 그가 쓴 "고선비묘문"을 읽으며 통곡했다. 아버지가 먼저 가신 후 세상물정 모르는 그로 하여금 참 선비와 참 사람의 길을 갈 수 있도록 인도했으며, "늙은 어미를 생각하지 말고 나라를 위해 힘쓰라." 이르시던 어머니께 불효한 죄와 나라를 위해서도 이룬 것이 없음을 아뢰며 용서를 빈 것이다. 그 후 그는 어머니 묘소 옆에 묘막을 세우고 3년 동안 지내면서 어머니에 대한 아들의 도리를 이행했다.

감시가 어느 정도 완화됐다고는 하지만 일경은 김창숙의 일거일동을 면밀히 살피고 있었으며, 그에게 창씨개명을 하라고 강요해왔다. 창씨개명은 미나미 총독이 내선일체란 구실을 내세우며 1940년 2월에 내린 명령으로서 한민족의 후예들로서는 누구도 응할 수 없고, 응해서도 안 될 일이었다. 하지만 창씨개명을 하지 않으면 당하는 불이익이 한두 가지가 아니었다. 성을 바꾸지 않은 이들의 아이들은 학교에 입학할 수도 없었고, 직장에서는 해고의 대상이 되었으며, 민원서류를 발급받을 수도 없었으며, 식량배급 대상에서도 제외되었다. 때문에 일반 서민들은 울며 겨자 먹기로 우리 성을 버리고 일본 성을 가졌으며, 친일파들은 말할 것도 없고, 독립운동을 했다는 이들을 포함한 많은 지도자급 인사들이 자원하여 창씨개명을 했다.

이 같은 상황에서 고등계 형사가 찾아와 어째서 창씨개명을 하지 않았느냐고 추궁하자 김창숙은 "난 결코 나의 성을 일본 것으로 바꿀 수 없다."고 단호하게 거절했다. 그 형사가 정부의 명을 어기면 무슨 일을 당할 줄 아느냐고 윽박지르자 그는 "내가 그런 협박을 두려워 할 줄 아느냐?"며 일축했다. 그 형사는 몇 번을 더 찾아와서 창씨개명을 하라고 독촉했지만 김창숙은 들은 척도 안했다. 이처럼 그는 출옥한 후에도 현실과 타협하지도 않았고, 일본의 통치권을 인정하지도 않았다.

마침내 어둡고 괴로웠던 긴 밤이 지나고 삼천리금수강산에 먼동이 텄다. "삼각산이 일어나 더덩실 춤이라도 추고/ 한강물이 뒤집혀 용솟음치는"(심훈의 "그날이 오면"의 일부) 그 날이 온 것이다. 삼천리 방방곡곡에서 남녀노소 모두가 손과 손에 태극기를 들고 거리로 뛰어나와 "대한독립만세!"를 소리 높여 부르며 감격의 울음을 터뜨린 해방의 날에 김창숙은 왜관경찰서에 갇혀있었다. 패전이 임박해지자 일제는 그들이 "불량선인"으로 낙인찍은 인사들을 모조리 예비검속 했으며, 그 중에 김창숙도 끼어있었던 것이다. 경찰서 유치장에서 일본이 패망한 것을 알게 된 김창숙은 다른 죄수들과 함께 경찰서를 나오는 즉시 정부가 수립될 때까지 치안을 담당할 임시치안 유지회를 조직하고, 회장에 장진영, 부회장에 도재림을 추대했다. 그런 후 대구를 거쳐 서울로 올라왔다.

서울에 와보니 해방 후의 정국은 표현할 수 없이 복잡하고 혼란스러웠다. 여운형이 주도하는 건국동맹을 필두로 수많은 단체와 정당들이 우후죽순처럼 일어나 정국의 주도권을 장악하려 했다. 김창숙보다 한 발 앞서 영남과 호남에서 상경한 동지들이 민중당을 조직하고 그를 당수로 추대하자 그는 정당을 만드는 목적이 무엇이냐고 물었다. 그들은 정권을 장악하여 해방된 나라를 위해 올바른 국책을 세우기 위함이라고 했다. 김창숙은 해방이 되었다고는 하지만 아직 정식으로 정부가 수립되지도 않았는데 60개가 넘는 정당들이 난립하여 서로 정권을 잡겠다고 다투고 있으니 나라가 다시 망하게 될지 모르겠다며 당수직을 수락하지 않았다.

김창숙은 해방과 더불어 자유와 평등을 기본 이념으로 하는 민족자주국가가 수립되기를 기대하고 있었다. 그 위에 자유 민주주의체제가 확립되고, 자유 시장경제를 통해 우리나라가 근대화되기를 소망하고 있었던 김창숙이었다. 그런데 되어가는 추세를 보니 통일정부를 세우는 것부터 어려울 것으로 생각되자 그는 크게 실망하고 슬퍼할 수밖에 없었다. 해방정국의 문제점은 단체와 정당의 난립 상만이 아니었다. 1945년 모스코바에서 열린 미국, 영국, 소련 3개국 회의에서 한국을 5년 동안 신탁통치하기로 한 결정이 알려지자, 그것을 찬성하는 측과 반대하는 세력 간의 격렬한 공방전이 벌어진 것이다. 박헌영을 중심으로 하는 조선공산당은 신탁통치를 전적으로 지지했고, 김구가 이끄는 임시정부는 결사적으로 반탁운동을 벌였기 때문이다. 임시정부는 신탁통치는 주체만 바뀐 식민통치의 연장이라 보았다. 신탁과 반탁의 중간지대를 넘나드는 이들도 있었다. 김규식과 안재홍은 반탁의 대열에 섰으나 신탁으로 돌아섰으며, 송진우는 모든 상황을 종합하여 판단하건대 "신탁통치가 불가피하다."는 주장을 폈다.

신탁과 반탁을 놓고 이같이 치열한 다툼이 일어나고, 그로 인해 국론이 분열된 가장 큰 원인은 독립이 우리 스스로의 힘 아닌 연합군의 승리로 얻어진 것이라는 데 있었다. 1941년 12월 8일 일본이 진주만을 공격하자 미국은 일본에 선전포고를 했고, 중경의 임시정부도 12월 9일에 일본과 독일에 선전포고를 했다. 그러나 우리 임시정부는 승리한 연합군의 대열에 끼지 못했다. 독립군이 2차 대전에 참전해 싸우지 못했기 때문이었다. 이런 까닭에 미국은 임시정부가 기반이 되어 해방된 대한민국 정부가 수립되어야 한다는 것은 생각조차 하지 않았다.

김구가 귀국할 때 미군정은 그를 대한미국 임시정부의 주석으로서가 아니라 중국에서 독립운동을 전개한 독립투사의 한 사람으로 대했다. "오늘 애국자 김구가 귀국했다."란 미군정의 간단한 발표는 미국이 우리 임시정부를 어떤 눈으로 보고 있었는지를 잘 말해 준다. 미국은 민족주의자인 김구가 중심이 된 임시정부 보다 친미적인 이승만을 선택했으며, 따라서 미국은 처음부터 임시정부자체를 인정하지 않았던 것이다.

　김창숙은 반탁운동 편에 섰으며, 중경에서 돌아온 김구를 위시한 임정요인들과 행동을 같이 했다. 해방된 우리나라에 어떤 형태의 외세도 개입해서는 안 된다는 것이 그의 생각이었으며, 미국과 소련이 3.8선을 경계로 우리 땅을 분할 점령했다고는 하지만 귀국한 임시정부를 주축으로 통일정부를 세워야 한다는 것이 그의 신념이었다.

　불행히도 해방정국은 김창숙이 기대했던 대로 흘러가지 않았다. 그가 김구의 임시정부 사람들과 합세하여 하나의 정부를 수립하기 위하여 불편한 몸으로 동분서주했음에도 불구하고 남한만의 총선거가 유엔 감시 하에 1948년 5월 10일에 실시되었다. 7월 17일에는 대한민국헌법이 제정, 공포되었으며, 8월 15일엔 대한민국정부가 정식으로 수립되었다. 대통령엔 7월 20일 국회에서 실시된 선거를 통헤 이승만이, 부통령엔 이시영이 각각 선출되었다. 남한에서 대한민국 정부가 수립되자 북한에서도 한 달 후인 9월 9일에 조선민주주의 인민공화국을 선포하였다. 한반도에 3.8선을 사이에 두고 남과 북에 두 개의 정부가 수립되는 것을 바라보는 김창숙의 심정은 참담했다. 그가 사랑하는 가족들을 버리고, 목숨도 초개같이 여기며 일제에 맞서 싸운 것은 우리 땅에 이념이 다른 두 개의 정부가 들어서기를 원해서가 아니었기 때문이다.

　정계에서 은퇴까지 한 김창숙은 그 시점에서 그가 해야 할 일은 먼 앞날을 내다보며 완전 자주독립된 우리나라의 백년대계를 위해 앞장 설 젊은 인재들을 양성해 내는 것이라 믿었다. 그는 1946년 9월 25일에 성균관대학을 설립하고 후학들을 양성하는데 심혈을 기울였다. 그러던 중 1949년 6월 26일 김구가 암살당하자 김창숙은 병상을 박차고 일어나 통탄했다. 서로 의견을 달리한 때도 있었지만 힘을 합해 반탁운동을 벌였으며, 뜻을 같이 하여 통일정부를 수립하기 위하여 힘썼던 동지를 잃은 슬픔과 분노를 참기 힘들었던 것이다. 거기다 백범 암살의 배후에 이승만이 있다는 심증을 굳히면서부터 그의 이승만에 대한 증오심은 더욱 커졌다.

김구가 먼저 간 후 김창숙은 반 이승만 투쟁에 더욱 힘을 기울이게 되었고, 4.19 혁명으로 이승만이 하야한 후에는 "백범암살규명위원희"를 구성하여 그 위원장을 맡았다. 일제가 엄청난 현상금을 내걸고 수단과 방법을 가리지 않고 제거하려했으나 김구는 임시정부의 주석으로서 끝까지 항일투쟁을 총지휘했다. 그런 그가 동족이 쏜 흉탄에 쓸어 진 후 김창숙이 쓴 시는 김구를 잃은 그의 슬픔과 분노가 어떠했나를 잘 말해 준다.

백범 김구 흉탄에 맞았으니
늙은 몸 다시는 동지 없네
한 사람 자기 멋대로 정가는 횡행하며
나를 보기를 원수 보듯 하고
거동을 살펴 가는 곳마다 뒤따르니
한 발자국 옮김에도 자유가 없었네

김창숙은 이승만이 1919년 피리강화회의에 한국을 국제연맹에서 위임통치 해달라고 청원했을 때부터 그를 배척하기 시작했다. 해방 후 남한만의 단독정부수립을 추진하는 것을 보면서도 울분을 금하지 못했다. 1950년 6월 25일 북괴가 기습남침을 감행했을 때 서울을 사수할 것이라 방송하여 시민들을 안심시키고 그 자신은 남쪽으로 빠져나갔으며, 한강 다리를 일찍 폭파하여 수많은 국민들의 피난길이 막히고 수장까지 되었다. 이 같은 이승만의 실정을 지켜보던 김창숙은 1951년 봄에 "이승만 하야 경고문"을 발표했다. 그로 인해 김창숙은 부산형무소에 수감되었다가 불기소처분으로 석방되었다. 그 후 1952년 5월 26일 이승만은 임시수도 부산에서 재집권을 위해 폭력배들을 동원하여 국회의원들을 연행하여 구속한 "부산정치파동"을 일으켰으며, 발췌개헌안을 통해 재집권을 시도했을 때도 그는 "이승만 하야 성명서"를 발표했다. 폭도들에게 맞아 입고 있던 흰 모시 두루마기가 피에 젖은 채 땅바닥에 쓰러져서 김창숙은 "빛이 오고 난 뒤에도/ 우리가 한 번 더 이토록/ 캄캄한 어둠 속에/ 살아야 했다는 사실을/ 후세는 이해하지 못할 것이다"라 한 카스텔리오의 절규를 마음속에서 외쳤을 것이다.

　1957년 10월에 최남선이 죽었을 때 이승만은 조사를 통해 그를 지극히 칭찬했다. 이때도 김창숙은 분노했다. 대한민국의 대통령이 "일선융화론"을 주장하여 중추원 참의원까지 지낸 친일분자를 찬양하며 그의 죽음을 애도하는 것을 보고 참을 수가 없었던 것이다. 때문에 김창숙은 "경무대에 보낸다"는 격문 같은 글을 써서 보내고 대구 매일신문에도 발표하였다. 김창숙의 그에 대한 계속되는 도전은 이승만 대통령의 노여움을 사기에 충분했다. 그 결과 김창숙은 그가 설립했고, 그 자신이 심혈을 기울여 육성하며 인재를 양성하던 성균관대학교 총장직에서 물러나야 했다. 1956년의 일이었다.

그는 4.19 혁명으로 이승만 대통령이 하야하여 하와이로 망명할 때까지 반 이승만 투쟁을 중지하지 않았다. 4.19 혁명 후 장면내각이 수립 된지 1년도 못되어 정권을 장악한 군사정부는 1962년 3.1절에 김창숙에게 건국공로훈장을 수여하였다. 그로부터 두 달 조금 지난 5월 10일 김창숙은 서울 중앙의료원에서 생을 마감했다. 늙고 병든 불구의 몸이었지만 생의 마지막이 다가왔을 때에도 그의 눈빛은 흐리지 않았으며, 목소리도 쇠하지 않았다. 그는 의식이 있는 마지막 순간까지 "통일이 안 되서...."를 되풀이 하다 눈을 감았다. 그의 염원임과 동시에 우리민족의 소원인 통일을 보지 못하고 심산 김창숙 선생은 영면에 들어간 것이다.

경술국치로 대한제국이 일본의 식민지가 된 날로부터 수많은 애국지사들이 "조국을 찾겠노라" 맹세하며 일제에 대항해 싸웠다. 김창숙을 그들 중의 한 사람으로만 여기는 것은 큰 잘못이다. 많은 애국지사들이 조국의 광복을 보지 못하고 숨겨갔지만 김창숙은 모진 고문을 받아 앉은뱅이가 된 몸으로 살아남아 "삼천만 가슴마다 기쁨"을 안겨준 해방의 날을 맞이했다. 하지만 그는 그 날이 왔기 때문에 나라와 민족을 위한 그의 사명이 끝났다고 생각하지 않았다.

그는 해방 후 찾아온 극도의 혼란과 분열과 갈등 속에서 자유민주주의 기반위에 통일정부를 세우기 위해 혼신의 힘을 기울였다. 남과 북에 각기 단독정부가 세워지자 그는 대한제국이 일본에게 합병되었을 때와 같은 좌절과 슬픔을 느꼈다. 하지만 그는 주저앉지 않고 일어나 성균관대학을 세워 후진양성에 총력을 기울임으로 대한민국의 백년대계를 위한 기반을 쌓아올리기 시작했다. 그러나 그가 예상했던 대로 민족의 비극 6.25 전쟁이 발발하고, 이승만정권의 실정과 독재가 계속되자 김창숙은 반독재투쟁에 나섰다. 일제강점기에 항일투쟁에 앞장섰던 그가 자유대한민국에서 공산주의와 독재정권과의 투쟁을 전개한 것이다. 김창숙은 그렇게 하는 것이 대한민국이 진정으로 해방된 나라가 되는 길이며, 그 일을 위해 자신이 앞장 서는 것이 그에게 주어진 시대적 사명이라고 믿었던 것이다.

김창숙은 평생 불의와 부정은 물론 현실과도 타협하지 않았다. 젊은이들에게는 "착한 일은 작다고 하지 않는 일이 없도록 하고, 악한 일은 작은 것일지라도 하지 말라."고 가르쳤다. 무엇이 옳고, 무엇이 그른 가를 생각하지 않고, 무엇이 내게 유익한가만을 기준으로 삼아 살아가는 소인배들에게는 "땅이 작고 좁은 나라가 소국이 아니라 소인배가 많은 나라가 소국이라." 말해준 김창숙이었다. 이 같은 신념을 지니고 살았던 김창숙은 우리 현대사에서 그 유래를 찾아보기 힘든 "항구적인 소수파"였다.(장을병: 〈심산의 개혁사상〉, 186-187 페이지) 이는 그가 로버트 프로스트(Robert Lee Frost)의 "가지 않는 길"(The road not taken)을 따라 인생의 경주를 달린 사람이었음을 말해 준다.

김창숙은 기독교인은 아니었다. 그러나 그의 삶의 발자취를 살펴

보면 김창숙은 성서가 제시하는 삶의 지침에 따라 인생을 살았음을 발견하게 된다. 그가 조국이 슬플 때는 같이 슬퍼했고, 민족이 아플 때는 같이 아파하며 한 평생을 산 것은 "즐거워하는 자들과 함께 즐거워하고, 우는 자들과 함께 울라."는 성서의 가르침과 일치하며, 어떤 경우에도 불의 앞에 굴복하지 않고, 의롭고 정의로운 길만을 택해 걸은 그는 "선을 행하다 낙심하지 말라."는 성서의 교훈과 더불어 "생명의 길로 인도하는 좁은 문으로 들어가라."는 예수그리스도의 말씀을 따른 것이기 때문이다.

대한민국 임시정부의 주석이었으며, 우리민족의 위대한 스승이신 백범 김구 선생은 "눈길을 걸어갈 때 어지로이 걷지 말라. 오늘 내가 걸어간 길이 훗날 다른 사람의 이정표가 될 것이다."라 말씀하셨다. 우리들이 심산 김창숙 선생이 걸은 길을 따라 걷는다면 우리가 남기는 발자국은 뒤에 오는 이들의 생의 올바른 이정표가 될 것이며, 우리민족 모두가 그 이정표를 보면서 걸어간다면 우리들의 조국 대한민국은 "동해물과 백두산이 마르고 닳도록" 영원토록 번영할 것이다.

──────────

[참고 문헌]
김상웅: 〈심산 김창숙 평전〉
정범전: 〈백번 꺾어도 꺾이지 아니하는 민족의 자존〉
장을병: 〈심산의 개혁사상〉
송건호: 〈난세를 유교적 대의로 산 김창숙〉, 〈한국현대 인물사론〉
김재명: 〈강골의 야인정신 심산 김창숙〉
권기훈: 〈심산 김창숙의 민족운동 연구〉
조동걸: 〈심산 김창숙의 독립운동과 유지〉, 〈한국근대사의 이상과 형상〉
심산사상 연구회: 〈김창숙 문존〉, 〈김창숙 자서전〉

우당 이회영 선생

우당 이회영 선생

조선 말 10대 부자 안에 들던 집안의 6형제 중 넷째. 바로 아래 동생이 대한민국 초대 부통령을 지낸 성재 이시영이다. 일가 6형제와 함께 유산을 처분하고 만주로 망명하여 신흥무관학교를 설립, 독립군 양성과 군자금 모금 활동을 했다. 그 뒤 신흥무관학교가 일제의 탄압으로 실패하자, 상하이에서 아나키즘 사상에 심취하였으며 1928년 재중국조선무정부공산주의자연맹, 1931년 항일구국연맹 등의 창설을 주도하였으며 국내외 단체와 연대하여 독립운동을 했다.

살고 죽는 것은 다 같이 인생의 일면인데 죽음을 두려워해 가지고 무슨 일을 하겠는가. 이루고 못 이루고는 하늘에 맡기고 사명과 의무를 다하려다가 죽는 것이 얼마나 떳떳하고 가치 있는가!

- 이회영

조국광복의 제물이 된 우당 이회영 선생

김 대 억

경술국치로 나라를 일본에게 빼앗긴 후 수많은 애국지사들이 잃어버린 국권을 되찾기 위해 목숨을 걸고 일본에 대항해 싸웠다. 조국의 해방이라는 같은 목적을 위해 투쟁한 그들이었지만 방법과 지역은 각기 달랐다. 무력투쟁을 통해 나라를 되찾고자 한 독립투사들이 있었는가 하면, 외교적인 수법으로 빼앗긴 주권을 되찾고자 시도한 이들도 있었고, 무력투쟁과 외교적 통로를 병행하여 사용함으로 독립을 쟁취하고자 노력한 독립 운동가들도 있었다. 그런데 많은 독립투사들이 반일투쟁의 무대로 만주와 중국을 택했다. 국내에서는 일거수일투족이 일경의 감시망에 걸려들지만 국경을 넘으면 넓은 땅에서 뜻을 같이 하는 동지들과 힘을 합해 일제에 대항하여 싸울 수가 있었기 때문이었다. 만주와 중국에서 반일투쟁을 벌인 대부분의 독립투사들은 가족들과 친지들과 생이별을 하고 고국을 등져야 했다. 가족들을 동반하고는 국경을 넘기도 힘들었거니와 그들을 부양해야 하는 부담 때문에 독립운동에만 전념하기도 힘들었기 때문이었다. 이 같은 상황에도 불구하고 적잖은 재산을 다 정리하며 자금을 확보한 후 60여 명이나 되는 대가족을 거느리고 정든 조국을 뒤로

하고 만주로 들어가 평생을 조국의 광복을 위해 그의 인생을 송두리째 바친 독립운동가가 있었으니, 그가 곧 우당 이회영 선생이시다.

이회영은 1867년 4월 21일 서울 저동에서 이조판서와 의정부참찬을 지낸 아버지 이유승과 역시 이조판서를 지낸 정순조의 딸인 어머니 정씨의 4남으로 태어났다. 위로는 건영, 석영, 철영, 세 형이 있었고, 아래로는 시영과 호영 두 동생이 있었다. 여동생이 셋 있었으나 하나는 요절하였다. 이회영이 태어날 때 그의 집은 서울에 큰 가옥과 넓은 대지를 소유하고 있었고, 황해도 개풍군에 인삼밭을 가지고 있었다. 가문으로 볼 때 이회영은 이조 14대 선조 때 이조참판, 형조판서, 홍문학대제학을 지낸 백사 이항복의 11대 손으로서 명문가의 자손이었다. 이처럼 이회영의 가문은 오랜 가통을 지닌 "삼한고가(三韓古家)"(신라, 고려, 조선에 걸쳐 대대로 문벌이 높은 집안)이었을 뿐만 아니라 6형제의 우애가 남달리 좋아서 집안의 분위기가 항상 즐겁고 화기애애했다.

이회영은 어린 시절부터 당시의 통상적인 관념을 뛰어넘는 혁신적인 기질을 발휘하여 주위 사람들을 놀라게 했다. 집안의 노비들을 자유인으로 만들어 주기도 했고, 남의 집 종들에게도 함부로 막 말을 하지 않은 것이 그 좋은 예이다. 그러면서도 이회영은 어려서부터 한학을 공부하면서 서예와 시문, 음악과 회화는 물론 전각에 이르기까지 남다른 재능을 보이면서 삼한갑족(三韓甲族)의 후손답게 성장했다. 그러나 19세가 되던 때부터 이회영은 이상설, 여준 등과 더불어 수학, 역사, 법학 등의 신학문을 공부하기 시작했다. 그가 명문가의 자제로서 과거준비에만 전념하지 않고 신학문에 몰두한 것은 이례적인 일이었다. 그러나 어릴 때부터 진취적이었던 그가 서구의 새로운 학문에 관심을 보인 것은 결코 이상한 일은 아니었다. 이회영은 이상설을 비롯한 다른 영재들과 더불어 전통적인 한학과 신학문을 공부하면서 10대를 보냈는데, 이 시기에 맺어진 이상설과의 연분은 평생 끊어질 수 없는 독립운동의 동지가 되었다.

이회영이 태어나 자라난 시대의 조선의 국내정세는 참으로 복잡다단하였다. 그가 태어난 시기에 미국, 영국, 러시아, 프랑스 등 서구열강들이 다투어 가며 통상을 요구해 왔지만 철저한 쇄국정책을 고수한 흥선 대원군은 응하지 않았다. 이런 상황에서 1866년 전국에 걸쳐 천주교탄압이 일어나 천주교도 8,000여 명이 학살되고, 프랑스 선교사 9명이 처형되었다. 이에 대한 책임을 물어 로스 제독이 이끄는 프랑스함대가 강화성을 공격함으로 병인양요가 일어났다. 같은 해에 대동강에서 일어난 제너럴 셔먼호 사건의 책임을 추궁하며 무력을 써서라도 조선과 통상조약을 맺기 위해 미국의 아시아함대 사령관 존 로이스 제독이 군함 5척을 이끌고 강화도를 공격함으로 신미양요가 일어났다. 하지만 병인, 신미 두 양요에도 불구하고 대원군은 쇄국정책을 더욱 강화하고 천주교탄압을 멈추지 않았다.

조선이 쇄국정책으로 인해 우물 안의 개구리로 남아 있는 동안 일본은 1868년 명치유신을 계기로 세계를 향해 문호를 개방하여 근대화의 물결에 합류하였으며, 근대적 군비를 갖추게 되었다. 그리고는 1875년 8월에 현대식 군함 운요호(운양함)로 강화도를 공격하며 30

여 명의 주민을 살해하고는 식수를 구하려는 그들에게 조선군이 발포했다는 억지 주장을 하며 우리정부를 위협했다. 그 결과 1876년 2월 27일에 강화도 조약(병자수호조약)이 체결되었다. 이 조약은 일본이 조선에 발을 디디기 위하여 의도적으로 운요호사건을 일으켜 맺은 것으로 그 내용은 일방적으로 일본에게 유리했다. 이 강화도조약이 일본의 조선침략의 시발점이라 해도 과언은 아니다.

그 당시 조선의 통치이념이었던 성리학은 우리민족에게는 별로 쓸모없는 전통적인 학문에 불과했다. 진리탐구를 중요시하는 성리학은 19세기의 격변하는 현실을 인식하지 못하고 살아가는 조선 사람들에게 삶의 이정표가 될 수 없었기 때문에 이회영, 이시영 형제와 동문수학했던 이상설은 진리와 도덕을 바로 깨달아 실천하는데 중점을 두는 양명학을 탐구함과 동시에 그것을 실천이념으로 삼았다. 양명학의 영향을 깊이 받았으면서도 이시영과 이상설은 관직에 들어갔지만 이회영은 그들과 행동을 같이 하지 않았다. 관존여비의 사상과 불평등한 봉건적 인습이나 계급적 사회구조를 천성적으로 싫어했던 이회영은 관직을 맡아 평민들 위에 군림하기를 원하지 않았던 것이다. 그는 사람들은 모두가 평등한 위치에서 자유롭게 살 수 있어야 한다고 믿었다. 이 같은 그의 혁신적인 사상은 그로 하여금 양명학에 몰두하게 만들었으며, 아나키스트 독립운동가의 길을 걷게 만들었다.

강화도조약이 체결된 후 우리 땅에 발을 디디기 시작한 일본의 행보는 용의주도하면서도 대담했다. 급변하는 국제정세에 편승하여 조선에 진출을 꾀하는 러시아와 중국을 비롯한 구미열국의 시도를 따돌리며 1897년에 국호를 "대한제국"으로 바꾼 우리나라의 국권을 점진적으로 장악하기 시작했다. 이 같은 일본의 시도가 성공할 수 있었던 것은 무능력한 고종황제와 일본의 야욕에 편승하여 부귀영화를 누리려는 대신들의 책임이 컸다. 일본은 1905년 11월 17일 회의장을 무장한 군대로 에워싸고 을사늑약을 체결하여 대한제국의 외교권을 박탈하였다. 을사늑약에 찬성표를 던진 5명의 대신은 학부대신 이완용, 군부대신 이근택, 내부대신 이지용, 외부대신 박제순, 농상부대신 권중현이었다.

대한제국의 외교권이 일본에게 넘겨진 을사늑약이 공표되자 삼천리 방방곡곡에 통곡소리가 진동했으며, 황성신문 주필이었던 장지연은 "이날에 목 놓아 우노라"란 의미의 "시일야방성대곡"을 썼다. 이 글에서 장지연은 을사늑약의 부당함을 동포들에게 알리고, 이토 히로부미와 이 조약을 밀어붙인 을사오적을 규탄했다. 충정공 민영환은 을사늑약을 파기하고 을사오적의 처벌을 요구하는 상서를 올렸으나 아무런 효과가 없자 11월 30일 새벽에 고종황제와 동포와 외국사절들에게 보내는 유서 세 통을 남기고 할복자살 하였다.

그런 상황에서 이회영이 가만히 앉아있을 리가 없었다. 명성황후가 일본공사 미우라고로에 의해 시해당한 다음 해인 1896년에 이회영은 시 한 편을 썼다. 이 시를 읽으면 풍전등화 같은 처지에 놓인 나라를 구하기 위하여 그의 몸을 던지고자 마음먹은 이회영의 굳은 의지를 읽을 수 있다.

세상에 풍운이 많이 일고
해와 달은 급하게 사람을 몰아붙이는데
이 한 번의 젊은 나이를 어찌할 것인가
어느새 벌써 서른 살이 되었으니

　이회영은 그의 결단을 실천에 옮겨 널리 인재들을 모으며 그들과
의 모임이나 각종 행사비용을 담당하였으며, 구국운동에 필요한 자
금을 확보하기 위해 많은 노력을 기울였다. 1898년 3월에 독립협회
가 종로에서 만민공동회의를 열어 러시아를 비롯한 열강의 대한제
국의 이권침탈을 규탄한 바 있는데, 이회영은 이상설과 함께 이 회의
에 참석했다. 1900년에 들어서면서 일본의 침략행위가 노골화되자
친일파들은 제철을 만난 듯이 다투어가며 일제에 아부하는 망국적
인 현상이 일어났다. 그러자 많은 애국지사들도 나라를 살리기 위한
공동전선을 펴기 시작했다. 그때 서울에 있는 상동 감리교회는 김구,
이동녕, 이동휘, 이준, 이상설, 신채호 등이 함께 하는 구국운동의 요
람지가 되었다.

　이회영은 1904년에 상동교회에서 설립한 민족교육기관인 상동청
년학원의 학감이 되어 2년 간 일하면서 그 교회를 중심으로 전개되
는 민족운동의 주역을 담당했다. 기울어 가는 국운을 바로잡기 위하
여 동분서주하면서 이회영은 을사늑약은 일본의 강압에 의해 날조
된 것이기에 국제법상 무효임을 주장했다. 동시에 그는 그 조약을 성
사시키는 데 앞장섰던 을사오적을 처형하기 위한 암살단을 조직했
다. 이회영이 자금을 마련하여 상동교회를 중심으로 추진한 을사오

적 암살계획은 정보가 누설되어 실패로 돌아갔다. 을사늑약을 무효화 시키고 그 조약체결의 주역들을 없애려던 계획이 좌절되자 이회영은 새로운 방안을 모색하게 되었다. 그 결과 국내에서 일경의 감시를 받아가며 어렵게 구국운동을 하느니 보다는 투쟁장소를 국외로 옮기면 조직적으로 더욱 강력한 국권회복운동을 전개할 수 있으리란 결론에 도달하게 되었다. 이회영은 그 생각을 실천에 옮기기 위하여 이상설을 만주 용정으로 보내어 그곳 상황을 알아보며 준비작업에 착수하도록 하였다.

이상설은 1906년 4월 18일 이동녕과 함께 서울을 떠나 상하이를 거쳐서 러시아 영토인 블라디보스토크로 갔다. 그곳에서 황달여, 정순만, 김우용, 홍창섭 등과 만나 북간도에서 우리 동포들이 제일 많이 정착해 있는 용정으로 들어갔다. 그때 용정에서는 천주교 회장이었던 최병학이 제일 큰 집을 가지고 있었다. 이상설 일행은 그 집을 사서 학교 건물로 개조하여 "서전서숙"을 세웠다. 이회영 일행이 들어와서 구국운동을 할 수 있는 터전을 마련한 것이다.

이상설이 용정에서 민족교육기관인 서전서숙을 설립하고 교육사업을 시작했을 때 국내에 있던 이회영은 네델랜드의 수도 헤이그에서 열리는 제2차 만국평화회의에 밀사를 파견하여 일본이 불법으로 대한제국의 외교권을 빼앗았음을 온 세계에 알리도록 고종황제에게 아뢰었다. 파견할 특사로는 정사에 이상설, 부사로 이준과 이위종을 천거하였다. 고종황제의 신임장을 받은 이준은 1907년 4월21일 서울을 떠나 블라디보스토크로 가서 용정에서 온 이상설과 합류한 후

6월 중순에 이위종을 만나 회의가 시작되기 직전에 헤이그에 도착했다. 그러나 일본과 영국대표의 노골적인 방해공작으로 그들은 회의에 참석조차 할 수 없었다. 그러나 네델란드 언론인 스테드의 도움으로 만국평화회의를 계기로 개회된 "국제협회"에서 이위종이 일본이 행한 불법으로 대한제국이 당한 억울함을 호소할 수 있었다. 그의 연설은 참석자들의 지대한 관심을 모았고, 여러 나라의 언론에 보도되었지만 구체적이고 뚜렷한 성과를 거두지는 못했다.

헤이그 특사 파견이 실패로 끝난 후 일본은 그것을 구실삼아 고종황제를 강제로 폐위시켰다. 이 같은 일들을 목도하면서 이회영은 그에게 주어진 인생의 사명은 강탈당한 나라를 되찾는 것임을 다시 확인했으며, 상동청년학원 학감으로 있으면서 1907년 4월에 비밀결사 단체인 신민회를 결성했다. 안창호, 신채호, 이동휘, 양기탁, 이갑, 조성환 등의 애국지사들이 참여한 신민회는 정치, 경제, 사회, 교육, 문화 등 모든 분야의 인재들을 양성하여 국력을 기르는데 그 목적을 두었다. 이회영은 신민회 발족에 주도적인 역할을 했으나 대표직을 맡지 않았음은 물론 임원명단에도 그 이름을 올리지 않았다. 관직에 오르거나 무슨 회나 단체나 당의 대표나 장이 되는 것을 전혀 원하지 않았기 때문이었다. 이회영의 궁극적인 목표는 국권을 회복하여 자주독립 공화국을 세우는 것이었다.

이회영은 신민회가 발족된 다음 해인 1908년 10월 20일에 이은숙과 상동교회에서 한국에서 최초로 신식 결혼식을 올렸다. 그는 당시의 관습에 따라 19세 되던 해에(1895년) 부모가 정해준 달성 서씨와 결혼하였다. 그러나 불행하게도 그녀는 규룡, 귀원, 규학 삼남매를 낳고 1907년에 세상을 떠났다. 첫째 부인과 사별한 후 두 번째 부인 이은숙을 맞이하면서 교회에서 결혼예식을 행한 것 하나만으로도 이회영은 진정 진취적인 사상의 소유자였던 것을 알 수 있다. 그는 개가를 장려했으며, 과부가 된 그의 누이동생을 재가시켰고, 아버지가 돌아가시자 집안의 노비들을 해방시켜 주었다는 사실은 이회영은 참으로 시대를 앞서 살았던 인물이었음을 알 수 있게 해준다.

이회영의 두 번째 아내가 된 이은숙은 천하에 찾아보기 힘든 현모양처였을 뿐 아니라 여걸이어서 이회영의 평생의 동지이기도 했다. 그녀는 결혼한 지 2년 만에 남편과 함께 서간도로 망명하여 온갖 어려움을 당하면서도 그를 도우며 항일투쟁에 매진하다 마적단의 총탄에 맞아 죽을 고비를 넘기기도 했다. 목숨을 내걸고 국내에 잠입하여 독립운동자금을 마련하는 역할을 마다 않고 감당한 그녀이기도 했다. 이런 여인을 아내로 맞이한 이회영은 지용을 겸비한 훌륭한 장수를 얻은 왕처럼 용기백배하여 상동교회에서 젊은이들을 가르치며 신민회와는 긴밀한 관계를 유지하면서 만주에 독립운동 기지를 설치할 준비를 착착 진행해 나갔다.

일제의 감시가 점점 더 심해지면서 신민회 활동이 원만하게 진행되지 않게 되었고, 상동교회에 대한 일경의 압제도 심해졌다. 이렇게 되자 이회영은 그의 형제들과 협의하여 그들의 전 가산을 정리하며 만주로 망명하기로 결정했다. 그들은 땅과 집을 처분하여 40만 원 정도의 자금을 마련할 수 있었다. 당시의 40만 원을 오늘 날의 가치로 환산하면 줄잡아 650억 원 이상 되는 거금이었다. 이 돈을 가지고 이회영의 6형제 가족 60여 명은 만주로 집단망명의 길에 올랐다. 1910년 12월 하순경이었다. 이회영 일가가 조국강산을 뒤로하고 만주로 향하는 대열 속에는 그가 자유인이 되게 해준 노비들도 10명 이상 동행했다. 이회영을 존경하고 신뢰하기에 자유의 몸이 되어서도 그와 생사고락을 함께 하기로 결단한 그들이었던 것이다. 이 사실만 보아도 이회영이 어떤 인품과 인격을 지닌 인물이었나를 잘 알 수 있다.

　이회영 형제 일가가 서울을 떠나 신의주를 거쳐 국경을 넘어 10여 대의 마차에 분승하여 만주로 향했다. 이 장면은 구약성서에 등장하는 아브라함이 하나님의 명령을 받들어 온 가족과 소유를 거느리고 갈대아 우르를 떠나 무엇이 기다리는 지도 모르는 광야로 들어가던 광경을 연상하게 한다. 이회영 일행이 넓고도 험한 만주벌판을 가로 질러 유허현 삼원보 추가가에 도달했을 때는 2월 초순이었다. 그곳을 정착지로 정한 이회영 형제들은 이상룡, 김동상, 이동녕 등과 함께 1911년 4월에 삼원보 대고산에서 "노천군중대회"를 열고 "경학사"와 "신흥강습소"을 설립했다. 경학사는 그 곳 한인사회의 자치기관으로서 낮에는 농사를 지어 생계를 도모하고, 밤에는 학문을 가르치는 곳이었고, 신흥강습소는 독립군을 양성할 목적으로 한 군사교육기관을 세우기 위한 포석작업으로 만든 기관이었다. 그 두 기관의 운영자금은 이회영이 마련해 온 기금으로 충당했지만 자금이 고갈되고 국내에서의 모금이 어려워지면서 재정난에 봉착하게 되었다. 그러자 경학사는 그 목적과 이념을 그대로 지닌 채 이상룡이 주도하여 조직한 "부민단"에 의해 계승되었다. 이처럼 어려운 재정적 여건에도 불구하고 이회영은 의도했던 대로 신흥강습소를 기반으로 천연의 요새인 합리하에 신흥무관학교를 세우고 독립운동에 참여할 전사들을 양성하기 시작했다.

이회영 일가가 가지고 온 자금과 이동녕, 이상룡, 김대락의 불심양면의 협조로 세워진 신흥무관학교는 1912년 7월 20일에 100여 명의 동포들과 중국인 수십 명이 참석한 가운데 낙성식을 가졌다. 그해 가을에 속성특과로 변영태, 성수식, 강한영 등 11명의 졸업생을 배출한 것을 시작으로 1920 년까지 3,500여 명의 독립투사들을 배출함으로서 만주에서의 독립군 양성의 요람지가 되었다. 신흥무관학교가 이 같은 놀라운 성과를 거둘 수 있었던 것은 조국의 광복을 위해 몸과 마음과 영혼까지 바쳐가며 그 학교를 설립하여 나라를 위해 싸울 전사들을 길러낸 이회영과 무관학교 지도자들의 노블레스 오블리주 정신 때문이었다.

신흥무관학교가 문을 열자 원근 각처에서 숱한 지원자들이 모여들었는데, 그들 중에는 국내에서 탈출한 애국청년들과 만주에 거주하는 젊은이들과 과거 의병으로 싸웠던 장년들도 있었다. 반면에 입학 자격 최저연령이 18세였는데 15세 밖에 안 된 소년이 먼 길을 걸어 찾아와서 꼭 입학하고 싶다고 울며 사정하는 통에 예외로 취급해서 입학을 허용하기도 했다. 새벽 6시에 기상하여 저녁 9시에 취침하는 매일의 교과일정은 고되고 힘들었다. 그러나 신흥무관학교를 찾는 이들은 모두가 조국의 해방을 위해서라면 목숨을 내놓을 각오까지

되어 있었던 자랑스러운 대한의 남아들이었다. 그들은 살인적인 추위 속에서도 좁쌀 밥과 반찬으로는 콩장만을 먹으면서도 힘든 군사 훈련을 받음은 물론 국어를 비롯하여 우리나라의 역사와 지리, 물리, 과학, 체조와 외국어에 이르기까지 여러 과목들을 공부했다. 황무지를 개간하여 옥수수, 콩, 수수 등을 심어 식량을 자급자족했다. 그들은 "조국을 위해서는 항일투쟁, 모교를 위해서는 경제투쟁"이란 구호를 외치며 실천한 것이다. 신흥무관학교 학생들이 어떤 마음의 자세로 훈련에 임했으며, 공부했는지는 그들이 아침마다 부른 교가에 잘 나타나 있다.

> 서북으로 흑룡태원 남의 영절에
> 여러만만 현원자손 업어 기르고
> 동해 섬 중 어진 것들 품에다 품어
> 젖 먹여 기른 이 뉘뇨
> 우리 우리 배달 나라의
> 우리 우리 조상들이라
> 그네 가슴 끓는 피가 우리 핏줄에
> 좔좔좔 걸치며 돈다
>
> 장백산 밑 비단 같은 만리낙원은
> 반만년래 피로 지킨 옛 집이거늘
> 남의 자식 놀이터로 내어맡기고
> 종 설음 받은 이 뉘뇨
> 우리 우리 배달나라의

우리 우리 자손들이라
가슴 치고 눈물 뿌려 통곡하여라
지옥의 쇠문이 운다

칼춤 추고 말을 달려 몸을 단련코
새론 지식 높은 인격 정신을 길러
썩어지는 우리민족 이끌어 내어
새 나라 세울 이 뉘뇨
우리 우리 배달나라의
우리 우리 청년들이라
두팔 들고 고함쳐서 노래하여라
자유의 깃발이 떴다

   그들은 교가를 부를 때마다 옛 고구려의 땅이었던 만주에서 피나는 군사훈련을 받으며 민족의식을 굳건히 하기 위한 공부에 전념하는 배달민족의 후손들임을 확인했다. 그들의 훈련과 교육을 총 책임진 신흥무관학교의 초대교장은 이동녕이었고, 학생들의 훈련을 직접 담당한 교관들이 일본 육군사관학교 출신인 이청천을 필두로 이범석, 박영회, 이창녕, 오광선 등 이었으니 그 학교 출신들이 만주와 중국에서 독립운동의 핵심이 된 것은 당연한 일이었다. 좀 더 구체적으로 신흥무관학교가 배출한 인재들의 활약상을 알아본다면 1919년 11월 만주 지린성에서 조직되어 일제에 무력으로 대항한 "의열단"을 이끈 주요 인물들도 그 학교 출신들이었다.

우리 독립운동사에 길이 빛나는 봉오동 전투와 청산리 전투 같은 항일대첩들은 이범석, 이청천 등 신흥무관학교 교관출신들이 주축이 되어 싸운 전투들이였다. 신흥무관학교 졸업생들은 홍범도 부대에도 다수 참여했으며, 그들이 포함되지 않은 독립군 부대가 없을 정도로 신흥학교를 거친 이들의 활약은 크기만 했다. 한 마디로 신흥무관학교는 독립군을 길러내는 사관학교였다. 만일 이회영이 신흥무관학교를 세우지 않았다면 항일 독립운동사는 크게 달라졌을 것이다. 이 학교를 설립한 이들 중 이시영, 이상룡, 이동녕, 박찬익, 윤기섭, 이탁 등이 1919년 4월에 상하이에 수립된 대한민국 임시정부에 참여한 사실은 신흥무관학교가 우리 독립운동사에 차지하는 비중이 어떠한가를 잘 알 수 있게 해준다.

　　전 재산을 투입하여 신흥무관학교를 설립하고 운영한 이회영 일가의 생활은 비참하기만 했다. 명문가의 후손으로서 서울에 있을 때 이회영 일가는 모두가 부러워하는 갑부였다. 따라서 그들이 미지의 땅 북간도에서 당했을 슬픔과 고통은 말 할 수 없이 컸을 것이다. 서울을 떠나면서 오늘 날의 가치로 650억 원이 넘는 막대한 자금을 가지고 갔지만 경학사와 신흥무관학교를 세우고 운영하느라 전부 소진되자 그들은 끼니조차 제대로 때우지 못할 정도로 궁색하게 되었다. 거기다 이회영의 아내 이은숙과 두 어린 자식이 마적단의 총탄에 맞아 혼절하는 일까지 생겼다. 이처럼 어려운 상황에서도 이회영은 동요하지 않고 가족들과 동지들을 위로하고 격려하는 자상함과 대담함을 보였다. 그러나 군자금 없이 일제에 대항해 무력투쟁을 계속할 수는 없는 노릇이어서 이회영은 자금을 마련하기 위해 위험을 무릅

쓰고 고국으로 들어가기로 결심했다.

4년 만에 돌아와 보니 고국은 여러 면으로 변해있었고, 일경의 감시를 피하자니 활동하기도 힘들었다. 그런 가운데 조심스럽게 동지들을 만나며 국내로 잠입한 목적을 달성하려 노력하던 어느 날 이회영은 은거하고 있던 유진태의 집에서 일경에 의해 체포되었다. 계속되는 경찰의 심문에 이회영이 일관되게 그가 일시 귀국한 것은 조상의 산소에 성묘하고, 토지를 매각하기 위해서라고 답하자 구체적인 혐의나 증거를 찾아내지 못한 그들은 그를 석방해 주었다. 경찰서에서 나온 후에도 이회영은 효과적인 반일투쟁 방안을 모색하며 군자금을 확보하려 동분서주해 보았지만 뚜렷한 성과를 거두지는 못했다.

그러던 중 1918년 이회영은 헤이그 밀사사건으로 폐위된 고종황제를 중국으로 망명시킬 계획을 세우기 시작했다. 엄청나게 힘들고 위험한 일임에도 불구하고 이회영이 그 일을 추진한 데는 그럴만한 까닭이 있었다. 만일 고종황제를 모시고 중국에 망명정부를 세워 일본에 대항하게 되면 세계의 관심을 모으며 국민들의 전적인 지지를 받을 수 있다고 판단한 것이다. 이회영은 어렵게 그의 생각과 계획을 전달하여 고종황제의 허락을 얻었다. 그런 후 그는 중국 베이징에 황제가 거처할 장소까지 마련하였다. 그러나 그가 애써 수립하고 추진한 고종황제의 망명계획은 고종의 갑작스러운 서거로 실현되지 못했다. 이회영의 분노와 슬픔은 컸다. 그러나 그는 "어쩔 수 없는 벽"이라고 포기하지 않고 "그 벽을 타고 오르는 담쟁이"처럼 주저앉지 않고 고종황제의 국상을 앞두고 서울을 떠나 베이징으로 향했다. 베이징에 도착한 그는 하나로 통합된 독립운동을 전개할 방법을 강구하기 시작했다. 한편 이회영이 중국으로 떠난 후 1919년 3월 1일에 일어나 삼일운동이 전국으로 확산되자 국내외에서 임시정부수립운동이 논의되기 시작했다.

상하이에서도 우리 임시정부를 세워야 한다는 분위기가 무르익어 1919년 4월 11일 대한민국 임시정부가 수립되었다. 이때 이회영은 임시정부 아닌 독립운동 총본부를 구성하자고 제의했다. 정부가 조직되면 독립운동가들 사이에 권력투쟁이 일어날 것을 염려한 것이다. 이회영이 모든 독립운동가와 단체들이 참여할 수 있는 독립운동 총 본부를 구성하자고 한 것은 이 때문이었다. 그러나 그의 주장은 받아들여지지 않았고, 그가 임시정부의 주역이 되지 못해서 그런다는 비난까지 받게 되었다. 예측했던 대로 임시정부가 내각을 조직하면서부터 분열과 파행에 휩싸이게 되자 이회영은 참담한 심정으로 상하이를 떠나 베이징으로 돌아가서 국내외 독립투사들과 긴밀한 연락을 취하며 만주에 있는 동지들과 신흥무관학교 출신들을 주축으로 독립군을 편성하여 일제에 대항할 준비를 하기 시작했다.

임시정부에서는 박찬익을 베이징으로 보내서 이회영과 그와 뜻을 함께 하는 동지들을 임정으로 부르려했다. 그러나 이회영은 임정의 부름에 응하지 않았다. 뿐만 아니라 임정에 합류한 동생 이시영이나 이동녕과도 거리를 두기 시작했다. 임정 밖에서 항일투쟁을 벌이는 이회영과 그의 동지들은 강제와 강권이나 독점이 없는 사회건설을 목표로 삼는 아나키즘이 독립운동의 기본이념이 되어야 한다고 믿었다. 이회영의 이 같은 생각은 임시정부가 수립될 당시 그가 정부라는 조직 대신 "자주 연합적 독립운동 지도부"를 만들자고 했던 것과 맥락을 같이 한다. 이회영은 그와 같은 생각을 지닌 아나키스트 독립운동가들과 힘을 합해 1922년 1월에 독립운동 단체들을 연합하여 "대한 통의부"를 결성했다. 대한 통의부는 그 산하에 의용군을 편성하여 일제의 주요 관공서를 습격하여 무기를 확보하고, 친일분자들을 처단하는 등의 항일투쟁을 벌여 독립운동사의 한 페이지를 장식했다. 그러나 일제의 간담을 서늘하게 하는 전과를 올리던 통의부가 분열되면서 내부적으로 폭력사태까지 일어나게 된 것은 참으로 가슴 아프고 슬픈 일이었다.

대한 통의부를 통해 반일투쟁에 박차를 가하려던 계획이 조직의 내부 분열로 좌절되자 이회영은 크게 실망하였다. 하지만 그는 포기하지 않고 또 다른 방안으로 "이상촌 건설"을 계획하였다. 이 계획은 중국 후난성 한수이현 근방에 있는 양도촌을 중심으로 한 광대한 농지에 우리 동포들을 이주시켜 농촌사회를 건설하는 것이었다. 이회영이 이를 추진하기로 결심한 것은 양도촌에 이상촌이 형성되면 그곳을 독립운동의 전진기지로 삼을 수 있다고 판단했기 때문이다. 이상촌에 이주한 동포들이 인삼을 재배하여 고려인삼을 좋아하는 중국인들에게 팔아 군자금을 마련할 수도 있고, 한국인과 중국인들의 우호관계도 돈독해 질 수 있을 것이란 기대도 했을 것이다. 그러나 이상촌 건설을 제안한 중국인 천웨이치 씨 측의 내부사정으로 이 계획도 무산되고 말았다.

이회영은 주저하지 않고 유자영 등과 함께 1924년 4월에 "재중국 조선무정부주의자 연맹"(무련)을 조직하여 아나키즘에 입각한 독립운동을 계속했다. 그 당시 이회영은 끼니도 잇기 힘들 정도로 어려운 상황에 처해 있었지만 아내의 옷가지와 살림도구까지 팔아서 "무련"의 기관지 〈정의 공보〉를 석판인쇄로 열흘에 한 번씩 발행하여 국내와 중국관내 그리고 일본과 미주지역에 배포하였다. 불행하게도 〈정의 공보〉는 자금난으로 제9호를 마지막으로 발간을 중지해야 했지만 그 파급효과는 엄청나게 컸다. 그에 비례하여 일경의 긴장도 고조되었고, 무련에 대한 감시도 강화되었다. 극심한 자금난과 심해지기만 하는 일제의 감시로 무련이 제대로 활동을 할 수 없게 되자 이회영과 유자명만 베이징에 남고 정화암, 이을규, 이정규, 백정기는 상하이로 떠났다. 상하이로 장소를 옮긴 그들은 1928년 6월 1일 베이징에서 휴간되었던 무련의 기관지 〈정의 공보〉의 제호를 〈탈환〉으로 바꾸어 발행하기 시작했다. 그러나 〈탈환〉도 자금난으로 1929년 5월 1일에 발간된 제6호를 마지막으로 더 이상 발행할 수 없게 되었다.

베이징에서는 이회영의 장남 규학과 조카 규순(이석영의 아들)과 이선춘 등이 친일파와 밀정들을 처벌하며, 독립운동자금을 마련하는 것을 목적으로 하는 "다물단"을 조직하였다. 다물단이 첫 번째 한일은 독립운동가로 위장하고 일본의 밀정노릇을 하던 김달하를 처단한 것이었다. 독립운동의 암적 존재를 제거한 일이긴 했지만 이로 인해 이회영은 큰 곤욕을 치러야 했다. 김달하가 살해되자 중국경찰은 이회영과 그의 가족들을 의심하게 되어 그의 딸 규숙을 체포했으며,

이회영 자신도 경찰을 피해 잠적해야 했다. 엎친 데 덮친 격으로 이회영의 2살 된 막내아들과 손녀 둘이 잇달아 병으로 죽었다. 이 같은 상황에서 중국경찰의 감시는 날로 심해지고, 생계조차 유지하기 힘들어 지자 이회영은 중국경찰과 일경의 눈을 피해 톈진으로 활동무대를 옮기고, 그의 아내 이은숙은 국내로 들어가 자금을 마련해 오기로 했다.

아내가 고국으로 들어간 후 이회영은 금전적으로 더 쪼들리게 되었다. 삼한갑족의 후손이며 만석꾼이었던 그가 하루 세끼 먹을 음식조차 마련하기 힘들게 된 것이다. 그러나 그는 조금도 위축되지 않고 또 다른 독립운동 방안을 찾아냈다. 내몽골 지방에 독립운동기지를 건설하고 1920년 7월에 폐교된 신흥무관학교를 대신할 새 무관학교를 세우기로 작정한 것이다. 그와 함께 이 계획을 추진한 김창숙은 필요한 땅을 확보하기 위해 중국 참의원 의원 이몽경을 만났다. 그 결과 북부 내몽골 지방에 개간이 가능한 땅이 있으니 이용하라는 허락을 받았다. 이회영과 김창숙은 쾌재를 부르며 그 땅을 개간할 자금을 마련하기 위하여 백방으로 노력했지만 뜻을 이룰 수 없었다. 하는 수 없이 김창숙이 국내로 들어가 자금을 모금해 보려했지만 그것도 여의치 않아서, 목표했던 것의 일부에 불과한 소액을 마련하여 돌아오는 중 톈진으로 가는 길이 막혀 상하이로 갈 수밖에 없었다.

이렇게 이상촌 건설 계획이 무산된 후 이회영은 신민회에서 함께 일했고, 경학사와 신흥무관학교 운영을 같이 했던 이광의 도움으로 톈진의 프랑스 조계인 대길리에 거처를 마련하고 아나키스트 동지들과 독립운동을 계속했다. 그러나 이광의 도움이 끊어지자 또 다시 극심한 생활고에 시달리던 어느 날, 그를 찾아온 김종진과 며칠 간 담론하면서 아나키즘에 근거한 그의 독립운동관을 재확인 하였다.

김종진은 청산리 전투의 영웅 김좌진 장군의 사촌동생으로서 이회영을 존경하는 청년이었다. 이회영에게서 큰 감명과 영향을 받은 김종진은 김좌진 장군을 만나 이회영의 항일투쟁 방식과 그가 구상하는 해방된 조국의 정부체제를 설명했다. 그리고는 김좌진의 지원을 받아 "재만 무정부주의자 연맹"(재만 무련)을 결성하고 이회영을 초청했다. 아나키즘에 기초를 둔 무정부주의에 관해 그의 지도를 받기 위해서였다. 그러나 조직이 완료된 후 "재만 한국총연맹"의 위원장 김좌진 장군이 1930년 1월 24일에 암살당하자 이회영은 그대로 텐진에 머무르다 그 해 10월에 상하이로 갔다.

상하이에 있던 임시정부는 1927년 김구 내각이 구성된 후 어느 정도 안정되어 있었다. 그러나 그간 이회영이 겪어온 것처럼 임정도 극심한 재정난에서 벗어나지 못했고, 임정요원들의 생계도 비참하기 짝이 없었다. 일제의 감시와 탄압으로 국내로부터의 자금이 단절되고 미주에서 가끔 보내주던 자금도 끊겨졌기 때문이었다. 그러나 김구, 이동녕, 이시영, 조완구 등 임정요원들은 굳건한 의지와 불타는 애국심으로 임시정부를 지켰다. 이회영이 상하이로 온지 얼마 안 되어 지린성 완바오 산에서 우리 농민들이 황무지를 개간하기 위한 수로 공사를 하다 중국인들과 충돌하는 사건이 일어났다. 그 후에 만주사면이 터지자 이회영은 유자명, 정현섭과 함께 "남화한인 청년연

맹"(남화연맹)들 결성하여 항일투쟁 전열을 재정비 하였다. 남화연맹
은 임시정부의 김구와도 연결되어 있었다.

　이 무렵 중국의 아나키스트 지도자들이 "항일공동전선"을 구축하
자고 제의해 왔다. 이를 계기로 이회영은 항일구국연맹을 결성하여
반일전선을 본격적으로 구축하게 되었다. 이때 이회영은 항일구국
연맹들 요원들과 더불어 비밀리에 "흑색공포단"을 조직하여 일제의
요인암살과 기관파괴를 꾀하였다. 큰 성과는 거두지 못했지만 그들
의 활약은 일제의 간담을 서늘하게 했으며, 이로 인해 중국정부에서
도 우리민족의 항일투쟁을 주시하며 관심을 기울이게 되었다. 1932
년 1월 8일 김구의 지시를 받은 이봉창이 도쿄에서 일본천황에게 폭
탄을 던졌다. 비록 천황을 죽이지는 못했지만 우리민족이 독립을 얼
마나 갈망하는 가를 전 세계에 알린 쾌거였다. 중국신문과 방송들은
이봉창 의사의 의거소식을 "한인 이봉창이 일본 천황을 저격하였으
나 불행이도 맞지 않았다"라는 취지로 앞을 다투어 대서특필하였다.

　이봉창 의사의 의거가 있는지 3개월 후인 4월 29일에 윤봉길이 홍
커우 공원에서 열린 일왕 생일과 상하이사변 승리를 자축하는 행사
장 연단에 폭탄을 던졌다. 윤봉길 의사의 의거를 보고 중국정부는
"백만 중국군이 하지 못했던 일을 한국 청년 윤봉길이 해냈다."며 임
시정부에 우호적인 손길을 뻗치기 시작했다. 이봉창, 윤봉길 두 의사
의 의거는 흑색공포단원들에게도 큰 용기를 주며 그들의 사기를 북
돋아 줌과 동시에 사명의식까지 확인시켜 주었다. 그러나 두 의사의
의거로 일제의 임시정부에 대한 감시와 탄압은 더욱 심해지고 강화

되어 김구를 비롯한 임정요원들은 상하이를 빠져나가야 했다.

이 즈음에 이미 노경에 접어든 이회영은 정현섭, 백정기 등 젊은 동지들에게 만주로 들어가서 거의 없어지다 시피 한 독립운동조직을 살려 일제의 요인들을 제거하고, 주요 기관들을 폭파시킴으로 항일투쟁의 불꽃을 또다시 타오르게 하고 싶다는 의사를 밝혔다. 이회영이 그와 같은 생각을 하게 된 것은 만일 그가 만주에 가서 윤봉길 의사가 홍커우 공원에서 폭탄을 던진 것과 같은 일을 할 수 있다면 재만 동포들의 가슴속에서 꺼져가는 조국의 해방을 갈망하는 불씨를 살려서 광범위한 항일무력투쟁을 전개할 수 있으리라 생각했기 때문이었다. 그 당시 만주는 일본의 강력한 영향권에 들어 있었음으로 이회영 같은 거물급 독립투사가 들어가기에는 너무 위험한 곳이었다. 그 때문에 그를 존경하고 아끼는 동지들은 그의 만주행을 강하게 만류했다. 그러나 이회영의 마음은 흔들리지 않았다. 위험하다고 몸을 사리는 것은 독립투사의 자세가 아니며, 진정 조국의 광복을 원한다면 죽을 곳인 줄 알면서도 들어가야 한다는 것이 그의 결의였던 것이다.

1932년 11월 초에 이회영은 상하이를 떠나 황포 강에서 영국 선박 남창호를 타고 톈련(大連)으로 출발하였다. 그를 떠나보내는 동지들과 아들 규창은 이회영이 무사히 톈련에 도착하여 계획대로 새로운 항일투쟁의 깃발을 올려줄 것을 기대했고, 남창호에 올라 멀어져 가는 상하이의 불빛을 바라보는 이회영의 가슴은 그가 만주에서 단행할 거사들에 대한 계획들로 가득 차 있었다. 그러나 이회영이 남창호에 승선한 후 아무도 그를 다시 만나지 못했다. 그의 시신을 본 사람도 딸 규숙 뿐이었다. 이회영이 어떻게 죽었는지에 관하여 확실하게 알려진 것은 없다. 나중 밝혀진 사실이지만 톈진으로 향하는 남창호의 제일 싼 4등 선실에 타고 있던 이회영은 누군가의 밀고에 의해 일경에게 체포되어 톈진 수상경찰서로 끌려갔다.

67세의 고령으로서 혹독한 고문을 당하면서도 이회영은 재판 받을 때 모든 것을 말하겠다는 말 외에는 취조관의 심문에 일체 답변하지 않았다 그를 돕는 젊은 동지들을 한 명이라도 끌어들이지 않기 위해서였다. 그렇게 12일 간을 심문당하며 온갖 모진 고문을 당한 끝에 이회영은 아무도 지켜보는 이 없이 구치소에서 운명했다. 일본경찰은 여객선에서 체포된 한 노인이 취재를 받던 중 구치소에서 자살했다고 발표했지만 이회영이 고문사 한 것은 의심의 여지가 없다. 이회영이 고문으로 숨져 화장된 후 그 유해는 1932년 11월 28일 고국으로 옮겨져 경기도 개풍군 선영에 매장되었다.

우당 이회영 선생은 그의 67년 삶을 경술국치로 일본에게 강탈당한 나라를 되찾기 위해 일생을 불태우신 분이다. 이조시대의 명재상 백사 이항복의 10대 손인 그는 극도로 혼란스럽고 변화 많은 시대에 태어났다. 그러나 그는 얼마든지 부귀영화를 누리며 살 수 있었다. 명예와 부를 겸비한 명문가에서 태어났을 뿐 아니라 다재다능했기에 원하기만 했다면 높은 관직에 오를 수도 있었고, 우리의 국권을 강탈한 일본에 아부하지 않고도 평안하고 안정된 삶을 살 수 있는 모든 여건을 갖추고 있었다. 그러나 이회영은 그 길을 택하지 않았다.

단신으로 고국을 등지고 남의 나라로 떠나는 것도 힘들고 어려운데 그는 전 재산을 처분한 후 6형제의 식구들 60여 명과 함께 미지의 땅 서간도를 향해 망명의 길을 떠났던 것이다. 주어진 모든 기득권을 아낌없이 내던지고 나라 잃은 동포들과 슬픔과 고통을 함께 나누며 빼앗긴 국권을 다시 찾아 그들과 함께 자유롭게 살 수 있는 "우리나라"를 건설하는 것이 그가 원하는 바였기 때문이었다.

거칠고 황막한 만주에서의 삶은 고난과 서러움의 연속이었다. 남의 땅에서 우리나라의 독립을 위해 싸운다는 것은 힘들었을 뿐만 아니라 언제, 어디서, 어떻게 죽을지 모르는 위험과 공포가 항상 따르는 일이었다. 그러나 이회영은 사반세기를 그 모든 것들을 감수하면서 독립전선의 최 일선에서 한 발자국도 물러서지 않았다. 조국의 해방을 위한 제단에 제물이 된 이회영의 일생을 생각할 때마다 믿음의 조상 아브라함과 이스라엘이 낳은 최대의 민족지도자 모세가 떠오른다. 이회영이 그와 형제들의 전 가족 60여 명을 10여 대의 마차에 나누어 태우고 거칠고 삭막한 만주벌판을 횡단한 것은 때와 장소가 달랐을 뿐이지 아브라함이 그의 모든 가족들과 소유를 거느리고 고향을 떠나 무엇이 기다리는 지도 모르는 광야로 들어가던 것과 다름이 없었다.

이회영이 만주 벌판에서 굶주림에 시달리면서도 떠나온 고국으로 돌아갈 생각조차 안하고 일제에 맞서 싸운 것도 모세가 이집트 왕실의 부귀와 영화를 미련 없이 내던지고 동족과 함께 고난 받기를 원한 것과 같은 결단 이었다. 이회영은 아브라함이 그랬던 것처럼 나라와 민족을 구하기 위하여 정든 땅을 버리고 떠났다. 그리고는 이역 땅에서 밑바닥 인생의 슬픔과 고통, 아픔과 고독을 맛보며 그의 삶을 조국광복을 위해 산 제물로 바쳤다. 모세가 이스라엘 민족을 축복의 땅 가나안으로 인도하기 위해 그 자신의 삶 전체를 바친 것과 다를 바 없었던 것이다. 지치고 힘들고 괴로워서 중도에 포기하고 싶었을 때도 있었겠지만 이회영의 굳은 의지와 불굴의 인내심은 그를 "가다가 중지하는" 나약한 인간으로 만들지 않고, 조국의 광복이라는 그의 인생의 목표를 향해 생이 끝날 때까지 전진하게 했다.

그는 관료주의에 젖어들고, 특권의식에 잡힌 귀족집안의 자손이었지만 명예와 지위와 부귀를 탐하지 않았음은 물론 열린 마음으로 멀리 보는 눈을 가졌던 선구자였다. 그가 집안의 노비들에게 자유를 주고, 교회에서 결혼식을 올렸으며, 청상과부가 된 누이동생을 재가시킨 것은 그 당시 상류사회에서 꿈조차 꾸지 못했던 진보적인 생각을 실천에 옮긴 혁명적인 처사였다. 그는 경학사와 신흥무관학교를 세워 독립을 위해 싸울 전사들을 길러냄으로서 무력항일투쟁의 초석을 놓았다. 그러면서도 그는 앞에 나서기를 거부했고, 뒤에 숨어서 화분의 거름 역할을 한 위대한 애국지사요, 독립투사였다. 그는 만주와 중국에서 행해진 독립운동의 주역이었을 뿐만 아니라 그의 삶 전체를 통하여 진정한 "노블리스 오블리주"가 어떤 것인가를 보여준 민족의 지도자였다. 〈이회영 평전〉의 저자 김상웅은 인간 이회영을 다음과 같이 묘사해주고 있다.

"그의 신념과 사상적 지향이 컴퍼스의 바늘이나 정삼각형의 날카로운 직선형이라면, 다정다감하고 섬세한 성품은 계란과 같은 타원형이었다. 행동철학은 혁명가적이고 전사의 기질을 품었고, 품성은 낭만주의적이고 사색형이며 예술과 시문을 즐기는 풍류가적 이었다. 공적으로는 신념과 대의를 위해 서릿발과 같은 준엄함을 보이고 사적으로는 마을 정자 앞에 우뚝 선 한 구루의 거목처럼 여유 있고 흔들리지 않아서 이념, 출신, 소유를 가리지 않고 그의 그늘을 찾은 사람이 많았다. 그런가 하면 아나키스트의 담백함과 초연함은 계산을 모르는 경륜가였다.”(김상웅: 〈이회영 평전〉, 381-382)

　위대한 인물로 평가되는 인물들 중에는 배우자와 자식들에게는 존경의 대상이 되지 못하는 이들이 가끔 있다. 그러나 이회영의 경우에는 그렇지 않았다. 그의 아내 이은숙은 누구보다 남편 이회영을 우러러보며 받들었으며, 그가 어렵고 힘들고 괴로운 독립투사의 길을 가는데 가장 믿음직스러운 동지로서 그림자처럼 따라 다녔다. 그의 아들과 딸들에게도 이회영은 자랑스럽고, 존경스러운 위대한 아버지였다.

　일제의 잔인하고 악랄한 식민통치에서 벗어나 모두가 자유롭고 평등하게 잘 사는 우리나라를 꿈꾸었으며, 그 꿈의 실현을 위해 일생을 바친 우당 이회영 선생은 해방의 날을 보지 못하고 이역 땅에서 한민족의 울분과 설움을 가슴에 않은 채 쓸쓸하게 숨겨갔다. 그러나 그의 죽음은 땅에 떨어져 썩어진 한 알의 밀알 되어 조국광복의 기초가 되었으며, 대한민국이 모든 난관을 극복하고 일어서 선진대열의 선두에 설 수 있는 밑거름이 되었다. 이제 그렇게 싹트고 자라나 열매 맺은 우리 조국 대한민국을 자유 민주주의 체제하에 더욱 번영시키고 발전시키는 몫은 우리들의 것임을 기억하여야 할 것이다.

[참고 문헌]
김삼웅: 〈이회영 평전〉
이정규: 〈우당 이회영 약전〉
김명섭: 〈자유를 위해 투쟁한 아니키스트〉
이은숙: 〈가슴에 품은 뜻 하늘에 사무쳐〉
서중석: 〈이회영의 교육운동과 독립군 양성〉
박   한: 〈이회영의 생애와 민족운동〉

김정만 편

▶ 안중근 의사의 어머니 조 마리아 여사

조마리아 여사

안중근 의사의 어머니 조마리아 여사

한국의 독립운동가로 안중근의 어머니이다. 본관은 배천이다. 천주교 세례명은 마리아(瑪利亞)이다. 국채보상운동에 참여하여 활동하였다. 아들 안중근이 이토 히로부미를 사살한 뒤 일제에 의해 사형 판결을 받자 항소하지 말고 권했다는 일화가 널리 알려져 있다. 아들이 결국처형된 뒤 중국 상하이에서 당시 임시정부 인사들에게 여러가지로 도움을 주며 독립운동의 정신적 지주로 불렸다.

네가 나라를 위해 이에 이른즉 다른 마음먹지 말고 죽으라. 옳은 일을 하고 받는 형(刑)이니, 비겁하게 삶을 구걸하지 말고 대의에 죽는 것이 어미에 대한 효도다

- 사형을 앞둔 아들 안중근에게

안중근 의사의 어머니 조마리아 여사

김 정 만

조마리아 여사의 본명은 조성녀(趙姓女)이다. 마리아는 천주교 세례 명이다. 여사는 1862년 황해도의 명문가인 배천 조씨 진사 선(煽, 호 濟弘)의 3남 2녀 중 둘째로 태어났다. 조 마리아 여사가 태어난 조선 시대에는 유교적가부장제가 심화된 시기였다.

역사연구에 따르면 고려시대까지 왕실에서는 재혼이 가능해, 자유 연애를 비롯해, 남녀 간 차별이 그다지 심하지 않았다고 한다. 고려 말 남성중심의 성리학적 사상체계가 유입되면서 남존여비사상이 한 국사회에 뿌리내리게 되었다. 유교는 정치이념뿐 아니라, 사회제도 로 작용하며, 여성의 공적활동을 크게 제한했다. 특히 조선중기 이 후, 장자를 중심으로 제사 및 유산상속의 법이 사회전반에 확립되었 다. 혼인제도는 남자들은 여러 명의 첩을 둘 수 있었지만, 여성들은 여성의 이혼청구권 부정, 과부의 재가금지, 삼종지도(三從之道), 내외 법(內外法) 등의 규제를 받았다. 1895-96년에 걸친 갑오개혁으로 과 부에 대한 재혼이 허용되는 등 여성에 대한 규제가 다소 완화되었으 나, 여전히 가정 밖에서의 활동은 제한적이었다.

1990년대 이후 한국사회는 국제화 및 교육과 연구수준의 향상, 산업의 고도화 및 민주주의 성숙으로 여성들의 지위가 과거보다 한층 나아졌다. 그러나 아직까지 학계뿐 아니라 일반 대중들에게도 여성 독립운동가에 관한 연구 및 지식은 일천하다고 할 수 있다. 깊은 애국심을 바탕으로 아들 안중근(安重根)을 나라를 위한 의인으로 키워냈던 조마리아 여사도 예외가 아니다.

이 글은 3남 1녀의 자녀가 모두 독립운동에 헌신하도록 키운 어머니이자 독립운동가였던 조마리아 여사를 조명하려는 시도이나, 그의 생애 및 활동에 대한 사료의 부족으로 내용이 다소 제한적일 수 있음을 미리 밝힌다.

어려서부터 남달리 총명했던 조마리아 여사는 10대에 황해도의 진사 안태훈(安泰勳,1862 1906)과 결혼해 3남 1녀(중근, 정근, 공근, 성녀)를 두었다. 장남인 중근이 태어난 때는 1879년 9월 2일이다. 동갑내기였던 남편은 민족주의 역사학자 박은식과 함께 황해도에서 양대신동으로 불렸는데 일찍이 그는 진사시에 합격해 안 진사로 불렸다.

1884년에 일어난 갑신정변의 주역 중 하나인 개화파 박영효가 일찍이 일본으로 70여명의 청년을 선발해 유학시키려 했을 때, 안태훈도 선발되었다. 갑신정변은 실패로 돌아갔지만, 이 사건은 안태훈의 가정에도 중요한 변화를 가져왔다. 그의 아버지 안인수(安仁壽)는 진해 현감의 지위에 올랐고, 안태훈도 아버지를 따라 관직을 꿈꿨으나, 정변 후 그들은 역적으로 몰려 쫓기는 신세가 되었다. 목숨만을 겨우

건진 안태훈은 70명이 넘는 가족을 이끌고 황해도 천봉산으로 피신을 갔다. 당시 장남 안중근의 나이는 겨우 6세였다.

1896년 안태훈은 우연히 찾은 명동성당에서 하나님을 만나 천주교에 귀의했다. 이듬해 조 마리아 여사와 안중근 일가는 천주교를 믿고 독실한 신자로 살아가게 되었다. 특히 안중근은 프랑스인 홍석구 신부로 부터 영향을 받아 서구문명과 새로운 국제질서에 대한 통찰력을 기를 수 있었다. 초월적 신을 믿게 되면서 조마리아 여사는 자신과 아들의 목숨도 나라의 정의를 세우는데 아끼지 않는 담대함을 갖게 되었다. 안중근 역시 위기에 처한 조국을 구하는데 자신을 바친 결정을 내린 것도 신앙적 배경이 있음을 짐작할 수 있다.

1904년 발발한 러일전쟁은 러시아와 일본이 한반도와 만주에 대한 지배권을 두고 대립하던 끝에 벌어졌다. 전쟁이 발발하자 일본은 1904년 2월 23일 한국과 강제로 "한일의정서"를 체결했다. 일본은 한국의 독립을 보장하는 대신 한국은 일본의 전쟁수행을 돕는다는 내용이었다. 러일전쟁으로 국가가 위기에 처하자 안태훈과 안중근 부자는 중국으로 망명해 독립운동을 하기로 결정했다. 조 마리아여사도 이를 지지했다. 1905년 10월 아들 안중근이 먼저 상해로 망명했다. 러일전쟁에서 승리한 일본은 그들의 한국에 대한 약속을 헌신짝처럼 내던지고 1905년 11월 15일 마침내 을사늑약을 체결해 한반도를 보호국으로 만들었다.

을사늑약으로 외교권을 박탈당한 대한제국에선 곧 모든 해외공사관이 철수당했으며 이토 히로부미가 초대통감으로 취임했다. 이러한 위기가운데 조 마리아여사의 남편 안태훈은 1906년 1월 지병으로 세상을 떠났다.

조마리아 여사는 남편과의 사별 전까진 가정의 대소사를 책임지는 아내이자 ,어머니로, 또 며느리로서의 역할을 다했다면, 이후 장남 안중근이 본격적인 애국계몽과 독립운동에 참여하면서 조 마리아여사의 활동영역은 가정을 넘어 사회로 확장 되었다. 그녀는 개화사상을 품었던 남편 안태훈을 내조하면서 이에 영향을 받았던 것으로 보인다. 또한 개화운동이 활발했던 평안남도 삼화항으로 이주한 이래 아들 안중근이 삼흥학교, 돈의학교 운영에 전념토록 도우면서 여성의 사회참여의 필요성도 깨닫게 되었다.

1907년 안중근은 "국채보상운동(國債報償運動)관서지부"를 설치하고 지부장으로 활동하였다. 이때 조마리아 여사도 '삼화항 은금폐지 부인회' 활동에 참여하였을 뿐 아니라 자신의 패물을 모두 국채보상 의연금으로 헌납했다. 당시 1907년 5월 29일자 〈대한매일신보〉 국채보상의연금 수입광고에는 다음과 같이 기록되어 있다.

"삼화항 은금폐지 부인회 제 이회 의연 안 중근 자친 은지환 두 쌍 넉냥 닷 돈 중은 아직 팔리지 못하였음. 은투호 두 개 은장도 한 개 은 귀이개 두 개 은가지 세 개 은부전 두 개 합 십종 넉냥 닷 돈 중 대금 20원"

을사늑약을 전후해 안중근 부부 및 자녀들이 중국으로 망명을 떠날 때, 조 마리아여사는 아들 내외가 모친을 두고 떠나는 것을 섭섭해 하기보단, "집안일을 생각하지 말고 최후까지 남자답게 싸우라."고 격려했다. 조 마리아 여사의 이 천금 같은 가르침은 안중근이 북만주와 연해주에서 풍찬노숙하며 독립운동을 전개할 수 있게 해준 원동력이 되었다.

1909년 10월 26일, 안중근은 중국 하얼빈 역에서 한국침략의 원흉 이토 히로부미를 처단했다. 안중근의 10,26의거는 일제의 침략에 항거하던 독립운동가는 물론 만청정부 타도운동을 벌이던 중국의 혁명 운동가들로부터 큰 찬사를 받았다. 나아가서 일본의 한국침략을 주시만 하고 있던 서구 열강의 주목을 끌기에 충분한 사건이었다.

안중근 의사의 하얼빈의거는 당시 국내외 독립운동의 시발점이 되었다. 의거 이후 일제는 안중근 의사 뿐 아니라 한국에 따로 거주하던 그의 형제들과 어머니 조 마리아여사를 취조했다. 일제당국은 조 마리아여사에게 아들이 일본의 최고지도자 이토를 암살한 것은 자식교육을 잘못한 탓이라고 추궁하며 윽박질렀다. 이에 그녀는 "내 아들이 나라 밖에서 무슨 일을 저질렀는지는 내 알 바 아니다. 그렇지만 이 나라 국민으로 태어나 나라의 일로 죽는 것은 국민 된 의무이다. 내 아들이 나라를 위해 죽는다면 나 역시 아들을 따라 죽을 따름이다."라고 항변했다.

선천적으로 조용한 성품을 가졌던 조마리아 여사는 자녀들에게는 한없이 자상한 어머니였다. "사람은 사람답게 살아야 한다."는 가훈으로 자녀들을 가르쳤으며 나라 없는 백성은 국민이 아니다. 라는 것을 늘 강조했다. 조 마리아여사는 자녀들에게 나라가 위기에 처했을 때 개인의 안일보다 나라를 구하는 것이 먼저라는 인식을 심어줬다. 사적인 정의(情誼)로 대의를 그르쳐서는 안 된다고 가르쳤다.

그녀는 자녀들을 양육할 때 엄하게 꾸짖기보단 각자의 재능을 살펴 이를 발휘하도록 교육했다. 일례로 둘째 정근(定根)과 셋째 공근(恭根)에게는 학문을 독려했지만 장남 중근에겐 그렇게 하지 않았다. 중근은 학문보다 말 타기와 활쏘기 등 무예를 연마하는데 더 취미를 가졌다. 그는 숙부와 포수꾼을 따라 사냥하기를 즐겼으며 명사수로 명성을 날렸다. 친구들과 어울려 음주가무도 즐겼다. 그러나 어머니 조 마리아여사는 중근의 이런 모습을 오히려 장점으로 여기고 그의 담대하고 호방한 성격을 장차 나라를 구할 장군감으로 여겼다.

아들 안중근은 어머니에 대한 효심이 지극했다. 이와 관련해 1914년 8월 9일 〈권법신문〉이 연재한 〈만고의ㅅ, 안중근젼〉에서 단선(檀仙) 계봉우는 안중근을 "어머니를 제자 요한에게 부탁하던 두 번 째 예수(와 같다)"라고 칭송했다. 거사 후 안중근은 중국 여순감옥에 수감되었다. 그리고 1910년 2월 14일 사형선고를 받았다. 그러나 조 마리아여사는 아들을 면회하지 않았다. 대신 안정근과 안공근 편에 "늙은 어미보다 먼저 죽는 것을 불효라 생각한다면 이 어미는 웃음거리가 될 것이다. 너의 죽음은 너 혼자의 것이 아니라 조선인 전체의 공분을 짊어짐이다. 네가 항소를 한다면 그것은 일제에 목숨을 구걸하는 짓이다. 네가 나라를 위하여 이에 이른 즉 다른 마음먹지 말고 죽으라. 너의 수의를 지어 보내니 이 옷을 입고 가거라. 어미는 현세에서 재회하기를 기대하지 않으니 다음에는 선량한 천부의 아들로 다시 태어나거라.”는 편지를 보냈다고 한다. 어느 어머니도 아들이 죽는 것을 차마 볼 수는 없을 것이다. 그러나 조 마리아여사는 의연히 며칠 밤을 지새우며 명주로 아들이 사형집행 후 입을 수의를 손수 지어보냈다.

사실, 조 마리아여사가 썼다고 알려진 위 편지의 진위여부는 실증적으로 밝혀진 바 없으며, 실존하지 않는 것으로 보인다. 다만 1994년 1월, 일본 다이린치(大林寺)의 주지승 사이토 다이켄이 쓴 〈내 마음의 안 중근〉에서 상기내용이 언급되었다. 그에 따르면, 위 편지는, 안 중근 의사가 31세에 순국 할 당시, 감옥의 간수였던 치바 도시치(千葉十七)라는 자의 전언에 의한 것이라고 한다. 결과적으로 이 내용은 조 마리아 여사가 아들에게 보낸 위 편지내용에 치바 도시치가 감동을 받아 자신의 일기장에 기록해 두었다는 말을 근거로 작성된 구설(口說)이다.

편지의 내용이 안중근에게 전달되었는지는 확인 할 수 없으나, 그가 어머니의 큰 뜻을 이해했음은 틀림없다. 그는 1910년 2월 19일 공소권을 포기했으며, 감형을 위해 항소를 권하던 일제 관선변호사의 권고에도 불구하고 “ 나는 처음부터 무죄요, 무죄인 나에게 감형을 운운하는 것은 치욕이다.”라고 항변했다. 이에 놀란 쪽은 일제였다. 사형집행 전날 3월 25일 안중근은 두 동생과 면회하며, 두 동생에게 모친에 대한 자신의 마음을 전했다. 장남으로서 그 동안 노모를 잘 봉양해 드리지 못한 것을 후회하며 부모보다 먼저 세상을 떠나는 불효를 용서해 달라고 말했다.

안중근의 순국 후 러시아 연해주 에선 '안중근 유족구제 공동회'가 결성되었으며, 이미 이 지역에서 활동하던 안창호 선생의 도움으로 조마리아 및 안중근 유족일가는 러시아 연해주로 이주해 벼농사 및 농장을 경영하며 생계를 이어나갔다.

1911년 여름 일제는 이토 히로부미 암살에 대한 보복으로 조마리아 여사의 8살 난 손자 분도를 과자를 먹여 독살시키는 만행을 저질렀다. 독실한 천주교 신자였던 안중근은 사형집행 전, 어머니와 아내 김아려에게 유언장을 보내 특별히 아들 분도를 신부로 성장시켜 천주님께 바칠 것을 부탁했었다. 아래는 유언장의 일부이다.

"母主前上書(어머님 전상서) 예수를 찬미합니다. 불초한 자식은 감히 한 말씀을 어머님 전에 올리려 합니다. 엎드려 바라옵건대 자식의 막심한 불효와 아침저녁 문안인사 못 드림을 용서하여 주시옵소서. 이 이슬과도 같은 허무한 세상에서 감정에 이기지 못하시고 이 불초자를 너무나 생각해 주시니 훗날 영원의 천당에서 만나 뵈올 것을 바라오며 또 기도하옵니다. 이 현세의 일이야말로 모두 주님의 명령에 달려있으니 마음을 평안히 하옵기를 천만번 바라올 뿐입니다. 분도는 장차 신부가 되게 하여주기를 희망하오며, 후일에도 잊지 마옵시고 천주께 바치도록 키워 주십시오. 이상이 대요이며, 그밖에도 드릴 말씀은 허다하오나 후일 천당에서 기쁘게 만나 뵈온 뒤 누누이 말씀드리겠습니다. 위아래 여러분께 문안도 드리지 못하오니, 반드시 꼭 주교님을 전심으로 신앙하시어 후일 천당에서 기쁘게 만나 뵈옵겠다고 전해주시기 바라옵니다. 이 세상의 여러 가지 일은 정근과 공근에게 들어 주시옵고, 배려를 거두시고 마음 편안히 지내시옵소서. 아들 도마 올림"

1913년 6월부터 9월까지 조마리아 여사는 중부 시베리아 금광을 방문했다. 이것은 국민회에서 연해주 〈대동공보〉 주필 이강을 통해 국민회의 리더십을 회복코자 조마리아 여사에게 도움을 요청한 것이었다. 그녀는 이곳에서 30-40년 전 한국을 떠난 교포들 1,500-1,600명에게 조국의 소식을 전하고, 독립운동을 위한 동포사회의 단합과 협조를 도모했다.

이 후 일제의 감시를 피해 조 여사의 가족은 1919년 10월 중국 상해로 이주했다. 그녀는 안중근의 어머니라는 위상을 바탕으로 상해 임시정부 김구 주석과 안창호 선생 등 여러 독립지사 및 교포들에게 큰 용기를 주었다. 또한 김구 선생의 어머니 곽낙원 여사와 함께 교포사회의 대모역할을 했다. 조 여사는 남은 두 아들 정근과 공근 그리고 딸 성녀가 독립운동에 참여 하도록 적극적으로 도왔다. 정근과 공근은 김구를 도왔다. 특히 정근은 한국 독립당 창당을 위해 15년 넘게 그와 동고동락 했다. 정근의 딸 안미생이 김구의 장남 김인과 결혼 하면서 곽낙원 여사의 집안과 조 여사 가족은 더 가까워졌다. 상해에서 조 여사와 곽 여사는 더불어 한 집에 거주했다. 6개 국어에 능통했던 공근은 안창호의 추천으로 임시정부 모스크바 특사로 임명되었고 임시정부 외무차장으로 발탁되었다. 한편 딸 성녀는 안 의사 의거 후 역시 중국으로 망명해 독립군의 군복을 만드는 일을 했다.

조마리아 여사는 1926년 7월 19일 임시정부를 후원하고자 삼일당에서 안창호의 주도로 열린 대한민국임시정부를 재정적으로 후원하기 위한 후원회에 참가하여 정위원으로 선출되기도 했다. 그녀는 이듬해 7월 15일, 향년 66세에 위암으로 세상을 떠나고 말았다. 장례는 프랑스 조계에 있는 천주교당에서 상해 교민장으로 치렀고 프랑스조계만국공묘의 월남인 묘지에 안장 되었다. 안타깝게도 이 묘지는 개발되어 현재 무덤을 찾을 수는 없다. 조 마리아여사는 일생동안 천주교 신앙을 붙들고 조국의 독립을 위해 살았다. 3남 1녀를 모두 독립운동가로 길러냈다. 또한 그녀는 가난한 자들을 위로하고 검소한 삶을 살았다. 독립운동 단체의 협조요청에는 아무리 힘든 상황이라도 기꺼이 응했다. 교포들의 자녀들도 돌보는 봉사활동도 했다. 대한민국정부는 2008년 조마리아 여사의 독립운동 활동의 공로를 인정해 건국훈장 애국장을 추서했다.

[참고 문헌]
-인터넷 자료, "조마리아, 아들의 죽음을 받아들인 독립운동의 어머니" -새 가정사, "안중근 의사의 어머니 조마리아 여사" 편집부 1972 -오일환, "조마리아의 생애와 여성 리더십" 민족 사상학회 -드림 투게더, "안중근 의사에게 보낸 모친의 편지는 실재했나?" -양현혜, "한국 교회사에 나타난 여성들" 오디오북

백경자 편

▶ 독립을 향한 조선 최초의 여성비행사 권기옥 여사

권기옥 여사

권기옥 여사

대한민국의 독립운동가이다. 1925년 중화민국 윈난 항공학교를 졸업한 한국 최초의 여자 비
행사 출신이며, 이후 대한애국부인회 사교부장을 역임하였다. 대한민국 최초의 여성 출판인이
기도 하다.

꿈을 가져야 한다. 꿈이 없으면 죽은 자와 다를 것이 없다. 내가 지금 열댓
살이라면 우주비행사를 꿈꿀 것이다. 어느 나라든 젊은이들이 꿈이 있고
패기가 있으면 그 나라는 희망이 있다. 감히 다른 나라가 넘볼 수 없다."

-권기옥

독립을 향한 조선 최초의 여성비행사
권기옥 여사

백 경 자

1917년 5월 어느 날, 평양 하늘에 비행기 한 대가 날아오르더니 요리조리 속도와 방향을 자유롭게 조절하며 묘기를 펼쳤다. 아트 스미스(Art Smith)라는 미국의 곡예비행사가 우리나라에서 처음으로 곡예비행을 선보인 것이다. 많은 한국인이 이 광경을 넋 놓고 바라보며 감탄하던 무리 속에는 16살의 한 소녀도 있었다. 소녀는 멋있게 묘기를 부리는 비행기를 보며 "아! 하늘을 나는 저런 게 있었구나, 나도 하늘을 날고 싶다. 나도 꼭 비행사가 되어서 푸른 하늘을 멋지게 날아보겠어!"라고 다부진 다짐을 하였다. 이 소녀가 바로 후에 한국 최초의 여비행사가 된 권기옥이라는 소녀였다.

'권기옥, 그녀는 일본에 나라를 빼앗긴 시대에 살면서도 비행사가 되겠다는 꿈을 포기하지 않았다. 학교에 다니면서도 공장에 다니면서도 비행사가 되겠다는 꿈을 버리지 않았다. 비행술을 배우는 일은 남자도 어려운 일인데도 여자인 그녀가 비행사의 꿈을 포기하지 않은 것은 무엇 때문이었을까? 이 질문에 그녀는 "꿈이 없으면 죽은 자와 다를 것이 없다."고 대답했다.

권기옥, 그녀의 꿈은 그저 꿈에만 멈추지 않았다. 나이가 들어가면서 그녀의 꿈은 현실적으로 구체적인 목표를 설정해나갔다. 어떻게 하면 자신의 몸으로 일제를 쳐부술 수 있을까? 고민하다가 몇 년 전 평양에서 봤던 비행 쇼를 떠올렸다. 비행기를 조종할 수만 있다면 여성이지만 위력적으로 일제와 싸울 수 있겠다고 생각했던 것이다.

　그러나 그녀가 꿈을 이루기에는 현실은 제약이 너무 많았다. 나이도 어린데다가 당시의 항공학교는 남자만 입학할 수 있었다. 죽음도 두려워하지 않은 그녀였지만 여자로 태어난 게 원통했다. 하지만 그녀는 그쯤에서 멈추지 않았다. 중국의 4개 비행학교 중 2곳에서 입학을 거절당하면서도 포기하지 않았다. 그녀는 한 달 동안 중국을 가로질러 윈난성의 비행학교를 찾아갔다. 그리고 "여자의 몸으로 망국의 한을 품고 국권을 되찾겠다고 이 먼 변방까지 왔으니 꼭 입학을 허가해 주십시오"라고 애원했다. 마침내 윈난 육군항공학교 1기생으로 입학을 허락받았다. 1923년, 그녀의 나이 23세 때였다.

　어린 나이에 독립운동에 뛰어들었던 권기옥, 남자들도 손꼽을 정도였던 당시에 세상의 편견을 깨고 독립을 위해 하늘을 날았던 권기옥, 우리는 그녀의 애국심에 대해 얼마나 알고 있는 것일까?
　왜 여성 독립운동가는 남성들에 비해 상대적으로 조명을 받지 못하고 있는 것일까? 그 가장 큰 이유는 여성들의 독립운동에 대한 발굴 작업에 대한 기준자체가 없었기 때문이라는 점이다. 그래서 독립운동가 1만 5180명 중 포상을 받은 여성독립유공자는 겨우 357명 총2%에 불과하다고 기록되고 있다. 이는 남성중심사회가 낳은 대표적인 결과가 아닌가 생각된다.

  그랬다. 항일운동을 할 당시 여성들은 음식을 만들어 배달하는 일, 의복을 만들어서 독립 운동가들이 추운겨울을 지낼 수 있도록 도와 주는 일, 독립자금을 모아서 전달하는 일 등이 주 임무였다. 동시에 정보수집과 정보원 역할 등이었다고 기록을 통해서 알게 되었다. 그런데 만약에 이런 작은 일처럼 보이는 일들을 여성들이 하지 않았더라면 어떻게 세계만방에 흩어진 독립운동가들 간의 엄청난 연락을 감당해 낼 수 있었을까? 라는 생각을 해본다.

  당시 여성들의 일이 다소 규모가 작다 하드라도 이들의 열정과 헌신은 조국의 독립이라는 거대한 건물을 완성하는 주춧돌과 비교가 되고도 남는다. 아무리 큰 건물도 작은 주춧돌이 없으면 완성이라는 결과는 없기 때문이다. 그런데도 여전히 여성 독립운동가들이 남성 독립운동가들에 비해서 저평가 받고 있는 것이 현실이다. 이 같은 불평등을 바로잡고 싶은 마음에 이글을 쓰게 만들었다.

'갈레'에서 기옥으로

  권기옥의 일생은 조국의 독립과 함께 그녀 자신의 완전한 독립을 찾아가는 일정으로 시작되었다. 그녀는 어린 시절 '갈례'로 불렸다. 손위 언니에 이어 또 딸이 태어나 아버지가 농담조로 어서가라는 뜻에서 갈례라고 불렸다고 한다. 이는 끝순이나 말년과 같은 지독한 남아선호사상이 빚어낸 결과이다.

  권기옥은 1901년 1월 11일 평안남도에서 태어났다. 가난한 집안 환경 때문에 4살 위인 언니는 출가하고 어머니는 병약했기 때문에 집안 살림을 도맡아 해가면서 공부를 해야 했다. 식민지 조선의 가난한 둘째딸들이 모두 그랬듯이 그녀도 11살 때부터 은단공장에 취직해 생계전선에 뛰어들었다. 이듬해 장대현교회에서 운영하는 숭현소학교에 입학하면서 '기옥'이라는 이름도 찾게 되었다. 이 시기에 그녀가 스스로 선택한 세례명은 에스터이다. 에스터는 유대인의 딸로 페르시아 왕비가 돼 몰살위기에 처한 동족을 죽음에서 구한 인물이다.

그녀는 숭현소학교를 졸업하자마자 숭의여학교 3학년에 편입해 3.1운동이 일어난 1919년에 졸업했다. 숭의여학교에 다니며 박현숙, 정일성 선생님들을 통해 독립운동에 눈을 뜬 권기옥은 졸업반 때 비밀결사 송죽회의 일원으로 활동했다. 3.1운동이 일어나자 친구들과 기숙사에서 몰래 태극기를 만들어 비밀리에 운반하고 독립만세운동에 적극 참여했다. 이 죄로 체포되어 3주간 구류를 살았다.

이후 대한민국임시정부의 독립운동자임 모금을 위해 단신으로 활동하기 시작했다. 주로 숭의여학교 학생들을 대상으로 자금을 모았는데, 학생들은 긴 머리를 잘라 판돈을 가져오거나 어머니의 패물을 팔아 돈을 마련하곤 했다. 그러던 중 일경에 체포돼 혹독한 고문을 받았다. 유치장 천장에 거꾸로 매달려 수십 번 기절하기를 반복했다. 하지만 임정활동에 대해서는 끝까지 함구했다. 그를 그렇게 취조한 일본인 형사 다나카는 심문조서에 '이 여자는 지독해 도무지 입을 열지 않으니 검찰에서 단단히 다루길 바란다'고 기록할 정도였다. 결국 6개월의 감옥살이를 하게 되었다.

감방에서 출옥한 권기옥은 광복군총영 소속 문일민과 함께 평남도청 폭파라는 거사를 성공시켰다. 이로 인해 청사의 담장이 무너졌고 일경 2명이 현장에서 사망했다. 이후 권기옥은 전국 곳곳에 흩어져 활동하는 동지들과 접선하기 위한 방편으로 평양청년회 여자전도단을 조직해 전도활동을 가장해 전국을 순회·강연하며 비밀공작을 했다. 브라스밴드단으로 불린 이 단체는 민중계몽운동과 독립운동의 연락 등 항일활동이 주 임무였다. 그런 활동을 하고 있는데 평남도청 폭파사건과 대한애국부인회의 임정 군자금모금사건이 발각되고 검거선풍이 불었다. 권기옥은 체포직전 구사일생으로 몸을 피해 조만식 선생이 몰래 마련해준 여비로 중국 멸치 배를 얻어 타고 중국으로 밀항했다.

꿈의 날개를 펴다

권기옥은 1920년 11월 임시정부 의정원 의장인 손정도 목사의 집에 머물면서 비행사가 되겠다는 포부를 밝혔다. 16살 소녀의 낭만적인 날개의 꿈이 3·1만세운동 이후 비행기에 폭탄을 싣고 날아가서 조선총독부와 천황궁을 폭파하리라는 비장한 각오로 변한 것이다. 권기옥의 이 같은 뜻을 알게 된 김규식 선생 부인 김순애 여사가 중국어와 영어를 터득하도록 항주의 홍도여학교를 소개해주었다.

비행사의 꿈을 실현시키기 위해 노력하던 권기옥의 발걸음은 빨라졌다. 당시 중국에는 군벌들이 세운 비행학교가 4개였다. 그 중 보정항공학교와 남원항공학교에서는 입학을 거절당했다. 권기옥이 여자라는 이유였다. 또한 손문이 설립한 광동항공학교에는 비행기가 한

대도 없었다. 그래서 남은 것은 중국 서남단의 외진 운남성의 운남항공학교뿐이었다.

　권기옥은 서류로는 운남항공학교에서도 거절당할 것이 분명하다고 생각했다. 그래서 임정의 이시영 선생과 중국인 혁명가 방성도, 운남성장 겸 독군탕자오의 추천서를 받았다. 그리고 비적들이 들끓는 중국대륙을 가로질러 한 달 만에 운남성 곤명에 도착했다.

　1923년 12월, 권기옥은 추천서를 들고 성장인 당계요와 직접 담판을 지었다. 당계오에게 "여자의 몸으로 망국의 한을 품고 국권을 되찾겠다고 이 먼 변방까지 왔으니 꼭 입학을 시켜 달라."고 사정했다. 조선의 독립운동에 호의적이었던 당계요 성장은 당찬 조선 소녀의 용기와 애국심에 탄복하여 전격적으로 입학을 허가해주었다.

　1924년 연초, 드디어 운남항공학교에 입학한 권기옥은 훈련비행 9시간 만에 단독비행이 허가될 만큼 우수한 학생이었다. 한번은 권기옥이 타려던 비행기가 추락하여 4명이 사망하는 사건을 겪기도 했다. 이 시기에 권기옥을 감시하며 행방을 쫓던 일본영사관은 권기옥이 운남항공학교에 입학했다는 정보를 입수했다. 그리고 청부살인업자를 시켜서 그를 사살하라는 지시를 내렸다. 이를 눈치 챈 권기옥은 함께 항공학교에 다니던 조선청년인 이영무, 장지일 등과 밀정을 공동묘지로 유인하여 권총으로 처단해버렸다.

　1925년 2월 28일 권기옥은 운남항공학교를 졸업하고 자랑스러운 윙wing 배지를 달았다. 이후 교장의 부탁으로 후배들의 정신교육을 담당하며 원 없이 견습 비행을 했다. 1925년 5월 상해로 돌아온 권기옥은 임정의 어른들에게 조선총독부를 폭파하겠으니 비행기를 사달라고 호기롭게 말했다. 하지만, 당시 임정의 형편은 비행기를 살 돈은커녕 임대료도 못 낼 지경이었다. 이에 실망한 권기옥은 1년 가까이 의열단원, 아나키스트들과 교류하며 비행기 살 돈을 만들기 위한 무장행동을 숙의했다. 같은 해 가을 광동의 국민혁명정부가 북벌전쟁을 시작하자 조선 청년들은 국민혁명정부가 만주까지 장악하면 그 여세를 몰아 조선으로 밀고 들어가서 조국을 해방시키리라는 희망을 품고 광동으로 몰려갔다.

권기옥도 비행단이 생길지도 모른다는 희망을 안고 광동으로 향했다. 광동항공학교 기숙사에 머물며 국민혁명정부에 비행단이 창설되기를 기다렸다. 하지만, 당시 국민혁명정부는 항공부대를 만들 여력이 없었다. 1926년 봄, 권기옥은 의열단의 배후 실력자인 손두환 선생의 소개로 북경에 있는 개혁성향 군벌 풍옥상군의 항공대에 들어갔다. 1926년 4월에는 동로군 항공대의 부비항원으로 임명되었다.

비행사의 꿈에 이어 꽃핀 사랑

권기옥은 남원항공학교 교장 겸 동로군 항공대 대장인 서왈보의 소개로 독립운동가인 유동렬 장군과 이상정을 만나게 되었다. 풍옥상군이 친일군벌 장작림군에게 밀려서 내몽고로 퇴각하게 되자 유동렬 선생과 이상정은 권기옥을 따라서 내몽고로 함께 피난했다. 어려운 시기였지만 권기옥과 이상정은 사랑의 꽃을 피워 마침내 결혼을 하게 되었다. 이상정은 '빼앗긴 들에도 봄은 오는가'라는 시로 유명한 민족시인 이상화의 형이다. 결혼식 주례는 유동렬 장군이었고 하객은 함께 피난 온 몇몇 동지들이 전부였다. 당일 주례 유동열은 붉은색 헝겊에 결혼증서를 써주고 두 사람의 결혼을 축하해 주었다.

1927년 봄, 국민혁명군이 공군을 창설하자 권기옥은 중국 공군 비항원으로 임명받았다. 이 무렵 권기옥은 서왈보의 도움으로 비행사가 된 최용덕(당시 중국 공군의 비행사, 해방 후 공군참모총장 역임)과 김홍일(당시 중국 육군 대령, 해방 후 육군 참모총장 역임)을 만나게 되었다. 이후 이들 세 사람은 해방과 한국전쟁을 함께 겪으며 죽는 날까지 우정을 지속했다.

학교를 졸업하고 돌아간 권기옥의 꿈과는 달리 임시정부는 비행기를 구입할 여력조차 없는 상태였다. 자신의 비행술을 독립운동에 바치고 싶던 권기옥에게도 달리 방도가 없었다. 그대신 북경에 있는 중국 항공대에 들어갔다. 중국 역시 일제의 침략을 받는 상황에서 비행사로 일제를 대적할 수 있었기 때문이다. 이후 장제스의 국민정부 아래서 항공사로 일한 권기옥은 1932년 상해전쟁이 일어나자 비행대에서 정찰임무를 맡아 폭격임무를 수행하곤 했다.

1931년 만주를 기습 점령한 일본이 1932년 상해전쟁을 일으켰다. 권기옥은 비행기를 몰고나가 일본군에게 인정사정없이 기총소사를 해버렸다. 중국이 승리하면 조선도 해방될 수 있으리라는 희망을 가졌던 것이다. 이 상해전쟁에서 활약한 공로로 권기옥은 무공훈장을 받았다. 하지만 장개석 중국정부가 만주를 일본에게 넘겨주는 대가로 정전협정을 맺어 권기옥을 통탄하게 만들었다.

무산된 일본 황궁폭파

1935년, 당시 장개석의 부인 송미령 항공위원회 부위원장이 권기옥에게 선전비행을 제안했다. 비행기가 무서워서 공군에 자원하지 않는 중국 청년들을 독려하기 위해 여류비행사인 권기옥의 선전비행을 계획하게 되었던 것이다. 선전비행은 상해에서 북경까지 날아가는 화북선, 화남선, 그리고 동남아시아를 경유하여 일본까지 날아가는 남양선으로 진행될 예정이었다. 권기옥은 남양선 비행의 마지막 순간 일본 황궁을 폭격하겠다는 뜻을 세우고 있었다. 그러나 출발 당일 북경의 대학생 시위로 정국이 불안해지자 선전비행이 무산되고 말았다.

1937년 여름, 중일전쟁이 격화되자 권기옥은 육군참모학교의 교수직을 맡아 영어와 일본어, 일본군 식별법과 성격 등을 강의했다. 1939년 임시정부가 중경으로 와서 정착하자 그는 좌우로 분열되어 있던 부인들을 설득하여 대한애국부인회를 재건하고 선전부장을 맡았다.

1943년 여름, 권기옥은 중국공군에서 활동하던 최용덕, 손기종 비행사등과 함께 한국비행대 편성과 작전계획을 구상했다. 1945년 3월에 임정 군무부가 임시의정원에 제출한 〈한국 광복군 건군 및 작전계획〉 중 '한국광복군 비행대의 편성과 작전'이 그 결실이었다. 미국과 중국에서 비행기를 지원받아서 한국인 비행사들이 직접 전투에 참여한다는 것이 주요내용이었다. 권기옥은 이제야말로 비행기를 타고 조선총독부를 폭격하리라던 오랜 꿈이 눈앞에 다가온 것으로 보았다. 그러나 해방은 독립운동가들의 꿈을 앞질러서 너무 빨리 와버렸다.

해방 후 국회 국방위원회 전문위원이 된 권기옥은 '공군의 아주머니'로서 한국 공군창설의 산파역할을 했다. 남편 이상정이 해방 직후 뇌일혈로 갑자기 사망했다. 공군에는 독립운동을 했던 비행사들과 친일파들이 공존했다. 하지만, 우리나라 최초의 여성 비행사로서 권기옥의 빛은 사라지지 않았다.

권기옥은 올바른 역사기록에 대한 신념으로 1957년부터 1972년까지 〈한국연감〉을 발행했다. 재정이 어려웠지만 역사의 기록이 중요하다는 신념 하나로 꾸려갔다. 1966년에는 우리나라 최초의 유일한 여성 출판인으로 언론에 소개되기도 했다. 1975년에는 대한민국의 모든 젊은이가 내 자식이고, 극일(克日)을 하는 젊은이들을 키워내고 싶다는 소망으로 전 재산을 장학사업에 기탁했다.

1966년부터 1975년 한중문화협회 부회장, 재향군인회 명예회원 및 재향군인회부인회 고문 등을 역임했다. 전 재산을 장학사업에 기부하고 장충동 2가 낡은 목조건물 2층 마룻방에서 여생을 보내다가 1988년 4월 19일 87세로 영면 국립묘지 애국지사묘지에 안장되었다.

정부는 그의 공을 기려 1968년 대통령 표창, 1977년에 대한민국 건국훈장 독립장을 수여했다. 국가보훈처는 2003년 그를 8월의 독립운동가로 선정했다.

조선 최초의 여성비행사 권기옥! 그녀는 자신과 겨레의 꿈을 씨줄과 날줄로 엮어서 하늘높이 날리던 독립운동가였다. 그가 활짝 펴놓은 날개를 우리는 절대로 잊어서는 안 될 것이다.

그 영혼 편히 쉬기를 기도하면서.

[참고 문헌]

뉴스타파(Newstapa) / 한국민족문화대백과사전 / 우리문화신문 / 한국 최초의 여류비행사 권기옥(김영주[역사와 실학]32,역사실학회,2007) / [나는 한국최초의 여자비행사] 권기옥,[신동아]1967.8

이기숙 편

▶ 민족의 큰 스승 백범 김구의 어머니 곽낙원 여사

곽낙원 여사

곽낙원 여사

곽낙원 여사는 백범 김구 선생의 어머니로 1896년 아들 김구가 치하포 주막에서 일본인 처단하고 투옥되자 생업을 포기하고 옥바라지를 시작했다. 김구 탈주 이후 남편 김순영과 함께 투옥됐다. 김구가 대한민국임시정부를 수립하자 살림을 도맡아 독립운동가들의 뒷수발을 했다. 1926년에 귀국했다가 김구가 이봉창·윤봉길 의거의 배후로 지목되자 1934년 다시 상하이로 건너가 독립운동가들을 돌봤다.

독립운동하는 사람들이 생일은 무슨 생일인가, 이 총으로 왜놈을 한 놈이라도 더 죽여라

– 임정요인들이 당신의 생일상 차릴 돈으로
산 권총을 내놓으며 곽여사가 한 말

민족의 큰 스승 백범 김구의 어머니 곽낙원 여사

이 기 숙

민족의 큰 스승 백범 김구 길러낸 억척 어머니 곽낙원

민족시인 이 윤옥 헌시

비탈진 언덕 길 인천 형무소 터엔 지금
찜질방 들어서 사람들 웃음꽃 피우며 여가 즐기지만
예전 이곳은 백범 어른 잡혀서 사형 집행 기다리던 곳
국모 살해범 츠치다를 처단한 사형수 아들 위해
정든 땅 해주 떠나 남의 집 식모살이 밥 얻어
감옥 드나들며 아들 옥바라지 하신 어머니

삼남 지방으로 쫓기는 아들
마곡사서 머리 깎고 중 된다고 소식 끊었을 때
애간장 타셨음 어머니

인과 신 어린 손자 두고
먼 이국땅서 눈 감은 며느리 대신하여
빈 젖 물리며 길러 내신 어머니.

상해 뒷골목 배추 시래기 주워
애국청년 배 채우고
광복 위해 뛰는지 동포 뒷바라지로
평생 등이 굽은 겨레의 어머니

오늘도 허리띠 질끈 동여매고
오른손에 밥사발 든 어머니
겨레에게 건네는 말 나지막이 들려온다.

너희가 통일을 이루었느냐!
너희가 진정 나라를 되찾았느냐!

곽낙원(郭樂園)여사는 백범 김구(金九) 선생의 어머니로 1859년 2월 26일 황해도 장연에서 태어났다. 14살 때 10살 연상인 24살의 김순영(金淳永)과 결혼했다.

김구의 아버지 김순영(金淳永)은 안동김씨로 경순왕의 후손이다. 경순왕의 8대손이 충열공이고, 김순영은 충열공의 현손인 익원공의 20대 손이다. 충열공과 익원공은 고려시대의 공신으로 조선시대에도 서울에서 글과 벼슬을 가업으로 삼고 살았다. 그러다가 방조(傍祖)

인 김자점이 역모죄로 효종의 친국을 받고 1651년 사형을 당했다. 이 여파로 문중이 멸문지화를 당할 때 김순영 일가는 경기도 고양군으로 일단 피신했다. 그랬다가 그곳이 서울에서 가깝기 때문에 황해도 해주에서 서쪽으로 80리 떨어진 백운방 텃골, 팔봉산 양기봉 아래에 은거하게 되었다.

당시 조선은 양반과 상민의 계급차별이 엄하였던 시기였다. 그런데 양반 집안이었던 김순영 일가는 멸문지화를 면하기 위해 김자점의 집안임을 숨기고 상놈노릇을 하며 살 수밖에 없었다. 이렇게 신분을 숨기고 임야를 개척하여 생계를 유지하는 형편이 되었다. 사정이 이렇다보니 김순영은 24살이 되도록 결혼도 못하고 노총각이 되었다. 그러다가 당시 두 사람은 양가에서 자녀를 서로 교환하는 일종의 교환결혼으로 1873년 곽낙원 여사와 짝을 맺게 되었다. 백범은 이때의 상황을 〈백범일지〉에 다음과 같이 기록했다.

"아버님(淳永)은 네 형제 중 둘째로 가정 형편이 빈한하여 장가 들지 못하고 노총각으로 지내다가 스물네 살에 삼각혼(三角婚)이라는 괴이한 혼인제도로 결혼하였다. 삼각혼이란 세 성(姓)이 혼기의 자녀를 서로 교환하는 제도로, 내 외삼촌은 내 고모 시누이의 남편(媤妹夫)이 되었고, 어머님은 장연(長淵) 목감방(牧甘坊) 문산촌(文山村) 현풍 곽씨(玄風 郭氏)로 열네 살에 아버님과 결혼하였다."

결혼 후 곽낙원·김순영 부부는 친척집에서 더부살이를 하였다. 가정이 빈한해서 곽 여사는 고된 일상을 보내야 했지만 부부의 정분은 좋았다. 그 후 한두 해 지나서 두 사람은 독립하여 따로 살림을 차렸다. 어느 날 곽여사가 '푸른 밤송이에서 크고 붉은 밤 한 개를 얻어 깊이 감추어 두는' 태몽을 얻은 뒤, 시모님 기일인 1876년 7월 11일 백범을 유례없는 난산으로 출산했다.

산통을 시작한지 근 일주일이 지나도록 아이가 태어나지 않아 산모의 생명이 위독한 지경이 되었다. 집안 친척들이 모두 모여 온갖 의술치료와 미신 처방까지 다 해보았지만 별 효력이 없었다. 사태가 급박해지자 집안 어른들이 남편인 순영에게 소 길마를 머리에 쓰고 지붕 용마루로 올라가 소 울음소리를 내라고 했다. 그러나 순영은 선뜻 따르지 않았다. 시조부님 형제분들의 호통을 맞고서야 시키는 대로 하자 아이가 태어났다. 이와 같은 난산은 향후 백범의 기구한 운명을 예고한 것인지도 모른다.

가난한 살림에다 열일곱 어린 나이에 아이를 낳은 곽여사로서는 육아가 여간 힘든 일이 아니었다. 오죽하면 아들이 죽었으면 좋겠다고 한탄할 때가 한 두 번이 아니었을까. 산모가 먹는 게 변변치 않으니 젖이 충분할 리가 없었다. 그래서 부족한 젖 대신 곡식이나 밤 등을 가루로 내어 묽게 끓인 암죽을 쑤어 먹였다. 또한 남편 순영이 아이를 안고 이웃집 산모에게 젖동냥을 다니기도 했다. 먼 친척 할머니 되는 핏개댁(稷浦宅)은 늦은 밤에도 불구하고 조금도 싫어하는 기색 없이 젖을 주었다. 백범이 열 살 즈음 그분이 사망하여 텃골 동산에 묻혔다. 그 이후 백범은 그 할머니의 묘를 지날 때마다 경의를 표하였다고 한다.

곽여사의 남편 김순영은 겨우 이름 석 자를 쓸 줄 아는 정도였지만, 기골이 준수하고 성격이 호방했다. 음주가 한량이 없어 취하면 양반들을 만나는 대로 때려눕혀 여러 번 관아에 구속되기도 했다. 후에 김구는 아버지에 대해 "마치 수호지에 나오는 영웅처럼 강한 자가 약한 자를 능멸하는 것을 보면 친하고 친하지 않음에 관계없이 참지 못하는 불같은 성격이셨다. 이로 인해 인근 상놈들은 다 아버님을 경외하고 양반들은 피하였다"고 했다.

반면 넷째 시동생인 준영은 술버릇이 괴팍하여 취하면 큰 풍파를 일으켰다. 남편과는 반대로 양반들한테는 꼼짝도 못하면서 문중 친척들에게는 위아래 없이 욕하고 싸움을 걸었다. 시아버지 장례식이 있던 날도 그랬다.

그날도 시동생 준영이 술에 만취해 장례일을 돌보는 호상인들을 모조리 두드려 팼다. 그것도 모자라 양반들이 생색을 내서 상여꾼으로 보낸 노복들까지 모조리 두드려 패 쫓아버렸다. 결국 그 시동생을 결박해서 집에 가두어 놓고 집안 식구들끼리 운구하여 장례를 치르고, 가족회의를 열어 준영을 앉은뱅이로 만들기로 결의했다. 그리고 가족회의에서 결정한데로 그의 발뒤꿈치를 잘라버렸다. 다행이 힘줄이 상하지 않아 병신은 면했지만, 김구는 범같이 울부짖는 준영삼촌 근처에도 못 갔다. 그런 아들에게 곽여사는 "너희 집에 허다한 풍파가 모두 술로 해서 생기니 너마저 술을 먹는다면 나는 단연코 자살

하더라도 그 꼴을 안 보겠다."고 타일렀다. 백범은 어머니의 이 말씀을 평생 마음 깊이 새겼다고 한다.

아들 김구는 어려서 개구쟁이였지만 영특했다. 곽여사는 남편과 함께 낮에는 농사일, 밤에는 품삯바느질로 쉼 없이 일하며 아들을 서당에 보냈다. 한때는 직접 서당을 차리고 선생을 모셔와 김구를 배움의 길로 인도하기도 했다. 그러한 부모님의 정성에 보답이라도 하듯 아들 김구는 공부가 출중하여 항상 1등을 했다.

그렇게 아들에게 심혈을 기울이던 때에 갑자기 불행이 닥쳐왔다. 남편이 뇌일혈로 쓰러져 반신불수가 된 것이다. 가산을 팔고 의원을 모셔다가 백방으로 치료한 결과 차도가 있었다. 반신불수가 됐지만 반쪽이라도 쓸 수 있는 것을 다행스럽게 여겼다. 그러나 그는 여기서 단념하지 않았다. 남편을 완전히 회복시키고자 집과 가마솥까지 다 팔아 노자를 허리에 싸매고, 지팡이에 기대어 절뚝거리는 남편을 부축해 문전걸식하며 전국의 명의를 찾아 유랑의 길을 떠났다.

이때 소년 김구는 친척집에 맡겨졌다. 친척집에서 소먹이고 나뭇짐을 지던 김구는 동네 서당 담장 밑에서 아이들의 글 읽는 소리를 들으며 공부가 하고 싶어서, 부모님이 그리워서 남몰래 숨죽여 울었다. 몇 년 뒤 김구는 옛날과 같이 건강해진 아버지를 만났다. 이때부터 곽 여사는 품팔아 김매고 길쌈하며 중단했던 김구의 학업을 다시 시킬 수가 있었다. 그러나 아들 김구가 15살 나던 해에 수준도 안 되는 서당 선생들에게 실망하기 시작했다.

곽여사는 아들이 18세에 동학에 입교, 활동할 때도 명주저고리를 정성스레 지어 지지할 정도로 아들 사랑이 극진했다. 1896년 국모 명성황후 시해사건의 원수를 갚기 위해 아들이 치하포에서 일본인 중위 쓰치다를 죽이고 해주감옥에서 인천감옥으로 후송 당할 때는 아들의 안위가 염려되어 넋을 잃고 아들 옆에 앉아 하염없이 한숨만 지었다. 그러다가 강화도를 지나는 배에서 "네가 이제 가서는 왜놈 손에 죽을 터이니 맑고 맑은 이 물에 너와 나, 같이 죽어 귀신이라도 되어 모자로 같이 다니자."며 김구의 손을 뱃전으로 이끌던 연약함을 보이기도 하였다. 이에 아들 김구가 "결코 죽지 않습니다. 국가를 위해 하늘에 사무치게 정성을 다하여 원수를 죽였으니 하늘이 도우실테지요. 분명히 죽지 않습니다." 하며 오히려 어머니를 위로하고 "자식의 말을 왜 안 믿으시냐"고 강하게 주장하자 어머니는 투신할 결심을 버리고 "너희 아버지와도 약속 했다. 네가 죽는 날이면 우리 둘도 같이 죽자고..." 하였다. 그리고는 하늘을 향해 낮은 음성으로 기도를 올렸다.

곽여사는 아들이 감옥에 갇히는 모습을 눈물로 지켜보고만 있을 수밖에 없었다. 당시 감옥제도는 먹을 것을 규칙적으로 배급하는 것이 아니라 죄수들이 일을 해 짚신이라도 삼으면 간수가 인솔하고 길거리에 내다 팔아 얻은 곡식으로 죽을 쑤어 먹는 식이었다. 그러나 곽여사는 아들의 옥바라지를 위해 인천의 유명한 물상객주 박영문을 찾아가 그간의 사정을 얘기하고 아들에게 하루 세끼 밥을 가져다주는 조건으로 밥 짓는 일과 옷 만드는 일을 하였다. 남편 김순영도 고향의 살림을 정리해 인천으로 이사해 곽여사와 같이 옥바라지를 도왔다.

아들 김창수(김구로 바꾸기 전 이름)가 심문 당하는 날이었다. 곽여사는 경무청 문 밖에서 아들이 죽지는 않을까 하는 근심이 가득한 모습으로 서있었다. 그때 주위에 있던 사람들이 "해주 김창수라는 소년인데 민중적 마마의 복수를 위해 왜놈을 때려 죽였다나! 그리곤 아까 감리사를 책망하는데 그도 아무 대답을 못하던 걸!" 하는 말을 듣게 되었다. 이어서 "당신 안심하시오. 어쩌면 이렇게 호랑이 같은 아들을 두었소!" 라는 간수의 말에 초조했던 얼굴에 화색이 돌았다. 또한 아들이 심문을 받고 나온 후 사람들이 자신을 매우 존경하며 대하는 것과 후에 사형선고가 있었으나 고종의 친전으로 사형이 정지되었다고 하자 아들이 한없이 자랑스러웠다.

1911년 7월 신민회 사건으로 아들 김구가 다시 감옥에 갇혔다. 이때 곽여사는 며느리와 두 살짜리 손녀를 아들의 처형집에 맡기고 고향 안역으로부터 상경하였다. 그리고 15년형을 받고 서대문 감옥살이 하는 아들을 홀로 옥바라지했다. 남편이 10년 전에 세상을 떠났기 때문이다. 7-8개월 만에 주먹만 한 크기의 구멍을 통한 첫 면회가 이뤄졌다. 이때 곽여사는 아들 김구에게 태연한 모습으로 "나는 네가 경기감사(현재 경기 도지사) 한 것보다 더 기쁘게 생각한다. 우리 식구는 평안히 잘 있다. 우리 근심 말고 네 몸이나 잘 보중하기 바란다. 만일 식사가 부족하거든 하루에 사식 두 번씩 들여 주랴?"라고 아들을 응원했다. 오랜만에 모자 상봉한 어머님의 씩씩한 모습에 "어머님은 참 놀라운 어른이시다"라고 김구는 당시를 회고했다.

서대문감옥에서 인천감옥으로 이송된 김구가 가석방되어 나오자 친구들이 기생을 불러 축하연을 열어주었다. 그러자 곽여사가 아들 김구를 불러 "내가 여러 해 동안 고생한 것이 오늘 네가 기생 데리고 술 먹는 것을 보려고 하였더냐!" 고 책망하였다. 이에 김구는 무조건 대죄를 깨닫고 용서를 빌었다. 후에 백범생일에 나석주 의사가 자신의 옷을 팔아 고기와 찬거리를 사온일이 있었다. 이때도 곽여사는 경솔하게 생일을 알려 동지를 헐벗게 했다고 50세가 된 아들에게 회초리를 들기도 하였다.

1919년 3월 1일, 만세운동이 번지자 아들 김구는 구금을 피해 3월 29일 상해로 출발, 중국으로 망명하여 동지들과 대한민국 임시정부를 조직했다. 1920년 곽여사는 며느리와 첫 손자인 인을 상해로 건너보냈다. 곽여사는 1922년 같이 살던 사돈이 별세하자 상해로 건너가 재미있는 가정을 이루었다는 백범의 회고가 있다. 1922년 8월에 둘째 손자 신이 태어났는데 며느리 최준례는 그만 1924년 1월 1일에 폐렴으로 사망하고 말았다.

그 당시 임시정부의 살림은 지원금 부족으로 너무 가난하여 끼니를 때우기도 힘들었다. 이때 곽여사는 밤마다 중국 상하이 융칭팡 10호 골목 뒤와 인근 시장 통의 쓰레기장으로 나갔다. 그리고 중국인들이 버린 채소들을 모아다 소금에 절여 김치나 시래깃국을 끓여 임시정부요인들을 먹였다. 그래도 생활이 어렵자 곽여사는 1925년 11월, 둘째 손자 신이를 데리고 고국으로 떠났다. 1927년에는 첫째 손자 인이까지 보내라 명령하시어 두 손자를 맡아 키우면서 아들 김구가 독립투쟁에만 전념하게 하였다. 아울러 어려운 살림살이에도 알뜰히 모아 독립자금을 보내기도하였다.

이봉창 윤봉길 의사의 거사이후 김구 체포에 혈안이 된 일제는 안악의 곽여사 집까지도 엄중한 감시를 하였다. 그러나 곽여사는 그 감시망을 따돌리고 1934년 76세 나이로 손자 인과 신을 데리고 중국으로 망명하는데 성공했다. 아들 김구와 9년 만에 모자 상봉하게 된 자리에서 곽여사는 "나는 지금부터 시작하여 '너'라는 말을 고쳐 '자네'라 하고, 잘못하는 일이라도 말로 꾸짖고 회초리를 쓰지 않겠네. 듣건대 자네가 군관학교를 하면서 다수 청년을 거느리고 남의 사표가 된 모양이니, 나도 체면을 세워주자는 것일세." 하여 김구는 "나이 육십에 어머님이 주시는 큰 은전을 입었다." 고했다.

어느 날 곽여사는 임정요인들과 청년단 단원들이 자신의 생일상 차릴 돈을 모은 것을 알고 그 돈을 갖고 있던 엄항섭 선생을 불러 돈을 달라고 하였다. 그 돈으로 먹고 싶은 것을 직접 만들어 먹겠다 하였다. 생일 날, 곽여사는 임정요인과 청년들을 자기 셋방으로 초대한후 식탁 위에 물건을 싼 보자기를 내 놓았다. 곽여사는 보자기를 풀어 그 안의 권총 두 자루를 내보이며 "독립 운동하는 사람들이 생일은 무슨 생일인가?" 하고 꾸짖은 뒤, "이 총으로 왜놈들 한 놈이라도 더 죽여라."고 당부했다. 곽여사가 자신의 생일상 차릴 돈으로 총을 산 것이었다. 이전에도 임정부인들이 곽여사 생일에 옷을 선물 했다가 혼쭐이 난 적이 있었다. 이때 곽여사는 "난 평생 비단을 몸에 걸쳐본 일이 없네. 우리가 지금 이나마 밥술이라도 넘기고 있는 것은 윤봉길 의사의 핏값이야! 윤봉길 피 팔아서 옷 사 입을 수 있나!" 라고 호통을 쳤다. 당시 윤봉길의사의 의거로 어렵던 임정에 독립지원금들이 들어오고 있을 때였다. 곽여사의 항일의식이 어느 정도인지를 가늠케 하는 대목이다.

1938년 5월 7일, 독립운동세력의 3당 합당을 논의하던 연회에서 아들 김구가 조선혁명당원 이운환이 쏜 권총에 맞고 죽을 고비를 넘겼다. 병원에서 퇴원한 아들이 곽여사를 찾아뵈었을 때 "자네의 생명은 상제께서 보호하시는 줄 아네. 사악한 것이 옳은 것을 범하지 못하지. 하나 유감스러운 것은 이운환 정탐꾼이 한인인즉, 한인의 총을 맞고 산 것은 일인의 총에 죽은 것보다 못하네" 라면서 손수 만든 음식을 먹으라고 하였다.

손자 김신의 기억에도 할머니와 고향에 돌아왔을 때, 일본경찰의 닦달에도 일장기를 달지 않으셨고, 기독교 신자인 할머니에게 "할머니는 어떤 기도를 하세요?" 물으니 "일본 놈들이 빨리 망해서 우리나라가 독립 할 수 있도록 도와 달라고 기도한다."하였다고 한다.

중일전쟁으로 임시정부는 대 식구가 수시로 피난을 다녀야했다. 그러던 중 중경 근처에서 곽여사는 풍토병 인후증을 얻어 1939년 4월 26일 아들 김구에게 "네가 열심히 노력해서 하루라도 빨리 나라의 독립을 실현해 다오. 네가 성공해서 돌아가면 나와 아이들 어머니(며느리 최준례)의 유골을 고국 땅에 묻어다오." 라는 부탁을 남기고 순국하였다. 곽여사의 유해는 1948년에 손자 김신에 의해 한국으로 옮겨졌고 1992년에 대한민국 건국훈장이 추서되었다.

　아들 김구에게 애국심을 심어준 어머니 곽낙원 여사, 연약한때도 있었지만 아들에 대한 믿음과 자랑스러움은 그녀를 헌신적이고 강인한 어머니로 만들었고 그것은 백범 김구선생이 훌륭한 지도자가 될 수 있는 원동력이 되었다.

_____

[참고 문헌]
– 백범일지
– 나는 여성 독립 운동가 입니다, 김일옥 지음
– 이윤율 시집 서간도에 들꽃 피다 1권

최봉호 편

▶ 적의 심장부에서 조선의 독립을 외친 여운형 선생
▶ 도산島山에겐 열두 번째였던 이혜련 여사

여운형 선생

여운형 선생

구한 말, 평등사상을 수용하여 노비들을 해방시키고, 교육·계몽활동을 하다가 독립운동에 투신했다. 일제의 패망을 예견하고 1944년 조선건국동맹이란 비밀독립운동 조직을 만들어 해방에 대비했다. 해방직후에는 건국준비위원회를 조직 새로운 국가건설에 앞장섰다. 그러나 극심한 좌우대립의 갈등에 시달리다가 12번째 테러로 암살당했다.

나는 죽어도 이 길을 가겠다. 혁명가는 침상에서 죽는 법이 없다. 나도 서울 한복판에서 죽을 것이다.

　　　　　　　　　　- 1946년. 테러위협 속에 여운형이 가족에게 한 말

적의 심장부에서
조선의 독립을 외친 여운형(呂運亨) 선생

최 봉 호

1. 혜화동 로터리에 울려 퍼진 두발의 총성

1947년 7월19일 오후, 서울 혜화동 로터리 한 모퉁이에 나른하게 퍼질러앉아있는 파출소, 그 앞에서 트럭 한 대가 건너편 혜화우체국 앞을 뚫어지게 정조준하고 있었다. 그 팽팽한 살기를 향해 승용차 한 대가 명륜동 골목길을 천천히 빠져나오고 있었다. 근로인민당 당수 몽양 여운형을 태운 차였다.

4개월 전인 3월 17일 새벽이었다. 괴한들이 여운형의 계동 자택을 폭파시켰다. 그 후 주위의 권고로 그는 후원자인 정무묵의 명륜동 집에서 유숙하고 있었다.

당일 여운형은 IOC가입 축하기념 한국과 영국의 친선축구경기를 참관한 다음 미군정의 민정책임자 E.A존슨과의 약속이 잡혀있었다. 미군정이 우익세력을 견제하기 위해 여운형을 민정장관에 임명하자 그 수락을 논의하려던 참이었다. 그를 만나기 위해 옷을 갈아입으려고 계동 자택으로 가던 길이었다.

1시 15분 경, 승용차가 막 우체국 앞에 다다랐을 때였다. 파출소 앞에 서있던 트럭이 갑자기 빠른 속도로 후진해 여운형이 타고 있던 승용차를 가로 막았다. 그 바람에 여운형이 탄 승용차는 급히 속도를 줄일 수밖에 없었다. 그때였다. 승용차 뒤쪽으로 젊은 괴한이 달려와 여운형을 향해 탕! 탕! 두발의 권총을 발사하고 도주했다. 그 총에 심장과 배를 관통당한 여운형은 무너지듯 앞으로 쓰러졌다. 동승했던 경호원 박성복은 괴한을 뒤쫓아 갔고, 운전사 홍순태가 다급한 목소리로 "선생님! 선생님!…" 부르자 여운형은 "조국,… 조선,…"이라는 두 마디 말도 채 끝을 맺지 못했다. 홍순태는 황급히 인근에 있는 서울대 부속병원으로 여운형을 옮겼다. 그러나 의사는 고개를 가로 저었다. 결국 여운형은 12번째 테러를 피하지 못하고 암살당하고 만 것이다. 향년 61세였다.

　한국근대사에서 여운형 만큼 정치적 이념과 색깔, 정치활동에 수많은 비판과 테러를 받은 인물도 없다. 여운형은 좌파로부터는 "기회주의자", "친미파"로, 우파로부터는 "빨갱이", "친소파"라는 비판을 받았다. 또한 좌우양쪽으로부터 친일파라는 공격도 지속적으로 받았고, 지금도 받고 있다. 이는 여운형이 8·15 해방을 전후해 남북분단을 막기 위해 중도적인 입장에서 '좌우합작'과 '남북연합'을 동시에 추진했기 때문이었고, 그의 폭넓은 사상과 행동을 냉전시대의 좁은 좌우프리즘으로만 조명했기 때문이다. 그 보다는 악질친일파들이 자신들의 친일행적을 여운형을 통해 희석시키기기 위한 술책이었다는 지적도 만만치가 않다.

여운형은 해방 전에는 레닌, 트로츠키, 보로딘, 모택동, 손문, 장개석, 왕조명 등과 교유했다. 해방 후에는 미 군정 하지(John Reed Hodge) 사령관, 김일성 등을 비롯하여 극우에서 극좌까지 국내외의 다양한 지도자들과 만났다. 여운형의 이 같은 폭넓은 행보가 비판의 근거로 작용했다. 그러나 그의 행보가 비판자들의 주장처럼 친일을 하기 위해, 또는 빨갱이이기 때문에 이뤄졌다고 보기는 어렵다. 왜냐하면 그는 조선의 자주독립에 도움이 된다면 미국이나 소련, 중국, 그 어떤 나라도 그 누구도 마다하지 않고 만났다. 당시의 시점에서 그는 이미 세계화(Globalized)되어 있었던 것이다. 그런 그의 능력을 추월할 수 없었던, 좁은 시야를 가진 사람들에게는 그가 눈엣가시처럼 불편했으리라. 그 불만을 해소시키기 위한 방도로 어떻게든 여운형을 폄훼해서 민중과 분리시키고 싶었으리라는 것이 필자의 생각이다.

2. 일제 밀정 이종형과 대동신문

여운형은 8·15 해방을 전후해 '좌우합작'과 '남북연합'을 동시에 추진하고 있었다. 그런 그에게 좌우파를 불문하고 여운형을 친일파로 몰아세웠다. 이 같은 현상은 광복 76년이 지난 오늘날까지도 심심치 않게 고개를 내밀고 있다. 그들은 소위 ① 여운형의 전향서, ② 학병권유문, ③ 친일파 김동인의 수필, ④ G-2자료, ⑤ 북한 노획문서, ⑥ 총독부로부터의 금전수수설 등과 같은 근거 없는 근거를 제시하면서 여운형의 친일론을 합리화시키려 하고 있다. 마치 일본이 독도를 자기네 땅이라고 우기는 것과 똑같은 맥락이다. 이들 중에 대표적인 사람이 악질친일파 이종형(李鍾馨)이었다.

이종형은 일제의 밀정으로 대표적인 친일반민족행위자였다. 그는 자신이 와세다대학 법학과 중퇴라고 했으나 거짓이었다. 독립운동가들을 때려잡던 친일파 중의 친일파였던 그는 해방이 되자 3·1운동에 참가했다가 복역했다는 거짓말도 서슴지 않았다. 그런 인물이 제2대 국회의원 선거에서 고향인 강원도 정선군에서 이승만 계열의 대한독립촉성국민회 소속으로 출마해 당선됐다. 그러나 그는 국회의원 임기 중이던 1954년 교통사고로 사망했다. 그의 악행은 2002년 발표된 친일파 708인 명단 밀정 부문, 친일인명사전에 수록되어있다.

이종형은 만주에서 일제의 주구 밀정노릇을 하면서 토공군(討共軍) 사령부의 고문 겸 재판관으로 독립운동가 250명을 직접 체포하여 투옥시켰다. 그 가운데 70명을 순국하게 만든 장본인이다. 그는 국내에 돌아와서도 조선총독부 경무국 보안과장과 조선군참모장, 헌병사령부 특고과장 등의 밑에서 해외에 망명중인 독립운동가나 가족들을 잡아들이는데 전력을 다했다. 뿐만 아니라 교회를 박해하는데도 일제 앞잡이 노릇을 한 자로 그 악행이 친일경찰 노덕술과 비견되는 자이다.

그런 그가 해방 후, 조선건국준비위원회 여운형 위원장을 찾아가 건준 가입을 요청했다. 그러나 여운형한테 단번에 거절당했다. 그의 천인공노할 친일행적 때문이었다. 그러자 극우인사로 탈바꿈해 반공주의를 철저하게 내 세웠다. 1945년 11월에는 반공주의를 내세우는 대동신문(大東新聞)을 창간해 극단적으로 막나가는 기사를 설사하듯 썼다. 1920년대 이상의 원로들은 대동신문에 대해 "이건 신문사도 아니고, 주간지나 전단지 수준으로 선전지 수준이었다."면서 "독자들도 거의 없는, 극우 정치깡패들이나 보는 신문이었다."고 회고하고 있다.

이종형은 이 신문을 통해 유독 여운형을 악의적으로 헐뜯는데 혈안이되어있었다. 대표적인예가 이종형 자신이 친일 한시를 짓고, 그 한시를 여운형이 썼다고 대동신문에 대서특필한 것이다. 이렇게 여운형을 '친일파'라고 몰아붙여 자신의 친일행적을 희석시키려고 했다. 뿐만 아니라 신문사를 통해 여운형 암살음모를 찬미하거나 암살을 교시하는 내용의 기사를 싣기도 했다. 이 때문에 한때 미군정에 의해서 정간처분 받기도 했다.

그 이후에도 그는 극우파를 제외한 정치인 테러활동을 뒤에서 지원한 것으로 알려졌다. 이러한 극우 반공활동이 이승만으로 부터는 반공투사라고 극찬을 받았다. 대한민국 정부수립이후 1948년 반민특위법이 생기자, 대동신문에다가 '반민특위는 망민법'이라고 두드려 깠다. 그러다가 친일자본가 박흥식에 이어 두 번째로 체포당했다. 체포당하면서 그는 "나는 친일파가 아닌 애국자요.", "빨갱이들이 지금 나를 친일파로 몰고 있는 것" 이라면서 발악을 했다. 반민특위 1차 공판에서는 "공산당을 타도했다고 이 재판소에 서게 된다는 것은 천하에 무도한 짓"이라며 "내가 만주에 가서 공산당을 때려 부수고 민족운동의 체계를 세워서 독립운동의 토대를 닦은 것"이라고 뻔뻔한 사자후를 내뱉었다. 그런 그가 이인의 반민특위 해산으로 곧 풀려나왔다.

3. 이종형이나 이인이나

1967년 신동아 8월호에 이 인의 '해방전후 회고록'이 실렸다. 이 회고록은 여운형이 일본인 검사 스기모토 가쿠이치(杉本一)에게 제출했다는 진술서와 그 말미에 여운형이 자작했다는 한시(漢詩)를 말한다. 그 내용은 아래와 같다.

"나는 조선민족의 관념을 완전히 청산하고 적신(赤身)으로 되여서 총독의 명령에 복종하야 당국에 협력하야서 국가를 위하야 활동하랴고 생각함으로서 좌(左)에 맹세합니다." - 전향서

"대지(對支)공작은 소지(素志)이며 준비도 자신(自信)도 유(有)하야 실행기회를 득(得)코저 소회를 술(述)하오니 용서하십시오."
- 진술서의 내용

砲煙彈雨又經筆(포연탄우 속에 문필도 보답하고) / 爲國請纓捨一身(나라 위해 이 한 몸 바치기를 청하네) / 千億結成共榮日(천억이 결성하여 공영을 이루는 날) / 太平洋水洗戰塵(태평양 물에 전쟁의 티끌을 씻으리.) - 전향서 말미의 한시(漢詩)

이 자료를 정진석(鄭晋錫) 외대 명예교수가 2009년 12월 15일 언론에 새롭게 발견된 것처럼 공개했다. 그러나 이 자료는 76년 전 한민당 시대부터 필요할 때마다 새로 발견된 것처럼 "언론에 재탕삼

탕…." 보도해오고 있는 자료이다. 그래서 정교수가 언론에 보도한 자료는 원본일 수가 없다. 따라서 그 원본은 있을 수가 없다.

이 자료는 1946년 2월 17일자의 이종형의 대동신문이 일방적으로 그런 내용이 있었다고 주장한 기사다. 진실검증이 안된, 할 필요도 없는 페이크뉴스에 불과하다. 그런데도 당시 대동신문은 이 기사와 함께 "반성한 여운형의 고백, 결국은 대지(對支)공작의 전쟁범?"이라는 타이틀에 "최근 친일파 민족반역자 문제로 정계와 우리 사회에서 논하는데 적반하장 격으로 친일파들이 친일파 제거를 논하니 우리 삼천만 민족에게 이들의 과거사를 소개하니 현명한 재단(裁斷)이 있을 것이다"라는 요지의 기사를 실었다. 친일파중의 친일파인 대동신문 이종형이 애국자를 친일파로 무작위로 폄훼하고 있는 것이야말로 적반하장 격이 아니고 무엇이겠는가?

정진석 교수가 언론플레이한 자료의 신빙성을 높이기 위한 수단으로 보수우파들은 미 군정 때 검찰총장이었던 이 인의 회고록 내용을 제시하고 있다. 이 인은 "검사국 서기로부터 8.15해방이 되자 여운형이 서울지검에 나타나 자신의 〈전향서〉와 시문(詩文) 및 이에 관한 형사기록을 찾아 달라 했으나 서기가 주지 않고 있다가 이 인 자신이 검찰총장에 발령되자 이 서류를 건네받았다."며 그는 "자료를 훑어본 뒤 금고에 보관해두라고 지시했다."고 썼다.

이 인의 이 글은 현실과 부합되지 않는 창작품으로 보인다. 그래서 공감대형성을 이루기가 매우 어렵다. 눈뜬 사람은 눈으로, 귀뚫린 사람은 귀로 다 보고 들어서 알고 있다. 8.15해방 당일 여운형은 엔도(遠藤柳作) 정무총감으로부터 치안권을 넘겨받았다. 그래서 몹시 바빴다. 또한 여운형의 일거수일투족은 모든 사람들에게 노출되어 있었다. 그는 이 인이 말한 당일 계동집에서 찾아온 사람들을 만나 느라고 눈코 뜰 새가 없었다. 그 와중에도 그는 감옥에 갇혀 있던 동지들을 끄집어내기 위해 측근들과 함께 오전에는 조선헌병사령부, 오후에는 서대문형무소를 각각 방문했었다. 그런 여운형이 언제 서울지검에 혼자 찾아갔었다는 것인지 납득하기 어렵다. 당시 여운형이 혼자는 도저히 움직일 수 있는 환경이 아니었다.

이 인은 자신이 직접 목격한 일도 아닌, 누군가에게 들은 이야기를 썼거나 지어낸 얘기가 틀림없어 보인다. 이 인은 일명 여운형의 전향서를 금고에 넣어두었다고 했다. 하지만 이 문서는 한 번도 세간에 공개된 일이 없다. 만일 진짜로 존재했었다면 여운형의 최대 정적이던 한민당 쪽이나, 한민당의 간부였던 이 인이 왜 한 번도 공개하지 않았는가? 그런 자료가 없었고, 그런 일이 없었기 때문이 아니었을까?

이 인은 반민특위조사위원회 위원장에 임명되자 반민특위를 해체시켜 친일청산을 방해한 범죄자이다. 이런 사람의 글을 근거자료로 내밀며 지난 76년간 지속적으로 여운형을 폄훼하는 자들의 친일관이 의문스럽다.

주지하다시피 당시 전향서를 써서 일제에 협력한 친일파들은 대부분 일제로부터 감시 받지 않았다. 또한, 친일파라면 당연히 일제로부터 돈과 직위를 받아 챙기거나 미곡조합, 은행, 탄광 같은 곳의 사무직 자리를 보장받거나 불하받았다. 여운형이 전향서를 썼다면 일제로부터 돈이나 작위를 받았을 것이고 감시에서도 벗어났을 것이다. 그런데 여운형은 어떠했는가? 그는 일제로부터 철저히 감시를 받았고, 체포, 구속, 수감되기를 반복했었다.

4. 여운형이 학병권유문을 썼다고?

2005년 9월 2일자 한 보수신문에 "여운형 '일제학병 권유격문' 찾았다."는 기사가 실렸다. 예상대로 여운형을 친일파로 단정하는 기사로 새로운 것이 아니었다. 악질친일파 이종형의 후예답게 그 기사도 진실에는 관심이 없어보였다.

여운형 폄훼론자들이 여운형 친일론으로 내놓고 있는 또 다른 근거는 1943년의 〈경성일보〉에 실렸었다는 이른바 '학병지원 권유문'이다. 이때 여운형은 감옥에서 풀려나 경성요양원에 입원하고 있을 때였다. 입원 중에 동지들과 〈조선민족해방연맹〉 조직을 결의하고 중앙과 지방조직의 건설 준비작업에 착수하고 있을 때였다. 친일을 하려고 조선민족해방연맹을 결성하였을까? 항일운동을 하면서 어떻게 학병지원 권유문을 쓸 수가 있을까? 이는 대동신문 이종형만이 쓸 수 있는 특수한 경우이다. 여운형의 투쟁사를 쓴 이만규는 1946년 그 학병권유문이 경성일보의 모략이었다며 기사조작을 분명히 밝혔다.

그들은 학병 권유문에 이어 〈경성일보〉가 1944년에 발간한 〈반도학도출진보(半島學徒出陣譜)〉라는 단행본에 여운형의 이름으로 실렸다는 '반도 2천 5백만 동포에게 호소한다(半島二千五百萬同胞にふ)'는 수기를 근거로 내밀고 있다. 그 글에 '여운형씨 수기(手記)'라는 부제가 붙어 있으니 여운형이 직접 쓴 글이 틀림없다고 주장하고 있다.

이들의 주장이 날조라는 근거는 반도학도출진보라는 단행본은 일본어였다는 것이다. 여운형은 중국에서 공부했기 때문에 일본어에 능숙하지 못했다. 그래서 일본 고관들을 만날 때는 반드시 통역을 대동했다. 그런 사람이 수려한 수준의 일본어로 장문의 수기를 직접 썼다는 주장은 말도 안 되는 말이다. 이 같은 진실을 더 분명하게 밝힌 조반상(趙半相)의 증언을 들어보자.

조반상은 학병권유문이 실렸던 1943년 경성일보 사회부 기자였다. 그가 해방 직후인 1946년 2월 13일자 민주중보(民主衆報)에 다음과 같이 증언했다.
당시 조반상은 일본인 기자와 여운형이 만나는 자리에 조선어 통역으로 따라갔다고 했다. 그 때의 상황을 다음과 같이 증언했다.

"총독부는 여운형에게 학병권장 유세할 것을 권했다. 그러나 여운형은 건강문제를 핑계로 거절한 뒤 총독 면담 6~7분 만에 밖으로 나왔다. 〈경성일보〉 사회부 차장이던 일본인 기자가 이 모습을 보고 여운형 집에 쫓아가 여운형의 총독회견 기사를 냈

다. 그 다음날 다시 여운형을 찾아가 학병에 대한 견해를 물었
다. 이때 나는 통역으로 동석했다. 여운형은 "학병은 지원제도
이므로 나가고 안 나가고는 본인들의 의사에 달려 있고 나로서
는 의견을 말할 바가 못 된다"며 회의적인 태도를 취했다. 일본
인 차장이 여운형의 서명을 받고 싶다고 하자 여운형이 서명해
주었다. 그리고 그 다음날 사실무근의 기사가 나갔다."

그 기사가 어떤 경로를 통해 조작되었나를 증언한 말이다. 더 이
상 무슨 말이 필요할까.

5. 친일 소설가 김동인 문단회고록

친일파 소설가 김동인이 1949년 〈신천지〉 7월호에 다음과 같은
내용의 문단회고록을 발표했다. 그러자 보수우파들이 한 건 잡았다
는 식으로 여운형 친일론으로 자주 써먹고 있다. 그런데 소설가답
지 않게 김동인은 현실과 동떨어진 구성으로 사기 치다 딱! 걸려버
린 형국이 되었다.

"어떤 날 거리에 나가보니 거리는 방공(防空) 연습을 하노라고
야단이고, 소위 민간유지들이 경찰의 지휘로 팔에 누런 완장을
두르고 고함지르며 싸매고 있었다. 몽양 려운형은 그런 일에 나
서서 삥삥 돌기를 좋아하는 사람으로서 그날도 누런 완장을 두
르고 거리거리를 활보하고 있었다. 대체 몽양이란 사람에 대해
서는 쓰고 싶은 말도 많지만 다 싹여버리고 말고 방공훈련 같은
때는 좀 피해서 숨어버리는 편이 좋지 않을까, 나는 한심스러이

그의 활보하는 뒷모양을 바라보았다."

이 글의 배경은 방공연습을 하던 시기이다. 그 시기는 일본이 미국과 전쟁을 일으킨 뒤인 1941년 12월 이후가 된다. 그때 여운형이 반공연습 현장에 있었다고?

한번 따져보자. 여운형은 1941년 여름부터 경성헌병대의 추적을 받고 있었고, 1942년 2월 구속되었다가 1943년 7월 5일 석방되었다. 석방된 이후에는 한동안 경성요양원에 입원해 있으면서 독립운동의 길을 모색하고 있었다. 퇴원 후 향리인 경기도 봉안에 거주하면서 만군(滿軍)에 소속된 박승환(朴承煥) 대위를 만나 군사조직 문제를 논의했다. 해방 시 일본군에게 대항하려는 것이었다. 이와 함께 염윤구(廉潤龜)·이혁기(李赫基) 등 학병·징병 거부자들을 집결시켜 군사훈련과 무장투쟁을 준비시키고 있었다.

1944년 8월에는 국내 유일의 독립운동단체인 〈건국동맹〉을 결성했다. 1944년 10월에는 용문산에서 〈농민동맹〉을 결성했고, 이후는 보광당, 조선민족해방협동단, 산악대 등 여러 조직과 직간접 접촉을 통해 〈건국동맹〉의 기반을 다져나가던 시기였다. 1945년 3월에는 〈건국동맹〉 산하에 군사위원회를 조직하고 일본군의 후방교란과 노농군 편성을 계획하면서 경기도 주안 조병창의 채병덕(蔡秉德) 중좌와 접촉, 유사시 무기 공급에 대한 약속을 받았다.

1945년 4월에는 미국의 샌프란시스코 회담과 관련해 연안 독립동맹과 구체적인 연계를 위해 이영선(李永善)을 파견했고, 5월에는 임시정부와 접촉하기 위해 최근우(崔謹愚)를 북경에 파견했다. 그리고 8월초에는 총독부 경찰에 그 존재가 드러난 〈건국동맹〉의 간부 이걸소(李傑笑) 황운(黃雲) 이석구(李錫玖) 조동호(趙東祜) 등이 검거됨에 따라 최근우 김세용(金世鎔) 이여성(李如星) 이상백(李相佰) 김기용(金驥鎔) 이만규(李萬珪) 등을 중앙위원으로 선출했다.

이렇게 지하 독립운동에 눈코 뜰 새 없이 바빴던 여운형이 완장을 차고 총독부 경찰에 협력했다고? 생각해보라. 항일운동에 여념이 없던 여운형이 어떻게 한심스럽게 일제 완장을 차고 방공연습을 하겠는가? 이는 김동인이 헛것을 보았거나 여운형이 그랬으면 좋겠다는 소망이 있었던 모양이다. 설사 김동인의 말대로 여운형이 그랬다 하더라도 김동인 자신의 수많은 친일에 비교하면 조족지혈이다. 여운형의 친일행각 꼬투리라고 잡은 것이 고작 방공훈련 현장에서 완장차고 왔다 갔다 하는 여운형을 본 것이라니! 정녕 한심스러운 것은 여운형이 아니고 김동인 같아 보인다.

6. G-2 자료가 뭐라고 했기에

G-2란 미 24군단 정보참모부를 말한다. 미 24군단은 1945년 9월 8일에 인천항에 들어와, 9월 9일 서울에 입성한 뒤 군정을 선포했다. 미 군정은 친일파 오긍선의 소개로 9월 11일 한민당 세력과 접촉하게 되었고, 이후 한민당 세력은 미군정에 막대한 영향력을 행사했다.

미군사령부 정보참모부는 오긍선을 만난 바로 다음날자인 9월 12일자로 다음과 같은 미군 제24군단의 보고서(G-2 Periodic Report)를 작성했다. 미 군정이 시작한지 하루 만에 다른 일은 다 제쳐 놓고 특정인의 정보보고서나 썼다니 놀라운 정보능력이다.

　　"여운형은 여러 해 전부터 한국인들 사이에 친일파로 널리 알려진 정치가(well-known to the Korean people as pro-Japanese collaborator and politician)"이며 "조선총독으로부터 거금(아마 2000만엔)을 받았다."는 것이었다.

　보수우파진영의 이와 같은 여운형 친일론이 계속 제기되자 미 군정이 자체검증에 나섰다. 미 군정도 여운형이 1940년과 1941년 두 차례에 걸쳐 일본에 가서 거물급들과 만난 것이 수상하다고 여기게 된 것이다. 즉 미 군정은 여운형이 일본의 최고급 관리들과 극비관계를 맺고 있다고 인식하게 된 것이다.

　보수우파를 비롯하여 미 군정은 민중의 대중적 인기를 모으고 있던 여운형의 약점을 잡기위해 일본의 고위급들을 만나 정보를 수집하기로 했다. 하지 사령관이 찰스 오리오단(O'Riordan) 소령을 일본에 파견하면서 "여운형에 대한 무엇(약점)인가를 잡아냈으면 좋겠다." 고 할 정도로 여운형은 그들의 오판에 의해 친일파가 되어있던 것이다. 그러나 당시 G-2 책임자였던 존 N. 로빈슨 대령은 오리오단의 조사결과보고서를 다음과 같이 올릴 수밖에 없었다.

"여운형의 일본 관련설에(친일의혹설) 대해 찰스 오리오단이 일본에서 조사한 결과는 부정적이었다. 뒷받침할 만한 증거가 하나도 없었다. 오리오단이 면접한 사람들은 거의 모두 "어떻게 그런 의문이 생겼냐?"면서 놀라움을 표시했다. 그들은 여운형을 조선의 훌륭한 애국자의 한 사람으로 간주했다. - 로빈슨 대령."

이와 관련 1985년 송재헌씨는 연세대 석사논문에서 "여운형이 친일에의 유혹이나 압력 및 협박을 피하는 방법은 독특한 데가 있었다"며 "그것은 일본의 고관들을 사귀어둠으로써 일제의 경찰이 감히 손을 못 대도록 만드는 방법이었다."고 분석했다.

7. 북한 노획문서에 뭐가 있다고?

1950년 10월 16일, 미 8군은 인디언 헤드(Indian Head, 부대장 포스터 중령)라는 특수임무부대를 편성했다. 이 부대의 주요임무는 북한의 내부문서를 수집하는 일이었다. 미국은 노획문서를 통해 전쟁의 원인을 분석규명하고 북한과 소련의 움직임을 파악할 수 있는 자료로 활용하려했다.

같은 해 11월 1일까지 이 부대는 평양의 공공건물을 샅샅이 뒤져 총 160만 쪽에 달하는 각종문서를 노획했다. 일반적인 책으로 약 5천 4백권 정도에 해당하는 분량이었다. 이 방대한 분량의 문서가운데 공산당문서자료가 있었고, 그 안에 "여운형씨에 관하야" 라는 제목의 문서에 다음과 같은 내용이 담겨 있었다.

"① 여운형이 1937년 7월(중일전쟁) 이후로 일제와의 투쟁의식이 연약했고, ② 소·독 전쟁이 개시되고 태평양전쟁이 개시된 후 여씨는 공개적으로 일본 동경 대화숙(大和塾·1938년 7월에 결성된 조선사상범 보호관찰소의 외곽단체)에 가 있었고, ③ 학도병지원 권고문을 발표했다"는 항목이 있다. 또한 "④ 조선총독부와 밀접한 관계로 감옥에 있는 사회주의자의 전향적 석방운동을 감행하여 투쟁의식이 미약한 혁명자를 타락적 경향에 빠지게 했다"고 지적하면서 "⑤ 특히 친일분자의 소멸을 당면적 정치투쟁 구호로 하는 우리로서 아름답지 못한 여씨의 명단을 신정부 지도인물로 제출하게 된다면, 그는 반동진영에 구실만 줄 뿐 아니라 친일분자 소멸투쟁에 불리한 영향을 급(及)할 것은 명약관화한 일인가 한다"고 결론지었다.

이 문서가 1977년 정보공개법에 따라 일반에게 공개되자, 공산당문서에 여운형을 친일파로 간주했기 때문에 여운형은 친일파가 틀림없다는 식의 선동기사가 보수언론을 통해 쏟아졌다. 보수성향인 모 대학 언론학부 J교수도 "공산당이 여운형을 친일로 보았으니 틀림없는 친일파"라고 주장했다. 하지만, 그 문서가 언제 작성되었는지는 밝히지 못하고 있다.

조선공산당은 3당 합당문제가 불거진 1946년 하반기부터는 조선공산당 → 남로당의 수령 박헌영(朴憲永)과 여운형의 사이는 견원지간이었다. 따라서 조선공산당의 문서 가운데는 여운형을 비판한 문서가 얼마든지 더 있었을 수도 있다. 그래서 또 다른 공산당의 비판문서로 여운형의 구체적인 친일을 증명해보이라는 반론이 만만치가 않다.

① 여운형의 투쟁의식이 연약했다고 했다. 당시 박헌영은 전라도 광주의 한 벽돌공장에서 숨어 지냈다. 반면 여운형은 그 삼엄하던 일제말기에 〈건국동맹〉, 〈농민동맹〉 등 전국적인 지하 독립운동 조직을 결성하여 해방에 대비했다. 국내에서 마지막 까지 독립운동 조직을 이끈 것은 여운형 밖에 없다. 누가 더 투쟁의식이 연약했겠는가? 대답해보라!

② 여운형이 몇 차례에 걸쳐 도쿄에 갔던 것은 사실이다. 하지만 대화숙에 기거했던 일은 전혀 없었다. 그가 도쿄에서 거처했던 곳은 5촌 조카인 여경구(呂絅九)의 집이었다. 그가 자주 도쿄에 간 것은 당시 일본정부가 여운형을 대중 화평공작에 이용할 의도로 그를 초청했기 때문이었다. 여운형은 그들의 모사에 응하는 척하면서 일본 고관들을 만나 일본이 패망한다는 정보를 얻어냈다. 그 결론이 1944년의 〈건국동맹〉 결성으로 이어지게 되었던 것이다.

③ 학병권유문 → 날조경위를 별도로 설명했기 때문에 생략한다.

④ 감옥에서 고생하는 동지들을 꺼내준 것이 타락이라는 공산당의 논리, 그럼 고생하는 동지들을 더 고생하도록 내버려두는 것이 공산당? 잘했다는 칭찬은커녕 이렇게 억지논리를 주장하는 공산당과 그들의 해괴한 논리를 악용하고 있는 무리들의 속셈은 과연 무엇인가?

⑤ 여운형을 지도인물로 삼으면 친일척결문제해결에 지장을 준다고 했다. 해방직전까지 항일 독립운동을 이끌었던 인물이 친일척결에 지장을 준다고 했다. 이런 생트집을 잡는 사람들도 시퍼렇게 눈뜨고 보지 않았는가? 누가 친일청산을 했는가? 이승만이 했는가?

해방직전까지 여운형만큼 독립운동을 이끌었던 사람도 없다. 화무십일홍인 권력을 잡으려고 좌우에서 대인을 펌훼하고 암살까지 마다하지 않은 무리들, 일제 36년 당신들은 어디서 무엇을 하고 있었는가? 대답해보라! 친일파제조기가 된 친일파들아!

8. 총독부로부터 얼마를 받았다고?

한민당이란 정당이 있었다. 이 정당은 해방 전 진짜 친일을 했던 사람들의 집합체였다. 한민당 계열에선 여운형이 조선 총독부로부터 2천만 엔의 거금을 수수한 친일파라고 음해했다. 이들의 말을 액면그대로 받아들인 미 군정 존 하지 사령관도 여운형을 처음 만났을 때 여운형에게 "왜놈과 무슨 관련이 있느냐? 왜놈으로부터 얼마나 돈을 받았느냐?"라고 버릇없이 물을 정도였다. 존 하지의 이와 같은 왜곡된 선입견과 그 배경은 후에 미군정 고문으로 위촉되었던 한민당의 모함으로 밝혀졌다.

당시 2천만 엔은 현재 대략 1200억 원에 달한다. 이 큰돈을 과연 일본 총독이 여운형에게 선 듯 내 놓을 수 있었을까? 당시 일본은 전쟁으로 재정형편이 최악의 상태였다. 그럴 때 친일파도 아닌 항일운동가 여운형에게 일본이 2천만 엔을 주었다고? 여운형을 자신들의 잣대로 재다보니 그런 계산이 나오기 마련이다. 여하튼 여운형이 남긴 재산이라곤 죽을 때까지 살았던 계동의 38평짜리 한옥한 채뿐이었다.

9. 적의 심장부에서 조선의 독립을 외친 여운형

이상과 같이 친일파가 여운형을 친일파로 몰고 있는 사람에게 묻고 싶다. 적의 심장부인 도쿄에가서 여운형이 조선의 독립을 외치고 있었을 때 당신들은 어디서 무엇을 하고 있었는가? 여운형을 여운형이게 만든 당신들이야말로 정녕 친일파가 아니었을까? 라는 생각이 좀처럼 떠나지 않고 있다.

여운형은 신한청년당 대표로 김규식을 파리 강화회의에 보내 일본의 만행을 세계만방에 알려 규탄을 받게 만든 애국자이다. 국내적으로는 3·1운동의 기초를 제공하는 등 국제적인 센세이션을 일으킨 인물이다. 이에 당황한 일본이 여운형을 체포하려다가 여운형을 초청해 환대를 베풀고 회유전술로 바꾸는 쪽으로 방향을 잡았다. 대한민국임시정부에서 명망이 높은 여운형을 설득해서 항일운동을 보다 온건한 자치운동으로 유도하기 위항 술책이었다. 일본이 이 같은 의도로 여운형이 선택되자 국제적인 인물로 급부상했다.

임시정부가 수립되던 그해 11월 16일, 일본수상 하라 다카시는 정중하게 여운형을 초청했다. 여운형은 몇 차례 사양하다가 자신을 이용하려는 일본의 속셈을 알고 오히려 일본을 역이용하기로 하고 초청을 수락했다. 그러자 대한민국 임시정부 측에서 찬반이 엇갈렸다. 임정 국무총리 이동휘는 포고 1호를 발표해 '여운형의 도쿄행은 개인행동'임을 천명하면서 반대했다. 반대로 임정 내무총리 겸 노동국 총판 안창호는 '여운형의 국가를 위하는 열렬한 충성에 대해서 나는 절대로 신임합니다.'라며 여비까지 지원해주며 찬성했다.

장덕수를 대동하고 적의 심장인 일본 도쿄에 도착한 여운형은 제국호텔에 머물면서 국빈대접을 받았다. 그곳에서 여운형은 일본의 국방대신, 내무대신, 체신성 대신, 척식국장관 등과 같은 고위인사들을 차례로 면담했다. 여운형은 그들이 이구동성으로 회유와 협박을 했지만 넘어가지 않았다. 오히려 "일본이 만용을 부리고 3.1운동을 진압한 것은 흡사 타이타닉이 작은 빙산을 무시하고 지나가다가 가라앉는 것과 같은 것"이라며 조선독립의 당위성을 역설하면서 일본 장관들을 제압했다. 그 중에 고가 렌조(古賀廉造) 척식국 장관은 몽양의 기개와 인품에 감탄하여 여운형이 떠날 때 "여운형 만세!"를 외쳐 여운형을 놀라게 만들었다는 일화도 있다. 이뿐만이 아니었다. 여운형은 일본인을 비롯해 세계 각국의 특파원 약 5백여 명이 참석한자리에서 조선독립의 당위성을 일장 연설로 피력하는 대형 사고를 쳤다.

"주린 자는 먹을 것을 찾고 목마른 자는 마실 것을 찾는 것이 자기의 생존권을 위한 인간 자연의 원리이다. 이것을 막을 자가 있는가! 일본인이 생존권이 있는데 우리 한민족만이 홀로 생존권이 없을 수 있겠는가? 일본인이 생존권이 있다는 것을 한국인이 긍정하는 바이요, 한국인이 민족적 자각으로 자유와 평등을 요구하는 것은 신이 허락하는 바이다. 일본 정부는 이를 방해할 무슨 권리가 있는가. 세계는 약소민족해방, 부인해방, 노동자해방 등 세계 개조를 부르짖고 있다. 이것은 일본을 포함한 세계적 운동이다. 한국의 독립운동은 세계의 대세요, 신의 뜻이요, 한민족의 각성이다."

-1919년 11월 28일 일본 마이니치신문에 실린 몽양의 연설문 중에서

이와 같은 여운형의 연설이 끝나자 우레와 같은 박수갈채가 쏟아졌다. 다음날 일본의 신문들은 "조선의 청년지사 독립을 주장하는 사자후", "제국 수도 한 켠에서 불온언사 난무", "여운형군 독립주의를 고집" 등의 제목을 뽑아 크게 보도하였다. 일본의 '태평양' 잡지사 사장은 "조선독립에 대한 이론이 명쾌해졌다."고 말했다. 요시노 도쿄제국대학교 법학 교수는 "중국, 조선, 대만 등의 많은 사람들과 회담하였지만, 교양 있고 존경할 만한 인격으로서 여운형씨는 그 누구보다도 뛰어난 사람이다."라고 극찬했다. 일본 열도가 출렁거리기 시작했다.

그러나 여운형의 행보는 그쯤에서 멈추지 않았다. 그는 남북분단을 막기 위해 중도적인 입장에서 '좌우합작'과 '남북연합'을 위해 쉬지 않고 노력했다. 그가 "기회주의자"나 "친미파"였기 때문이 아니었다. 그가 "빨갱이"나 "친소파"였기 때문이 아니었다. 그가 친일파였기 때문은 더더욱 아니었다. 시대와 사상을 초월한 그의 유일목표인 신국가 건설을 위하여 전 민족이 합작으로부터 완전통일을 이루는 최후 목적을 위해 몸과 마음을 바친 혁명투사였다. 그렇게 그

는 진정한 애국자였다.

10. 여운형이란 사람은?

미 국무성은 여운형을 당시 해방이후 조선에서 인기 있고 유능한 지도자로 봤다. 그는 권력을 추구하지 않고, 국민을 최우선으로 생각했다. (중략) 그가 공산주의자라는 생각은 틀린 생각이다. 그는 최대한 공산주의를 이용했을 뿐이며, 그는 민중정치기구 결성을 도왔지만, 그는 결코 공산주의자가 아니라고 나는 확신한다. 그는 공산주의 이론을 신봉하지 않았고, 소련편이 아니었다. 그는 언제나 한국편이었다.

- 리처드 로빈슨(1945년 해방이후 조선에서 미군정 관리로 근무했다)

몽양은 개인적으로 소련보다 미국에 더 가까웠지만, 이들 양국에 대해 절대 중립이었으며, 그가 갖고 있던 유일한 목적은 미국, 소련 양국으로 하여금 가급적 빨리 한국으로부터 물러나게 하는 일이었다.

- 윌리엄 랭턴(전 주한미국 총영사)

[참고 자료]
위키백과

이혜련 여사

이혜련 여사

도산(島山) 안창호의 아내로 미국에서 남편 안창호를 도와 미주지역 한인사회를 지도하는 한편 국권회복운동을 주도하였다. 평생을 남편 도산 안창호가 독립운동에 전념할 수 있도록 뒷바라지를 아끼지 않았다.

그분은 첫째가 조국, 둘째가 담배, 그리고 아내와 자식은 열 두 번째였어요.
-미국에서의 신혼생활 중에

도산島山에겐 열두 번째였던 이혜련 여사

최 봉 호

이야기를 시작하기 전에

일제강점기에 민족의 스승이라고 불릴 정도로 존경받는 지도자였던 도산島山 안창호安昌浩(이하 도산) 선생. 아마도 그를 모르는 사람은 없을 것이다. 그러나 그의 아내 이혜련을 아는 사람은 그리 많지 않은 것 같다. 나아가서 이혜련이 있었기 때문에 도산이 큰 인물로 존재할 수 있었다는 사실도 인지하고 있는 사람은 별로 없는 것 같다.

도산이 '죄스럽다'고 했을 만큼 묵묵히 고난을 견뎌가며 가정과 독립운동을 충실하게 병행했던 이혜련. 그는 왜? 역사로부터 외면당한 것일까? 이 질문에 대한 답을 찾기 위해 수십 년간 여성독립운동가들의 흔적을 찾아다니며 시를 써오고 있는 이윤옥 시인*은 한마디로 "그녀(이혜련 여사), 흔적을 찾아볼 수 없었다."고 말했다. 이 같은 현상은 이혜련 뿐일까? 아니다.

일제강점기 35년, 빼앗긴 나라를 되찾기 위한 항일운동은 남성들만의 전유물이 아니었다. 여성들도 남성들 못지않게 국내외에서 무장투쟁, 의열투쟁, 대중투쟁, 계몽운동, 군자금 모금, 임시정부 활동 등을 활발하게 전개했다. 그런데 남성들에 비해 여성 독립운동가들은 홀대를 받아오고 있다. 그 결과는 공적자료나 훈격, 서훈에서도 뚜렷하게 나타나고 있다.

국가보훈처는 독립운동 참여자 300만 명 중 15만 명을 순국선열로 추산하고 있다. 이윤옥 시인에 의하면 15만 명 중 2020년 12월 31일 현재 서훈 받은 남성이 15901명, 여성이 493명으로 남녀 간의 서훈차이가 너무 크다. 이 같은 현상은 부부가 같은 시기에 독립운동을 했는데도 불구하고 여성들은 남성들보다 낮은 훈격으로 수십 년 후에나 서훈 받는 불평등을 초래시켰다. 도산과 이혜련의 경우도 그렇다. 정부는 도산에겐 1962년 건국훈장 대한민국장을, 이혜련에겐 46년이 지난 후인 2008년에야 건국훈장 애족장을 추서했다.

이혜련은 남편 도산과 함께 자신들의 부귀와 영달을 누리려하지 않았다. 가족까지 희생시켜가면서 국가와 민족을 위하여 일생을 바친 인물이다. 그런데도 그의 삶이나 공적자료가 부실한 것이 현실이다. 그래서 그에 대한 공로는 남편인 도산 안창호의 흔적을 통해 찾아볼 수밖에 없는 실정이다.

주지하는 바와 같이 도산의 흔적은 차고도 넘친다. 반면에 이혜련의 흔적은 찾기가 힘든 것이 현실이다. 도산을 제대로 알려면 이혜련을 알아야하고, 이혜련을 알려면 도산을 알아야 하는데 그런 환경이 아닌 것이다. 여하튼 도산의 삶은 이혜련의 삶이었고, 이혜련의 삶은 도산의 삶이었다고 할 수 있다.

*이윤옥 시인 : 서간도의 들꽃피다.의 저자

순박한 시골소녀 이혜련이 선택한 길

이혜련은 순박하기 이를 데 없는 평안도의 시골소녀였다. 그런 그가 평안도에서 미남이자 인재로 이름을 날리던 도산과 연분을 맺으면서 자신을 희생시켜 도산과 함께 독립운동가의 길을 걷지 않으면 안 되었다. 그는 왜 평탄한 길보다 굴곡진 인생을 선택해야만 했을까? 라는 궁금증을 자아내게 하는 대목이다. 아마 도산에 대한 지극한 사랑, 나아가서 조국에 대한 무한한 사랑 때문이 아니었을까? 라고 짐작할 정도이다. 그렇게 미미한 흔적을 통해 그들의 사랑은 어떤 과정을 통해 이뤄졌고 어떤 결과를 가져왔을까? 라는 더 큰 의문을 키워보았다.

이혜련은 1884년 4월 21일 평남 강서군 보림면 화화리에서 서당 훈장인 이석관(李錫觀)의 장녀로 출생했다. 8세 때 어머니를 여의고 고모할머니의 보살핌 속에서 자랐다. 이혜련의 아버지 이석관은 가정교육에 엄격하면서도 개방적인사고를 지닌 인물이었다. 도산은 그로부터 13세까지 한문을 배운 제자로 이석관과는 사제지간이다.

이혜련과 혼담이 오간 것은 도산의 조부로부터 비롯됐다. 도산의 조부 안태열(安泰烈)은 순흥(順興) 안(安)씨의 시조 문성공(文成公) 안향(安珦)의 후예로 글 잘하고 엄한 사람이었다. 그런 그가 반듯한 성격에 사려가 깊은 이혜련을 평소부터 눈여겨 보아두었을 것이다. 이혜련에 비해 손자인 도산은 한창 말썽꾸러기여서 꿇어앉혀놓고 엄한 벌로 다스려야할 지경이었다. 그럴 때마다 도산은 할아버지에게 꾸지람을 듣지 않기 위해 이런저런 꾀를 내어 위기를 모면하곤 했다. 조부는 그런 손자의 일생을 마음 놓고 맡길 손자며느리로 이혜련을 점지해 둔 것은 아니었을까?

안태열은 이혜련과 도산의 혼인을 적극 추진했다. 이에 이석관은 도산의 미래를 내다보며 13살밖에 안 된 어린 딸 이혜련에게 "안창호는 인재지만 결코 돈은 벌지 못할 것이다. 괜찮겠냐?" 고 물었다. 이혜련은 "상관없다."고 했다. 그러나 이들의 결혼이 처음부터 순탄하게 진행되지는 못했다.

1896년 도산이 서울 유학을 마치고 고향으로 돌아오자 약혼문제가 기다리고 있었다. 당시 풍속대로 도산은 조부가 자신과 이혜련을 약혼시킨 것을 알게 되었다. 이혜련이 13세이고 도산이 18세 때였다.

혼인은 당사자의 자유의사로 결정해야 된다는 신 개념을 가지고 있었던 도산에겐 선뜻 마음이 내키지 않는 일이었다. 그런데 반대를 하자니 어른들의 노여움을 살 것 같아 이혜련이 기독교인이 아니라는 이유를 들어 반대를 했다. 그러자 이석관의 집안은 도산을 사위로 맞이하기 위해 전 가족이 평양 등개터에 있는 교회당에 입교했다.

그러자 도산은 자신은 신학문을 공부했는데 이혜련이 신학문교육을 받지 못했다는 이유로 또 반대를 했다. 그러자 이석관은 안창호에게 "자네가 알아서 공부시켜 달라"며 도산에게 딸에 대한 전권을 아예 위임해버렸다. 이에 도산은 1897년 이혜련과 여동생 신호(信浩)를 서울 정신(貞信)여학교에 입학시켜 신학문을 배우게 하였다. 이 학교에서 이혜련은 김마리아, 김필례, 김순애* 등과 함께 공부했다.

* 김마리아, 김필례, 김순애 : 여성 독립운동가들

사랑하는 마음을 꽃으로 피워 보내던 소녀

이혜련이 도산과 약혼을 하고 서울에 있을 때 도산이 자주 놀러왔다. 그래서 자연스럽게 식구들과 밥도 먹으며 함께 어울리게 됐다. 그러나 이혜련은 도산의 얼굴을 제대로 쳐다보지도 못했다. 그럴 때마다 가족들이 이혜련을 짓궂게 놀리면 멀리 도망치기가 일쑤였다. 그만큼 그는 세상 때에 묻지 않은 순수한 소녀였다. 후에 이혜련은 당시의 심정을 "도산은 신비스러운 남성이었어요. 만나면 도무지 말이 나오지 않고 돌아서면 한없이 곱고 좋기만 했으니까..."라고 고백했다.

이혜련에겐 마음속으로 저런 멋진 남자가 자기 남자라는 것만으로도 행복한 시절이었다. 이혜련은 그런 심정을 적은 편지와 함께 오렌지 꽃을 선물로 도산에게 보내기도 했다. 꽃을 좋아했던 도산이었지만 "나는 꽃보다 그 보낸 마음을 사랑하여 꽃을 품에 두었소이다."라며 사랑하는 마음을 확인시켜주었다.

그런 시절이 꿈결같이 흐르고 있을 즈음 도산이 신학문을 익히기 위해 미국유학을 떠나겠다고 했다. 그러면서 이혜련에게 "10년 후에 돌아와 혼약을 치르겠다.”고 했다. 그러자 이혜련이 “저도 따라가겠습니다. 죽으나 사나 당신을 따라가겠습니다.”라고 당차게 나왔다. 뜻밖의 대담에 도산은 처음에는 놀랐으나 약혼녀의 굳은 결심을 받아들이기로 했다. 이런 사실을 알게 된 선교사들이 결혼을 먼저하고 떠나야한다고 조언을 했다.

1902년 9월 3일, 이혜련은 김 마리아의 외숙 김윤오 주선으로 서울 제중원에서 도산과 부부의 인연을 맺었다. 도산이 24세이고 이혜련이 18세 때였다. 주례는 선교사 밀러(Miller, Frederick Scheiblim, 한국명 閔老雅)가 맡았다.

밀러는 1866년 미국 펜실베니아에서 출생, 피츠버그대학(1889)과 유니언 신학교(1892)를 졸업했다. 1892년 부인 안나 밀러(Anna Reinecke)와 함께 미국 북장로회 선교사로 한국에 왔다. 1892년 서울에서 예수교학당(경신학교)책임자로 활동하며 교명을 민로아학당으로 고치고. 1901년 다시구세학당으로 교명을 바꾸었다. 이 시기에 안창호는 구세학당에 입학해서 밀러로부터 근대교육 수혜를 받았다.

미지의 땅에서 울보새댁이 된 이혜련

이혜련 부부는 결혼 다음날 미국 유학길에 올랐다. 미국의 선진교육체계를 배워서 쓰러져가는 나라를 구하겠다는 큰 뜻을 품고 떠난 뱃길은 멀고멀었다. 가도 가도 기다리는 육지는 나오지 않았다. 그렇게 열흘이 지난 어느 날 먼 구름사이로 산봉우리 하나가 보였다. 하와이였다. 망망대해에서 우뚝 솟아오른 섬은 간절히 기다리며 지쳐 가던 승객들에게 용기와 희망을 주었다. 안창호는 망해가는 나라와 도탄에 빠진 동포들에게 그 섬의 산봉우리처럼 희망과 용기를 주는 사람이 되자고 결심하고 자신의 호를 도산島山이라고 지었다.

이들 신혼부부는 하와이, 캐나다 밴쿠버, 시애틀을 경유하는 긴 항해 끝에 1902년 10월 14일, 마침내 샌프란시스코에 도착했다. 미국에 도착한 이들은 여행경비 지출로 인해 거의 빈털터리가 됐다. 다행히 샌프란시스코 차이나타운에서 한국에서 의료선교를 했던 알렉산드로 드류(Alessandro Damer Drew.1859~1926, 柳大模) 선교사를 만나 그의 집에서 집사 일을 보게 되었다. 이혜련은 요리, 청소 일등을 하면서 살림을 꾸려나갔다.

도산은 일하면서 학교에 들어가 영어를 공부하면서 학업을 시작했다. 그렇게 지내던 어느 날, 길거리에서 동포들이 상투를 잡고 싸우는 모습을 보게 되었다. 싸움의 원인은 인삼판매를 위한 구역다툼에서 비롯된 것이었다. 도산은 이들의 싸움을 말리고 나서 한인들의 생활실태를 살폈다. 한인들의 생활환경은 말할 수 없이 열악했다. 그래서 미국인들이 '조선인은 더럽고 싸움질을 잘 한다'고 생각하고 있었다.

도산은 자신의 학업보다 미국에 사는 동포들을 교육하고 동포들의 생계문제 해결을 위해 함께 노력하는 것이 우선돼야 한다고 생각됐다. 그래야 미국인들이 조선인에 대해 갖고 있는 나쁜 인상을 불식시킬 수 있고, 나아가서 쓰러져 가는 조선을 살릴 수 있다고 생각했다.

그러나 동포들의 생활개선사업과 학업을 동시에 하는 것은 사실상 불가능했다. 도산은 며칠을 고민한 끝에 학업을 미루고 동포들의 생활개선사업에 뛰어들자는 결단을 내렸다.

도산은 낮에는 노동을 하면서 틈틈이 동포들의 집을 방문하여 집 앞을 쓸고 꽃을 심고 침을 뱉지 말라는 등 생활환경개선하는 일부터 시작했다. 아울러 동포들의 일자리 문제를 주선하는 일도 적극적으로 도왔다. 또한 한인교회를 개척하여 주일마다 설교를 하기도 하였다.

도산의 이 같은 헌신적 노력으로 미국인들은 조선인에 대한 부정적인 생각을 버리기 시작했고, 동포들도 도산을 존경하고 신뢰하게 되었다. 훗날 미국 동포사회는 땀 흘려 힘겹게 모은 돈을 조국광복을 위해 지원하는 등 조국 독립운동의 든든한 기지가 되었다.

1903년 9월 23일, 이혜련은 학교에 다니면서 남편 도산을 도와 재미교포의 단결과 계몽을 위해 북미 최초의 한인공동체인 '샌프란시스코 한인친목회'를 결성했다. 회장에는 도산이 피선됐다. 미국 한인사회에서 이혜련과 안창호의 역할은 국내에서의 애국계몽운동이나 임시정부에서의 활동 못지않게 탁월했다. 이러한 두 사람의 지도력은 초기 미국 한인사회가 소수민족 공동체로 성장하는 과정에 있어서 중요한 자양분이 됐다. 1904년 샌프란시스코에서 LA로 이사한 이혜련 부부는 공립협회를 설립하고 이민 노동자의 생활안정과 권익보충에 박차를 가하는 한편 국권회복운동을 주도하였다. 그러나 그들의 가정은 많은 어려움 속에서 생활할 수밖에 없었다.

열두 번째로 밀려난 울보새댁

도산이 학업을 미루기까지 해가면서 한인사회를 위한 활동이 점점 커지더니 급기야 가정은 나 몰라라 하고 미주지역사회를 지도하는 한편 국권회복운동을 주도해 나갔다. 당시 이혜련은 동포들을 만날 때마다 "그분은 첫째가 조국, 둘째가 담배, 그리고 아내와 자식은 열두 번째였어요."라며 '울보새댁'이란 별명을 들을 정도로 눈물을 많이 흘렸다. 그러면서도 이혜련은 그 누구도 원망하지 않고 도산이 독립운동에 전념할 수 있도록 뒷바라지를 아끼지 않았다.

일제에 강점된 이후에도 도산은 미국과 중국·러시아를 오가며 독립운동을 지도하고 있었다. 이혜련은 도산이 조직한 대한인국민회를 지원하기 위해 지속적으로 의연금, 국민의무금, 특별의연금 등 독립운동자금을 모금했다.

이혜련은 천성이 여린 사람이었지만 시간이 흐르면서 도산과 함께, 또는 도산의 뒷바라지를 하면서 강철 같은 독립투사로 변신해갔다.

1919년 3·1운동이 일어나자 도산은 중국으로 가게 되었다. 3·1운동의 발발 소식에 접한 미주지역 한인들은 미국 내에서 군자금을 모집하여 국내외 독립운동을 지원하는 한편 미국민과 미국정부에 조선의 독립을 호소하였다. 미주지역 부인들도 활발하게 움직이기 시작하였다. 하와이에서는 1919년 4월 1일 대한부인구제회를 정식으로 결성하였고, 미 본토에서도 여성들의 단체가 새롭게 결성되었다.

당시 로스앤젤레스에 거주하던 이혜련은 부인친애회를 조직하여 독립의연금 모금에 솔선수범하였다. 당시 부인친애회에서는 한 주일에 2일(화, 금요일)은 고기 없는[meatless] 날, 한 주일에 하루(수요일)는 간장 없는[kanchangless] 날로 정하여 3·1운동으로 인해 고국에서 고통 받는 동포들과 함께 하고자 하였다.

1919년 5월 18일, 북미주 지역의 새크라멘토의 한인부인회와 다뉴바의 신한부인회는 북미지역 부인회를 통합하기 위한 통고문을 보낸 후, 8월 2일 각지의 부인 대표자들이 다뉴바에 모여 발기대회를 열고 합동을 결의하였다. 이때 다뉴바의 신한부인회, 로스앤젤레스의 부인친애회, 새크라멘토의 한인부인회, 샌프란시스코의 한국부인회, 윌로우스의 지방부인회 등의 대표들이 참석하여 대한여자애국단을 결성하였다. 이혜련을 비롯하여 임메불·박순애·김혜원 등은 로스앤젤레스 부인친애회 대표로는 참석하였다. 이와 같이 북미주의 4개 지방 부인단체들이 국민회 중앙총회에 청원하여 1919년 8월 5일 정식으로 대한여자애국단이 결성되었다.

그 후 이혜련은 대한여자애국단을 중심으로 국민의무금 21차례, 국민회보조금, 특별의연 등의 모금을 주도하였고, 미국적십자사 로스앤젤레스 지부의 회원으로도 활동하였다. 그러던 중 1932년 중국 상해에서 윤봉길의 투탄의거 직후 남편 도산이 일제에 의해 체포되는 사건이 발생하였다. 이 같은 불행에도 불구하고 이혜련은 1933년 5월 9일 대한여자애국단 총부가 샌프란시스코에서 로스앤젤레스로 이전할 때 더 많은 역할을 담당했다. 당시 국내의 옥중에 있던 도산은 이혜련에게 편지로나마 위안과 사랑의 마음을 전했다.

1937년 3월 대한인국민회가 로스앤젤레스에 총회관을 건립하면서 이혜련을 중심으로 한 여자애국단에서도 재정적으로 협조를 하고 있었다. 당시 이혜련은 대한여자애국단원의 일원으로 중일전쟁 재난민과 부상병들을 돕기 위하여 약품과 붕대를 모집하고 있었다. 그럴 즈음 일제는 안창호를 또 다시 체포하여 서대문형무소로 이송시켰다. 수감생활로 건강이 급격하게 악화된 그는 경성제국대학 병원에 입원하였으나 1938년 3월 10일 불행히도 순국(殉國)하고 말았다.

도산은 생전에 이혜련에게 "늘그막에나 아이들을 데리고 한집에 모여 고락을 같이 하는 것이 소원입니다. / 당신의 손으로 지어주는 밥을 먹고 싶은 생각이 간절합니다."〈1936년 8월 7일, 안창호〉라는 편지를 보냈다. 그러나 그들은 한 집, 한 상에서 밥 한 끼 먹는 그 작은 소원을 끝내 이루지 못했다. 이 작은 소원도 이룰 수 없었던 이혜련 부부, 그들은 이 작은 소망을 이루기 위해 일평생 목숨을 바쳐 독립운동을 한 것이다. 그 소망을 이루기 위해 일평생 서로를 간절히 그리워하며 사랑했던 부부였다.

그는 모든 한국인의 어머니였다

남편 도산이 순국하였지만, 이혜련은 다시 일상으로 돌아가 여자애국단을 통한 항일전에 열심히 참여하였다. 여자애국단에서는 중국 난민구제를 위해 구제금으로 78달러를 거두어 송미령(宋美齡)에게 보냈다. 그 후에도 송미령이 또다시 요청해와 1939년 12월 76달러를 송금하였다.

도산 안창호와 이혜련은 장남 필립, 차남 필선, 삼남 필영, 장녀 수산, 차녀 수라를 두었다. 이들 3남 2녀 중 장남 필립(육군), 장녀 수잔(해군), 막내 필영(해군), 등 3명은 아버지의 독립운동을 이어가겠다며 일본과 싸우는 미군에 자진 입대했다. 특히 수잔은 미 역사상 최초의 동양인여성장교로 현대 미군의 역사를 새로 쓴 주인공이다. 미 공영방송 PBS는 "안수잔에게 2차 대전은 미국과 한국을 위한 싸움이었다."며 "…한국계 미국인들은 미국에 대한 충성과 고국 땅을 지배하는 일본에 대한 저항으로 참전을 맹세했다."고 보도했다.

조국이 독립된 이후인 1946년 1월 6일 로스앤젤레스 대한인국민회 총회관에서 신년도 대한여자애국단 총회가 개최되어 이혜련이 총단장으로 선출되었다. 해방 이후에도 고국과 동포들을 위해 온 힘을 기울이다가 86세 생일인 1969년 4월 21일 "내 몸을 사랑하는 고국 땅에 묻어 달라."는 유언을 남기고 영면하였다. 정부는 고인의 공훈을 기려 2008년에 건국훈장 애족장을 추서하였다.

도산 안창호 선생의 아내이기 전에 독립운동가이며, 미주 독립운동의 대모인 이혜련. 그가 도산에게 "당신은 우리 아이들만의 아버지가 아니라. 모든 한국인의 아버지였습니다."라고 말한 것처럼, 그가 자신의 아이들만의 어머니가 아니라 모든 한국인의 어머니였다는 사실을 우리는 영원히 잊지말아야할 것이다.

[공적조서에서]
도산 안창호의 부인으로 1909년부터 지속적으로 의연금·국민의무금·특별의연 등 독립운동자금을 지원하였으며 1919년 3월 미국 로스앤젤레스에서 조직된 부인친애회에 참여하였고 1919년 8월 다뉴바에서 조직된 독립운동단체인 대한여자애국단에 부인친애회 대표로 참가하였으며 1942년부터 1944년까지 大韓女子愛國團의 위원으로 활동한 사실이 확인됨.

황환영 편

▶ 우리나라 서양의학의 기초를 세운 캐나다선교사 에이비슨 박사

에이비슨 박사

에이비슨 박사

캐나다의 선교사이자 의사이다. 1893년 6월부터 1935년 11월까지 한국에서 체류하며 활동하였다. 제중원의 제4대 원장, 세브란스 의학전문학교와 연희전문학교 교장을 역임하면서 오늘날 연세대학교의 기틀을 마련하였다.

모든 선교사는 그들이 의사이건, 간호원이건, 선생이건, 목사이건간에 언젠가는 「출구」라고 명기된 문을 통과해야 한다는 것을 예상하고 있어야 합니다.

- 1935년 12월 마지막으로 한국을 떠나며

우리나라 서양의학의 기초를 세운
캐나다선교사 에이비슨 박사

황 환 영

감추어진 내한 캐나다선교사들의 헌신

2019년도에 발간된 '애국지사들의 이야기 제3권'에 내한 캐나다 선교사들의 조선(*본 원고에서는 선교사들이 대체로 구한말에 조선으로 갔기 때문에 한국이란 표현보다는 조선이라고 지칭함)을 향한 애국활동이 수록되는 것에 기쁨을 느꼈다. 그러나 내용을 보니 그리어슨 선교사와 닥터 마틴에 관한 이야기만 실려 있어서 많이 아쉬웠다. 물론 스코필드박사에 관한 이야기는 진작에 널리 알려졌으리라 생각된다. 그러나 그 외에도 대한민국수립 이후 일제에 맞서 싸운 많은 캐나다선교사들의 이야기가 있다. 단지 정확한 사료가 없어서 구체적으로 기록할 수 없는 아쉬움도 있다. 미국에서 내한한 선교사가 약 2,800여 명 정도로 추산되고 캐나다에서는 약 260여명 정도가 추정된다. 실제로 비전펠로우십에서 내한한 캐나다선교사에 대해 약 200명의 자료를 확보하고 있다.

미국선교사들과 캐나다선교사들의 많은 차이점이 있는데 미국선교사들의 대부분은 중산층의 자녀들로 조선에 가서 복음전파를 위한 헌신과 희생이 있었음에도 불구하고 보수적인 복음주의의 영향으로 자기구원, 구복적인 신앙에 편향된 느낌이 있으며, 일본의 선진문명에 대해 긍정적인자세, 정치적으로 미국과 일본의 관계로 인해조선이 일본에 합병되는 문제에 대해 긍정적인 입장이었고, 오히려 지지하는 편이었기 때문에 조선의 독립운동에 적극 참여하지 못한 측면이 있다.

그러나 캐나다선교사들은 대체로 영국으로부터 신앙의 자유를 찾아 캐나다로 이민한 하층노동자나 농민출신의 자제들이 대부분이어서 개인구원의 복음도 중요시했지만 사회적부조리나 정부와 관리들의 횡포나 학대에 대해 저항적이었고, 특히 일제의 조선침탈과 종교자유에 대한 억압에 대   해 반대하고 민중들과 함께 저항하도록 계몽하고, 유도하고 3.1운동과 독립운동을 지지하며 변호했던 입장을 취했다. 따라서 선교사의 숫자가 미국에 비해 1/10에 불과함에도 훗날 건국훈장수여자가 훨씬 더 많은 기록을 남겼다.

우리가 흔히 아는 캐나다선교사 중 건국훈장독립장을 받은 분들은 그리어슨 목사, 닥 터마틴, 바커 목사, 닥터 스코필드 그리고 언론인 프레드릭 매켄지로 알고 있지만 더 위대하고 우리가 결코 잊어서는 안 될 분이 한분 더 계신데 그는 닥터 올리버 R 에이비슨(Dr. Oliver R. Avison 한국명 어비신:1860-1956)이다.

선교사로 결심한 에이비슨의 내한
에이비슨은 1860년 6월 30일 영국 요크셔 주에서 태어났다. 그의 부친은 방직공작의 직원으로 공장에서 해고된 뒤 1866년 캐나다 온타리오의 웨스턴으로 이주했다. 에비슨은 초등학교를 다니다가 가난한 가계에 도움이 될까 모직공장에 취직해 2년 동안 일을 했다. 또래 아이들에게 야학을 가르칠 정도로 똑똑했던 그는 모직공장의노동자들이 비참하게 살아가는 것에 자극을 받고 제대로 된 교육을 받기로 결심했다.

이후 초등학교에 재입학한 그는 고등학교와 사범학교를 나와 온타리오주 스미스폴스의 허튼초등학교에서 3년 동안 교사생활을 한 후 약사가 되기로 결심하고 스미스폴스의 약방에 들어가 도제생활을 했다. 3년간 도제생활을 한 뒤 토론토의 온타리오약학교에 입학하여 1884년 1등으로 졸업했다. 이후 온타리오약학교의 교수로 부임하여 약물학과 식물학을 강의했으며, 1885년 재학 중 제니반스와 결혼했고, 1887년6월 대학을 졸업한 후 빅토리아대학교의과대학(훗날 토론토대의대)의 약리학과 치료학을 강의했다.

대학교수이면서 토론토시장의 주치의를 겸했던 에이비슨의 평판은 날로 높아졌다. 그는 대학교수, 개업의 이외에도 기독교와 관련돼 해외선교모임, 개척교회 성경지도등 다양한 활동을 했다. 1892년 9월 하순, 에이비슨은 자신이 이끌던 선교단체강연회 강사로 호러스 G 언더우드(Horace G Underwood 한국명 원두우:1859-1916)를 초청했다. 이때 언더우드가 에비슨에게 해외선교사로 나갈 생각이 없는지 물어보았다. 처음엔 제자들 가운데서 선교사자 원할 사람을 찾았지만 기도 중 하나님의 음성을 듣고 명예로운 교수직과 안락한 의사의 생활을 접고 선교사가 되기로 결심했다. 원래 감리교신자였던 그는 미국장로회 해외선교부의 의료선교사가 되기로 하고1893년 2월 6일 선교사로 임명되었다. 그 후 1893년 6월 아내와 세 아이들을 데리고 밴쿠버를 떠나 7월16일 부산에 상륙했다.

에이비슨은 1893년 9월 서울에 상경한 뒤 미국선교사 알렌 (H.N.Allen 한국명 안련:1858-1932)을 만나 그의 권유로 제중원에서 일했다. 알렌은 의사로 조선에 와 제중원을 설립하고 운영하다 미국 공사가 되면서 운영을 에이비슨에게 맡긴 것이다.(*알렌이후 스크렌턴, 헤론, 하디, 빈튼 등이 일했으나 빈튼이 조선정부와 갈등으로 손을 떼면서 운영이 부실해졌던 때)고종의 어의 겸 제중원원장으로 부임한 에이비슨은 제중원의 한심한 모습에 경악을 금치 못했다. 정부 관리들이 돈을 횡령하고 환자 입원실을 개인의 집으로 사용하는 등, 황폐한 제중원에 예산부족, 정부 관리들의 참견과 종교 활동을 금한데 대해 격분한 에이비슨은 1894년 제중원의 운영을 두고 고종과 6개월간 협상을 벌인 끝에 9월말 제중원을 미국북장로교 선교부로 이관 받았다. 이후 그는 언더우드와 긴밀하게 협조하면서 다양한 활동을벌였다. 제중원원장으로 있으면서 1895년 콜레라가 유행했는데 방역국장으로 임명된 에이비슨은 서울에 있던 선교사들과 의학생, 기독교신자들로 구성된 방역팀을 만들어 우리나라역사상 처음으로 전염병에 대한 체계적인 방역활동을 벌여 큰 희생을 막았다. 이를 가상히 여긴 고종은 하사금을 방역팀에게 내려줬는데 이 돈으로 당시 정동교회 2차 건립(지금은 사라진 한옥건물)을 이뤘다. 이렇게 기독교가 앞장서서 전염병퇴치에 공을 세워 온 국민의 귀감이 되었는데 요즘에 한국교회들이 방역당국에 도움이 되지는 못할망정 욕만 먹는 처지가 되었으니...

이후 10월을미사변(민비 시해사건)으로 일제로부터 생명에 위협을 느끼고 있던 고종을 빼돌려 친미, 친러 내각을 세우려했던 소위 춘생문사건 발생 시에 이비슨은 언더우드와 호머헐버트, 러시아 베베르공사 등과 함께 총을 들고 고종을 지켜내어 왕으로부터 절대적인 신임을 얻게 되었다.

세브란스와의만남

1899년 3월 제중원을 위해 헌신적으로 일하는 바람에 건강이 악화되어 조기 안식년 휴가차 캐나다로 돌아간 그는 평소 여러 선교부가 작은 규모의 병원을 운영하는 것이 조선인들의 건강증진에 도움이 되지 못한다고 생각했다. 보다 현대적이고 규모가 큰 병원건립계획을 추진하던 중 1900년 봄 뉴욕의 해외선교대회에 초대되어 조선에 현대식 병원건설의 필요성에 대해 강연할 기회를 얻게 되었다. 이때 그의 말을 경청하던 노신사가 개인적인 담화를 요청했고 에이비슨에게 여러 가지를 물어보던 그는 나중에 다시 만나게 될 것 이라고 말을 남기고 헤어졌다. 그는 록펠러와 동업하던 스탠더드 오일의 회계담당자였던 루이스 H. 세브란스(Louis H. Severance)였다. 그는 그로부터 얼마 후 1만 달러의 기부금을 내었는데 현재 가치로 환산하면 약 1천억 원에 해당하는 엄청난 금액이었다.

에이비슨은 귀국 후 이 돈으로 남대문밖 복숭아골땅(현재 서울역 건너편 대우빌딩자리) 9에이커를 구입하여 추수감사절 날 정초식을 거행하였고, 1904년 11월 16일 마침내 한국 최초의 현대식 종합병원인 세브란스병원이 개원되었다. 이 병원은 당시 동아시아에서 가장 큰 현대식병원이었다. 이후에도 세브란스는 후손들에게 유언하여 지속적으로 병원을 후원하게 하여 20여 년간 13만 불에 가까운 돈을 보냈다. 세브란스는 항상 "내 돈이 아니라 하나님의 돈"이라며 에이비슨에게 "받는 당신보다 주는 내게 더 큰 기쁨입니다"라고 말했다.

에에비슨의 가장 큰 관심사는 조선인 의료진의 양성이었고 이를 위해 조선의료선교사로 자원했다고 해도 과언이 아니다. 1895년 콜레라 유행이 끝나자 에이비슨은 1890년 헤론이 죽은 뒤 중단된 의학교육을 재개했다. 빈튼 등 서울에 있던 의료선교사들이 도왔다. 우선 에이비슨은 조선인 조수와 함께 서양의학교과서를 번역했다. 안식년 이후 세브란스병원 건립을 진행하면서 학생들을 교육했는데 김필순, 홍석후, 홍종은 등 1904년 7년간의 교육 끝에 조선인 최초의 의사 7명을 배출했다. 이들을 얼마나 혹독하게 훈련했는지 캐나다학생들보다 훨씬 우수했다고 한다. 이들에게 의사면허를 부여하기위해 총독부와 담판을 지어 의술개업 인허장 1-7번을 부여받게 했으며 1909년 학교명을 세브란스병원의학교로 등록 했다. 또한 1906년 병원 내에 간호학교도 설립했다. 이와 같이 의료진양성을 통해 언젠가 떠나야할 선교사의 소임을 다하기 전에 조선인들에게 병원과 학교의 운영을 돌려주려고 계획하고 진행시킨 에이비슨은 지혜롭고 신념에 가득찬 한국서양의학의 사표이다.

에이비슨은 1909년 제중원의학교를 세브란스의학교로 이름을 바꾸고, 1916년 10월 언더우드와 함께 연희전문학교를 설립하고 교장을 맡았다. 그러나 교장을 맡았던 언더우드가 얼마안가 병으로 인해 은퇴하고 미국으로 귀국하였으며 2개월 뒤 소천 했다. 그러자 부교장을 맡았던 그가 대신 교장으로 취임했다. 그는 1917년 4월 조선총독부로부터 재단법인과 사립연희전문학교의 설립을 인가받았다. 이때부터 경신학교 대학부는 연희전문학교라는 이름을 쓰기 시작했다. 당시 현 서울역 앞에 있던 세브란스병원의 부지는 도시계획으로 두 동강날 상황이 되었고 속히 이를 처분하고 이주해야할 처지에 놓였다. 병원과 학교의 통합을 계획하던 에이비슨은 넓은 대지와 교사확보가 필요했다. 이중의 일부경비는 언더우드의 형 존이 기부했다. 존 언더우드는 당시 유명한 언더우드타자기의 사장으로 재력가였다. 에이비슨은 1917년 9월 당시 경기도 고양군 연희면에 송림이 울창한 토지 29만 320평을 교지로 매입했다. 이곳이 현재 연세대학교가 위치해 있는 서울특별시 서대문구 신촌동 134번지이다. 나중에 통합된 연세대학교 이름은 연희의 '연'과 세브란스의 '세'자가 합쳐진 결과이다.

일제의 탄압에 저항하다

에이비슨은 개인적으로 초대 통감으로 조선에 온 이토 히로부미와 친분이 있었다. 그와의 교분으로 인해 세브란스의 학교설립 등에 대한 법적 지원을 얻어냈고 초대 졸업식에 참석해 축사를 했다. 에이비슨의 자서전에 보면 이토 히로부미에게 조선의 독립이 필요하며 조선과 일본은 국가 대 국가로 우호를 맺어야한다고 주장했다. 그리고 조선에 온 선교사들의 종교 활동에 대해 일제가 간섭하지 말도록 주장하기도 했다. 그러나 에이비슨 선교사에게 우호적이었던 이토 히로부미는 안중근 의사에 의해 1909년 하얼빈 역에서 저격당해 사망했다.

1919년 3월 3.1운동이 발발하자, 에이비슨은 3월 13일에 귀국 중이던 캐나다장로회 해외 선교부 총무 A. E. 암스트롱(Amstrong)에게 전보를 보내 서울로 불러들였다. 이후 3월16일에서 17일까지 열린 선교사대책회의에 참석한 그는 한국의 상황을 해외에 알리도록 했다. 그리고 3월 9일내무부장관 우사미 가츠오를 비롯한 총독부 고위관료들의 요청으로 열린 수차례 회합에 선교사대표로 참여하여 총독부의 실정을 비판하고, 한국인에게 자유와 자치를 허용하도록 요구하였다. 특히 3월 9일 회합에서 한국인 지도자들의 마음속에 있는 불평사항을 대변해 다음과 같이 주장했다.

첫째, 두 민족 간의 독특한 민족적인 다른 점에 대한 충분한 배려할 것.
둘째, 한국어 교육을 시킬 것.
그 외에도 언론의 자유, 출판의 자유, 공공집회의 자유, 여행의 자유, 사회정화(일본정부가 매춘조직을 한국인을 상대로 강제하고 있으며, 한국인은 이에 대하여 자구책이 없음), 한국인 차별철폐 등을 요구했다.

한편 에이비슨은 3.1운동의 부상자에 대해서도 적극적으로 보호하고 치료하게 하였으며, 일본 헌병경찰의 가택수색과 환자이송에 저항하고 항의하였다. 민족대표 33인 중 한사람인 양한묵이 서대문형무소에서 고문 끝에 옥사했는데, 그 시신이 유족에게 인도되자 그의 집을 방문하여 시신을 다시검시하고 유족들을 위문했다.

이승만과의 만남

1894년 청일전쟁에서 일본의 승리와 을미사변이후 나라의 통치는 거의 일본의 수중에 좌지우지되어 조선의 미래는 암울하게 되었다. 황해도 해주에서 가난한 선비의아들로 태어난 이승만은 서울의 서당에 다녔고 1895년 아펜젤러가 운영하던 배재학당에 입학했다. 여기서 6개월 배운 영어로 영어교사가 될 정도로 두뇌가 출중했던 이승만은 에이비슨이 운영하던 제중원의 의사 조지나 화이팅의 조선어 교사로 일하면서 에이비슨과 친분을 맺었다. 미국정부가 하와이에 선교사를 파송한 뒤로 미국에 병합되는 과정을 보았던 이승만은 선교사들의 배후에 서구열강들의 식민지배야욕이 있다고 생각하여 그다지 선교사들을 신뢰하지 않았다. 조국애가 남달랐던 그는 조선왕조의 부조리와 불합리에 반감을 가지고 있었고 왕정폐지와 개혁을 통해 나라를 새롭게 하려는 의지에 불타올랐다.

일제에 의해 단발령이 내려지고 고종이 강제로 단발하는 사건이 벌어지자, 이승만은 어차피 자를 것이라면 자발적으로 하자고 에이비슨에게 머리를 잘랐다. 이것은 에이비슨을 통해 조선의 개혁과 새로운 나라 건설은 반드시 서양열강들과 같이 개화된 기독교 국가를 만들어 하나님이 통치하는 국가를 만들어야한다는 신념이 생긴 결과였다. 에이비슨은 이승만에게 지속적으로 기독교와 선교사들은 조선의 침략엔 관심이 없고 오직 그리스도의 사랑과 복음을 통해 기독교적민주주의(Christian democracy)를 실현해야한다고 한 주장에 감동을 받았기 때문이다. 독립협회사건으로 체포령이 내렸을 때 에이비슨의 집에 피신했고, 이어 미국인의사 해리 셔먼의 집으로 피신했다가 1899년 1월에 체포되었다. 탈옥을 감행했다가 다시 체포된 이승만은 제임스 게일이 넣어준 천로역정, 에이비슨이 넣어준 영어성경을 탐독했다. 어느 날 그는 기도 중에 환상을 보고 신실한 기독교인으로 바뀌어 옥중에서 죄수들과 간수들에게 전도를 열심히 했다. 그의 전도로 개종한 수많은 사람 중 월남 이상재 선생이 있다.

1904년 민영환의 감형주선으로 석방된 이승만은 에이비슨을 포함한 친구들의 권유로 미국으로 갔다. 일본, 호놀룰루, 샌프란시스코를 거쳐 1905년 미국워싱턴에 도착해 언약교회 루이스 햄린 목사에게 세례를 받았는데 햄린목사에게 소개장을 써준 사람은 제임스 게일선교사이다. 후일 조지워싱턴대, 프린스턴에서 박사를 받은 이승만의 후일 행적은 모두가 잘 알리라 생략한다.

이승만이 대통령이 된 후 대한민국을 기독교민주주의에 입각한 나라로 세우려고 했던 사상의 배경에는 에이비슨의 깊은 감화와 교류가 있었던 것을 알아야하며, 이승만은 1952년 에이비슨 박사가 우리나라에 끼친 혁혁한 공로와 헌신에 대해 감사하며 대한민국 건국훈장독립장을 수여하게 되었다.

에이비슨의 퇴임이후의 삶

1935년 12월 2일 세브란스 교장자리를 조선인 오긍선에게 물려주고 은퇴한 에이비슨은 명예교장과 병원장이란 타이틀을 가지고 부인 제니와 함께 미국으로 건너갔다. 당시 기사를 보면 친구들에게 안부를 전하러간다고 했으므로 언젠가 다시 조선으로 돌아가 거기서 뼈를 묻으려고 생각했던 것 같다. 그러나 귀국 후 바로 부인제니가 병들어 죽었고, 세계정세가 악화일로를 걷고 있어 조선으로의 귀국이 여의치 않아 포기한 것 같다. 그의 자서전에는 "나는 조선으로 돌아가지 못했다. 아마도 못갈 것 같다. 아내의 마음처럼 나도 언제나 조선 사람과 함께 할 것이다"라고 써있다.

이후 1942년부터 1943년까지 기독교인친한회 재무를 맡았으며, 열강을 대상으로 대한민국임시정부의 승인과 한국독립운동을 지원할 것을 호소하는 활동을 했다. 1956년 8월 29일 미국플로리다주 피터스버그에서 향년96세로 소천했고, 캐나다온타리오 스미스폴스에 부인 제니와 함께 잠들었다. 이승만대통령은 조전과 함께 훈장을 추서했다. 1928년 세브란스병원 구내에 에이비슨의 동상을 세웠으나 일제가 전쟁 때 강제헌납 당했고 1966년 신촌의 연세대의료원 내에 재건립 되었다. 1985년 토론토대학 교정에 에이비슨을 기리는 한국식 탑이 건립되었고 연세의료원은 에이비슨 내한 100주년이 되는 1993년을 기점으로 해외의료선교에 나서 그의 숭고한 은혜에 보답하고 있다.

아들 고든과 더글러스도 아버지를 따라 각각 농촌계몽운동과 의료봉사에 헌신했다. 더글러스 에이비슨 부부는 서울 양화진 묘지에 잠들어있다.

에이비슨은 우리나라에 최초로 서양의학과 교육의 체계를 세운 분으로 영원히 기억 돼야 하며, 반상의 차별을 하지 않고 인재를 양성한 그의 진보적이고 인권평등을 향한 열린 정신, 일제의 침략과 수탈에 정면으로 도전하고 저항한 정의의 정신, 교파를 초월해 복음전파를 위해서라면 물불을 가리지 않은 열린 신학정신, 성실하고 건강한 삶으로 세브란스병원, 학교, 연세대학교를 위한 초석을 놓고 조선인들을 위해 영원한 친구로 자임한 에이비슨의 숭고한 정신과 헌신을 한국인이라면 결코 잊지 말아야할 것이다.

PS:

아치볼드 해리슨 바커(Archibald Harrison Barker?-1927)

대한민국 건국훈장 독립장을 수여받은 캐나다선교사 중 아치볼드 H 바커(Archibald H Barker 한국명 박걸: ?-1927)목사는 낙스칼리지를 졸업하고 캐나다 장로회 해외선교부 파송으로 조선함경도 성진에 갔다. 조선 캐나다선교부를 책임진 그리어슨 선교사는 북간도 이주 조선인들에게 복음을 전하기위 해바커를 닥터 스텐리 마틴과 함께 용정으로 파송했다. 간도주재 최초의 선교사로 발을 디딘 바커는 그곳에서 용정중앙교회, 동신교회 등을 세우고 제동병원, 명신여학교, 은진학교에서 사역했다. 조선에서 3.1운동이 벌어지자 마틴과 함께 서전대야에 3.1운동 사상 가장많은 인원(1만 여명)이 모일 수 있도록 주선하는 한편 3월 13일 용정 독립만세운동에서 부상자 구호활동을 하고, 1920년 10월 경신참변(간도일대 조선인대량학살사건)의 실상을 조사하여 본국에 알렸다. 1921년 10월 일제가 재류금지처분을 한

독립 운동가들의 석방을 요청하는 외에도 독립운동을 정신적, 재정적으로 적극후원하고 그가 가진 치외법권으로 많은 고난에 빠진 이들과 애국지사들을 도왔다. 1923년 건강악화로 귀국하여 1927년 소천했다. 1952년 건국 훈장독립장을 추서했다.

　*이외에도 던컨 맥래(Duncan M McRae 한국명 마구례:1868-1949)목사는 그리어슨, 푸트 목사와 함께 최초로 파송된 캐나다 선교부 선교사로 조선의 독립을 위해 누구보다 열정적으로 앞장섰다고만 전해오고 아쉽게도 상세한 기록이 없어서 서훈되지 못함을 아쉬워한다.

[자료]
-올리버 R 에이비슨이 지켜 본 근대 한국 42년(청년의사 박형우역2010)
-한국 의학교육의 개척자 에이비슨(연세대학교 의료원2006)
-올리버 알 에비슨(1860~1956)이 생애(논문 박형우, 연세대동은의학박물관2010)
-올리버 R. 에이비슨(나무 위키독립운동가 프로젝트)
-에이비슨(Oliver R. Avison,1860-1956):건강한 조선을 위해 애썼던 좋은 친구(류대영)
-부르심 받아 땅 끝까지(홍성사 최선수저2011)
-대한민국 국가보훈처 독립운동가 공훈록
-초기 미국선교사 연구(한국기독교역사연구소 류대영 2001)
-내한선교사총람(한국 기독교역사연구소 1994)

우리는 여성독립운동가를 얼마나 알고 있나?

이윤옥 민족시인

▶ 우리는 여성독립운동가를 얼마나 알고 있나?

문학박사. 『문학세계』 시 부문 등단. 문학세계문인회. 세계문인협회 정회원. 지은 책으로는 친일문학인 풍자시집 『사쿠라 불나방』, 항일여성독립운동가를 다룬 책 『46인의 여성독립운동가 발자취를 찾아서』, 『서간도에 들꽃 피다』(전10권), 『여성독립운동가 100분을 위한 헌시』, 『여성독립운동가 300인 인물사전』, 한·중·일어로 된 시화집 『나는 여성독립운동가다』 등을 펴냈다. 한편, 영문판 시집 『41heroines, flowers of the morning calm』을 미국에서, 『FLOWERING LIBERATION-41 Women Devoted to Korean Independence』를 호주에서 펴냈다.

연락처: 한국 010-7399-2398 / 이메일 59yoon@hanmail.net

우리는 여성독립운동가를 얼마나 알고 있나?

이 윤 옥

1. 머리말
2. 3·1만세운동과 여성독립운동가
   1) 생존 독립운동가 오희옥 애국지사
   2) 서대문형무소 수감 여성독립운동가
   3) 유관순 열사와 동풍신 열사
   4) 여자광복군과 지복영 애국지사
   5) 열네 살 김나열 애국지사와 목포정명여학교
   6) 기생출신 독립운동가 김향화 애국지사
3. 맺는말

1. 머리말

"나도 화장을 하고 고운 옷을 입으면 예쁠 거야" 지금은 돌아가셨지만 생전에 이병희 애국지사(2012.8.2. 96세로 별세)는 소녀처럼 해맑은 모습으로 그렇게 말씀하셨습니다. 요양병원에 계시는 이병희 애국지사를 찾아가 지사님께 드리는 헌시를 낭송해드렸을 때 지사님의 입가에 드리웠던 잔잔한 미소가 아직도 어제 일처럼 떠오릅니다.

앙상한 손으로 저의 손을 꼭 잡으며 "선열들의 독립정신을 잊지 말았으면 좋겠다"고 하신 말씀이 지금도 가슴 속 깊은 곳에서 울림을 주고 있습니다. 96세의 이병희 애국지사는 비록 몸은 야윌 대로 야위었지만 영혼은 밤하늘의 반짝이는 별처럼 맑고 깨끗했습니다. 요양병원 복도에 손수 그려 놓은 예쁜 꽃 한 송이를 남기고 우리 곁을 떠난 이병희 애국지사와 같은 삶을 살다간 여성독립운동가들은 헤아릴 수 없이 많이 계십니다. 만세운동에 앞장섰던 목포 정명여학교의 열네 살 소녀부터 늠름한 여자광복군, 기생출신, 해녀출신 등 비록 신분은 다르고 활동 무대 또한 중국, 일본, 러시아, 미국 등 서로 달랐지만 빼앗긴 나라를 구하겠다는 일념만은 결코 다르지 않았습니다. 지난 20여 년간 이분들의 일생을 추적하여 글을 써오면서 안타까웠던 것은 이렇게 많은 여성독립운동가들을 우리는 왜 모르고 있었던 것일까 하는 점이었습니다. 한편으로는 어떻게 이분들을 알려야할까 하는 마음의 짐을 숙제처럼 안고 있던 차에 캐나다의 '애국지사기념사업회'에서 특별히 여성독립운동가에 대한 깊은 관심을 가져주셔서 고맙습니다. 귀중한 지면을 통해 '우리는 여성독립운동가를 얼마나 알고 있나?'를 되짚어 보는 시간을 갖고자 합니다.

▲요양병원의 이병희 지사님(사진은 2011년, 2012년 작고)과 필자, 지사님이 그린 꽃

2. 3·1만세운동과 여성독립운동가

1) 생존 독립운동가 오희옥 애국지사

국가보훈처가 1962년부터 시작한 독립유공자 서훈 가운데 여성독립운동가에 대한 서훈 실태를 살펴보겠습니다. 온 가족이 독립운동에 뛰어든 생존 여성독립운동가 오희옥 애국지사 집안의 예를 〈표1〉을 통해 살펴보고자 합니다.

<표1> 오희옥 애국지사의 경우

	이름	훈격	서훈연도	생년월일	활동지역
아버지	오광선	독립장	1962	1896.5.14.~1967.5.3.	중국
어머니	정현숙	애족장	1995	1900.3.13.~1992.8.3.	중국
언니	오희영	애족장	1990	1924.4.23.~1969.2.17.	중국
본인	오희옥	애족장	1990	1926.5. 7.~생존(2021.2월현재)	중국

오희옥 애국지사는 가족 전원이 독립운동에 뛰어들었으나 서훈 연도는 각각 다릅니다. 아버지는 1962년에 독립장을 받았는데 장군이었으니까 그렇다 치더라도 어머니를 포함한 세 모녀는 아버지 서훈일로부터 30여 년이 훨씬 지나서 서훈을 받았습니다. 사정이 이러하다 보니 남성이 15,901명 서훈을 받는 동안 여성은 고작 493명밖에 독립운동을 인정받지 못하고 있는 것입니다. 무려 30여 년 동안 남성위주로 서훈이 이뤄진 것은 오희옥 애국지사 가족뿐이 아닙니다. 대개의 경우 부모와 자녀들이 함께 독립운동을 한 경우, 아버지인 남

성이 먼저 서훈을 받고 나머지 여성들은 상당한 시차를 두고 서훈이 이뤄집니다. 오희옥 애국지사 집안처럼 말입니다.

아래 〈표2〉는 그러한 사실을 잘 말해주고 있습니다.

〈표2〉 1962~1990년 까지 남녀별 서훈자

연도	남성 서훈자	여성 서훈자
1962-1970	559명	11명
1970-1990	3715명	85명
계	4274명	96명

오광선·정현숙 부부 독립운동가(윗줄)
오희영·오희옥 자녀 독립운동가(아랫줄)

오희옥 애국지사는 할아버지 대(代)부터 '3대가 독립운동을 한 일가'에서 태어나 1939년 4월 중국 유주에서 결성된 한국광복진선청년공작대(韓國光復陣線靑年工作隊), 1941년 1월 1일 광복군 제5지대(第5支隊)에서 광복군으로 활약했으며 1944년에는 한국독립당(韓國獨立黨)의 당원으로 활동하였습니다. (1990년 건국훈장 애국장) 오희옥 애국지사 집안은 명포수 출신인 할아버지 오인수 의병장(1867~1935), 중국 서로군정서에서 활약한 아버지 오광선 장군(1896~1967), 만주에서 독립군을 도우며 비밀 연락 임무 맡았던 어머니 정현숙(1900~1992), 광복군 출신 언니 오희영(1924~1969)과 한국광복군 총사령부 참령(參領)을 지낸 형부 신송식(1914~1973) 등 온 가족이 독립운동에 투신한 집안입니다. 92세까지 건강한 모습으로 독립운동을 증언하는 곳이면 어디든 달려가 이야기를 해주셨는데 3년 전에 뇌경색으로 쓰러져 현재 서울중앙보훈병원에서 투병중이십니다. 그동안 어려운 고비를 넘기고 강한 의지로 회복을 위한 노력을 하고 계십니다.(2021년 2월 1일 현재)

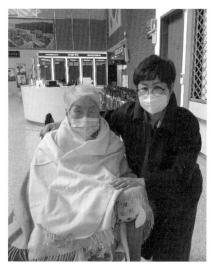

2020년은 '코로나19'로 병실 면회가 전면 금지되는 바람에 병원 로비에서 잠시 면회한 오희옥 지사님과 필자 (2021년 2월 1일, 서울중앙보훈병원 로비

아래 〈표3〉은 여성 독립유공자 시기별 현황(1962~2020)입니다. 각 연도별로 서훈된 여성들의 숫자는 미미한 수준입니다. 남녀가 함께 독립운동에 뛰어들었지만 국가가 남성위주의 서훈정책을 펴는 바람에 여성은 493명(2020년 현재, 남성 15901명) 밖에 서훈자가 나오지 않고 있는 실정입니다.

〈표3〉 여성 독립유공자 시기별 서훈 현황 (1962~2020) 〈단위:명〉

1962~1994		1995~2004		2005~2014		2015~2020	
연도	여성	연도	여성	연도	여성	연도	여성
1962	5	1995	30	2005	5	2015	21
1963	4	1996	5	2006	5	2016	14
1966	1	1997	3	2007	7	2017	11
1968	1	1998	3	2008	10	2018	60
1977	3	1999	1	2009	4	2019	113
1982	1	2000	1	2010	14	2020	21
1990	81	2001	3	2011	3		
1991	7	2002	5	2012	10		
1992	11	2003	3	2013	10		
1993	6	2004	1	2014	10		

▲ 국가보훈처(2020.12.31. 현재)자료를 토대로 필자가 정리함

2) 서대문형무소 수감 여성독립운동가

유관순 열사가 갇혀있었던 서대문형무소에는 몇 명의 여성들이 수감되었을까요? 2012년 서대문형무소역사관에서 펴낸《서대문형무소 수감 여성독립운동가 자료조사》에 따르면 6,264건의 수형자 신상기록카드 가운데 식별 가능한 여성수감자의 신상기록카드는 모두 187건으로 조사되었습니다. 이 가운데 서훈을 받은 여성은 〈표4〉와 같습니다.

<表4> 수형자 신상카드 중 서훈자 명단

	이름	훈격	연도		이름	훈격	연도
1	고수복	애족장	2010	27	안희경	대통령표창	2018
2	김경화	대통령표창	2018	28	어윤희	애족장	1995
3	김덕순	대통령표창	2008	29	왕종순	대통령표창	2019
4	김마리아	대통령표창	2018	30	유관순	독립장	1962
5	김성재	대통령표창	2019	31	윤경옥	대통령표창	2019
6	김조이	건국포장	2008	32	윤옥분	대통령표창	2019
7	김진현	대통령표창	2019	33	이갑문	건국포장	2018
8	남영실	대통령표창	2019	34	이경희	대통령표창	2019
9	남인희	대통령표창	2019	35	이남규	대통령표창	2019
10	노순경	대통령표창	1995	36	이병희	애족장	1996
11	민금봉	대통령표창	2019	37	이수희	대통령표창	2018
12	민인숙	대통령표창	2019	38	이순옥	대통령표창	2019
13	박계남	건국포장	1993	39	이신애	독립장	1963
14	박양순	대통령표창	2018	40	이신천	대통령표창	2019
15	박정선	애족장	2007	41	이용녀	대통령표창	2019
16	박하경	대통령표창	2018	42	이정순	대통령표창	2020
17	성혜자	대통령표창	2018	43	이효정	건국포장	2006
18	소은명	대통령표창	2018	44	임명애	애족장	1990
19	소은숙	대통령표창	2018	45	정종명	애국장	2018
20	손영선	대통령표창	2018	46	지은원	대통령표창	2019
21	송계월	건국포장	2019	47	최경창	애족장	2020
22	신경애	건국포장	2008	48	최복순	대통령표창	2014
23	신관빈	애족장	2011	49	최윤숙	대통령표창	2017
24	심계월	애족장	2010	50	최현수	대통령표창	2019
25	안갑남	대통령표창	2019	51	황영임	대통령표창	2020
26	안옥자	대통령표창	2018				

▲ 서대문형무소역사관 자료를 필자가 정리한 것임(2020)

187명의 여성이 명백히 수형자 카드로 남아있지만 이 가운데 서훈을 받은 사람은 겨우 51명에 지나지 않습니다. 나머지 분들에 대한 서훈작업도 서둘러야 할 것입니다. 이 사실만 보더라도 여성독립운동가들이 얼마나 '서훈'에서 뒤처지고 있는지 알 수 있을 것입니다.

서대문형무소에 수감되었다가 서훈 받은 여성들(2018. 서훈)
김경화, 박양순, 성혜자(윗줄), 소은명, 안옥자, 안희경 (아래줄)

3) 유관순 열사와 동풍신 열사

올해는 3·1만세운동이 일어난 지 102주년이 되는 해입니다. 해마다 3·1절과 8·15광복절 그리고 11월 17일 순국선열의 날에는 각 곳에서 조국의 독립을 위해 불굴의 의지로 일제에 항거한 독립운동가들을 기리는 추모행사들이 줄을 잇고 있습니다. 그러나 그 행사의 내용을 들여다보면 특별히 여성독립운동가를 기리는 행사는 눈에 띄지 않습니다. 혹자는 독립운동을 왜 여자, 남자로 가르냐?고 할지 모르나 그에 대한 답은 간단합니다. 지난 100여 년 동안 우리사회는 줄곧 남성 독립운동가 위주로 그 공훈을 기려왔기 때문에 이제부터라도 여성독립운동가에 대한 관심을 가져야한다고 말하고 싶은 것입니다.

지난 100여 년 동안 남성독립운동가 중심이었다는 것은 국가보훈처 서훈자 현황만 살펴봐도 입증됩니다. 2020년 12월 31일 현재, 남성 서훈자는 15,901명, 여성 서훈자는 493명에 불과합니다. 그러나 생각해보십시오. 어찌 독립운동이 남성 혼자서 이룩한 과업이란 말입니까? 독립운동을 한 여성이 적어서가 아니라 남성과 똑 같이 독립운동을 했지만 여성이 서훈에서 밀려났기 때문에 이렇게 서훈자가 적은 것입니다. 서훈자 숫자도 열세지만 또 하나 문제 되는 것은 493명의 여성 서훈자 가운데 우리가 알고 있는 인물은 유관순 열사 한 분 밖이라는 점입니다. 그러나 여성 서훈자 493명 가운데는 유관순 열사처럼 서대문형무소에서 숨져간 동풍신 열사도 있다는 사실을 간과해서는 안 될 것입니다. 17살, 꽃다운 나이로 숨져간 동풍신 열사의 애국정신은 유관순 열사의 그것에 못지않지만 동풍신 열사에 대해 알려주는 책도 없고 말해 주는 이도 없는 게 현실입니다. 아래 〈표5〉는 유관순 열사와 동풍신 열사에 대한 비교입니다.

〈표5〉 유관순 열사(18세)와 동풍신 열사(17세)

	유관순 열사(18살)	동풍신 열사(17살)
만세운동	충청남도 아우내장터	함경북도 화대장터
순국	서대문형무소(1920.9.28.)	서대문형무소(1921.3.15.)
서훈 훈격	대한민국장(1등급)	애국장(4등급)
단행본	전영택지음, 《순국처녀 유관순전》 1948년, 외 단행본 17권	×
논문	〈유관순의 신앙과 삼일운동〉 외 150여 편	2편(논문은 아니지만 최은희와 전창신의 글이 있음)
교과서	"1948년1.20 중등국어(문교부) 1학기, 6. 순국의 소녀(박계주), 21–29쪽" 외 1948.1.20~2011.3.1 8회 수록	×
영화,	2010년 EBS 5부작 외 다수	×
다큐		
천안시	182,169㎡(55,000여 평)에	×
유관순열사 기념관	추모관, 기념관, 체육관 등 건립	
각종 백일장 추모제	다수	×

▲ 2012년 8월 현재, 필자 조사

서대문독립공원 안에 있는
순국선열위패봉안관의
동풍신 열사 위패

〈표5〉는 서대문형무소에서 17살의 나이로 순국한 동풍신 열사(1904~1921, 1991년 애국장)와 유관순 열사(1902~1920, 2019년 대한민국장) 관련 자료를 조사하여 정리한 것입니다. 유관순과 동풍신의 경우는 하나의 예에 불과합니다. 〈표5〉가 말해주듯이 지난 100여 년 동안 우리는 유관순 열사만을 집중 조명해온 것을 알 수 있습니다. 이러한 자료는 유관순 열사를 깎아내리고자 하는 게 아닙니다. 다만 우리사회가 유관순을 비롯한 몇몇 여성독립운동가만을 편향되게 추모해왔음을 지적하고자 하는 것입니다. 동풍신 열사가 대중에게 알려지지 않았던 것은 우리사회가 여성독립운동가를 알리는 일(선양작업)에 편향성을 보였기 때문이란 것을 이해할 수 있을 것입니다. 원인을 알았다면 해결책은 나온 셈입니다. 늦었지만 '널리 선양하는 일'에 박차를 가하는 일이 시급한 일임을 유관순 열사와 동풍신 열사의 예에서 찾을 수 있을 것입니다.

4) 여자광복군과 지복영 애국지사

많은 증언과 기록을 보면 당시 여성들은 남성들과 똑같은 활동을 한 것으로 알려져 있습니다. 1940년 9월 17일 대한민국임시정부가 중국에서 한국광복군을 창설했을 때 지복영, 신정숙, 오희영, 오광심과 같은 수많은 여성들이 남성들과 함께 어깨를 나란히 하고 광복군에서 뛰었습니다.

광복군 지복영 애국지사

신정숙 애국지사(오른쪽 사진에서 원표시)

"중경에서 일이었어요. 비행기가 밤새도록 폭격을 해대는데 몇 번이고 방공호를 드나들었지요. 그러다가 나중에는 하도 지겨워서 죽어도 그냥 여기서 죽는다고 방공호에 안 가고 누워있는데 청사를 지키던 분이 빨리 피하라고 해서 얼결에 피하자마자 임시정부 숙소 가까이에 폭격을 가해 화약 냄새가 진동하는 거예요. 자세히 보니 중국여자가 아기를 안고 폭격을 맞아 죽었는데 창자가 삐져나오고 다리도 잘라지고…. 그런데 아기는 살아서 엄마 가슴을 기어오르는 거예요. 얼마나 처참한지 일주일을 잠도 못자고 먹지도 못했어요. 나중에는 학업도 포기해야겠다고 생각했어요. 배워서 학사 박사가 된들 뭣하겠느냐. 이 전쟁을 하루라도 빨리 끝나게 하는 것이 급한 일이라는 생각이 들은 거죠"

-3·1여성, 지복영 지사 인터뷰-

지복영 지사(池復榮, 李復榮 1920.4.11.~2007.4.18.)는 중일전쟁의 처참함을 몸소 겪고 아버지 지청천 장군에게 "저라도 필요하면 써주십시오"라는 말을 건네었는데 아버지는 이에 "잘 생각했다. 조국 독립하는 데 남자 여자 가리겠느냐 한국의 잔다르크가 되거라"고 격려했다는 유명한 일화가 있습니다. 지복영 지사는 서울 종로 출신으로 지청천 장군의 둘째 딸로 태어나 일찍이 아버지를 따라 중국으로 건너가 수학한 뒤 1938년에 광서성 유주에서 한국광복진선청년공작대 대원으로 활동하였으며 1940년 9월 17일 광복군이 창설됨에 따라 오광심, 김정숙, 조순옥 등과 함께 광복군에 입대하였습니다. 그러나 이때 어머니가 걱정할까 봐 비밀로 하고 떠났다가 훗날 병이 나서 후방으로 돌아왔을 때 "죽으러 간다더니 죽지 않고 왜 돌아왔느냐?"라는 섭섭한 마음을 어머니가 토로했다고 전해집니다.

　지복영 지사는 병 치료로 몸이 어느 정도 회복되자 한국광복군 총사령부 정훈처에서 일을 보면서 군 기관지『광복』간행에 참여하였으며 1942년 4월부터 43년 5월까지 안휘성 부양에서 한국광복군 초모위원회 제6분처 요원으로 활동하였지요. 그 뒤 1943년부터 45년까지 대한민국임시정부 선전부 선전과, 자료과, 외무부 총무과, 외사과, 한국광복군 총사령부 비서실 비서(대적 방송 담당) 등으로 복무하다가 해방이 되고 난 1946년 5월에 귀국하였습니다. 저서로 ≪역사의 수레를 끌고 밀며≫가 있으며 정부는 지복영 지사의 공훈을 기려 1990년에 건국훈장 애국장을 수여하였습니다. 광복군에 지원한 여성독립운동가를 포함하여 각 운동계열별 활동은 〈표6〉에서 확인할 수 있습니다.

《표6》 독립유공자 계열별 남여 현황 　　　《단위:명》

활동계열	전체독립유공자	독립유공자	
		여성	남성
의병	2671	2	2669
3·1운동	5680	118	5562
문화운동	102	1	101
국내항일	2727	113	2614
의열투쟁	130	2	128
학생운동	595	118	477
만주방면	2314	15	2299
노령방면	161	2	159
중국방면	276	29	247
임시정부	378	15	363
광복군	568	32	536
미주방면	332	38	293
일본방면	255	2	253
인도네시아 방면	12	–	12
독립운동지원(외국인)	58	6	52

▲국가보훈처 전자공훈록을 토대로 필자가 정리함 (2020.12.31. 현재)

지복영 애국지사는 당시 미혼이었지만 아기와 함께 광복군에서 활약한 분도 계십니다. 김봉식 애국지사와 유순희 애국지사가 그렇습니다. 김봉식 지사는 남편 황영식 지사와 함께 광복군 부부독립운동가요, 유순희 지사 역시 남편 류시화 지사와 함께 광복군 부부독립운동가입니다.

맨 앞줄 오른쪽에서 5번째 꼬마가 군복을 입고 있는데 이 아이는 김봉식, 황영식 부부 광복군의
큰아들이고, 맨 뒷줄 오른쪽 세 번째가 김봉식 지사, 열 번째가 황영식 지사.
한국광복군 제 5지대 성립 기념(1941.1.1.)

갓난아기와 함께 활약한 유순희 지사(앞줄 오른쪽에서 6번째)
(광복군 제3지대 본부 연병장에서.1945. 7.)

광복군으로 활약하여 서훈을 받은 분은 전부 568명(2020.12.31. 현재)이며 이 가운데 남성이 536명이고 여성은 지복영, 김봉식, 유순희 애국지사를 포함하여 32명입니다.

5) 열네 살 김나열 애국지사와 목포정명여학교

2012년 8월 15일 전남 목포정명여자중학교(당시 정명여학교)에서 7명의 여성애국지사가 한꺼번에 서훈을 받았습니다. 1903년 개교한 이 학교는 건물 리모델링 과정에서 천장으로부터 독립운동자료가 나왔고 여기에서 7명이 독립운동을 한 사실이 세상에 알려졌습니다. 이분들은 김나열(14살), 곽희주(19살), 김옥실(15살), 박복술(18살), 박음전(14살), 이남순(17살), 주유금(16살) 애국지사 입니다.

댕기머리 열네 살 소녀 목포의 함성 "김나열"

이윤옥

항구의 바람이 짜다고
탓하지 마라

빼앗긴 나라를
훔치고 지나가는 바람이
야속하다고 투정하지 마라

어린 댕기머리 처녀들
줄지어 쇠창살에 갇혔다고
슬퍼하지 마라

봄 되면 항구로 불어올
따스한 바람타고
외로운 기러기들 서로 등 기대어
날아오듯

정명의 어린 천사들
항구의 등불을 밝힐 것이니
크고 환하게 밝힐 것이니.

정명여학교 보통과 제9회(1922년) 졸업생들

김나열 애국지사의 자료를 찾다가 후손인 장경희 따님과 연락이
닿았습니다. 마침 장경희 여사께서는 미국 여행을 앞두고 있어 직접
만나지는 못했는데 흔쾌히 어머님이신 김나열 애국지사의 삶을 서
면으로 알려주었습니다. "다음과 같이 저희 어머님에 대한 자료를
보내드립니다."로 시작되는 편지를 아래에 그대로 가감 없이 소개합
니다.(2012.9.7.)

1) 어머님이 지금까지 독립유공자 수상을 신청하시지 않은 이유

어머님은 늘 당시의 기미년 3·1만세운동 때의 공적을 신청하시지
않은 이유에 대해 말씀하시길 나와 똑 같은 처지에 있었던 조선 사람
이라면 누구나 만세운동에 주동자로서 참석하지 않을 조선 사람이
어디 있었겠느냐고 하셨다. 누구나 해야만 할 일을 당연이 했는데 무
슨 큰일을 했다고 보상을 받겠냐 하시면서 겸양의 덕을 보이셨다.

2) 대구형무소에서 가장 가슴 아팠던 어머님의 기억

당시 함께 수감 됐던 어머님이 언니로 모시는 천규녀 여사에 대한
쓰라린 기억이다. 대구형무소에서 얼마나 갈증이 났던지 천규녀 여
사 앞으로 따라준 물 컵의 물마저도 어머님이 재빨리 마셨다. 그러자
천규녀 여사가 펑펑 우시면서 네가 얼마나 갈증이 났으면 내 물마저
마셨느냐 하시면서 도리어 어머님을 위로하셨던 그 장면은 어머님
이 일생을 두고 잊지 못할 쓰라린 기억이라고 늘 자식들에게 말씀하
셨다.

3) 일생을 요통으로 고생하셨다.

목포 정명여고의 3·1만세운동 주동자로 왜경에게 체포당할 당시 왜경이 어머님의 머리채를 낚아채고 구둣발로 허리를 찬 것이 원인이 되어 일생을 요통으로 어머님은 고생을 하셨다. 어머님이 체포당할 당시의 나이 불과 14살의 어린 소녀였다.

4) 해방 직후 어머님의 활동

전라남도 애국부인회 회장, 광주 YWCA 회장 등을 역임하시면서 많은 군중집회에서 연설을 하실 기회가 있었다. 그 때마다 자신이 3·1만세운동 당시 왜경에 의해 체포되어 옥고를 당하셨다는 말씀은 한 마디도 하시지 않으면서 우리 정부가 무능했고 국민이 일본국민보다 개화하지 못해서 일제에 합병을 당하는 치욕을 당했으니 이제부터는 우리 국민도 교육에 힘쓰며 단결해야만 한다는 취지의 연설을 하셨다.

5) 백범 김구 선생이 아끼셨던 어머님

백범 김구 선생님은 광주에 내려오시면 늘 우리 집에서 주무셨다. 그리고 김나열 우리 어머님을 사랑하시고 많은 교훈이 되시는 글을 필묵을 가져오라 하시면서 써 주셨다. 그러나 6·25 전쟁으로 소실된 것이 너무나 가슴 아프다.

6) 미국에서도 겸양의 생활

미국의 뉴욕 한인회 주최 3·1절 기념행사 때는 늘 어머님께 독립선언문 낭독을 부탁하시면 적극 사양하시다가 할 수 없이 낭독을 하게 되면 늘 겸양의 자세를 취하시는 것을 잊지 않으셨다.

김나열 애국지사처럼 '학생운동'에 참여하다 일경에 체포되어 옥고를 치르고 국가로부터 서훈을 받은 여성독립운동가는 목포 정명여학교 7명을 포함하여 2020년 12월 31일 현재 118명에 이릅니다.

6) 기생출신 독립운동가 김향화 애국지사

하얀 소복 입고 고종의 승하를 슬퍼하며
대한문 앞 엎드려 통곡하던 이들

꽃반지 끼고 가야금 줄에 논다 해도 말할 이 없는
노래하는 꽃 스무 살 순이 아씨

읍내에 불꽃처럼 번진 만세의 물결
눈 감지 아니하고 앞장선 여인이여
춤추고 술 따르던 동료 기생 불러 모아
떨치고 일어난 기백

썩지 않은 돌 비석에 줄줄이
이름 석 자 새겨주는 이 없어도
수원 기생 서른세 명
만고에 자랑스러운 만세운동 앞장섰네

김향화 서도홍 이금희 손산홍 신정희

오산호주 손유색 이추월 김연옥 김명월

한연향 정월색 이산옥 김명화 소매홍

박능파 윤연화 김앵무 이일점홍 홍죽엽

김금홍 정가패 박화연 박연심

황채옥 문롱월 박금란 오채경

김향란 임산월 최진옥 박도화 김채희

오! 그대들 수원의 논개여!

독립의 화신이여!

이는 김향화(金香花, 1897. 7. 16.~ 모름) 애국지사를 위한 필자의 헌시(獻詩), '수원의 논개 33인의 꽃, 김향화' 입니다. 매일신보 1919년 3월 29일자에 "수원은 3월 25일 이후 4월 4일에 이르는 동안 읍내를 비롯하여 송산, 병점, 오산, 발안, 의왕, 일형, 향남, 반월, 화수리 등 군내 각지에서 연이어 시위가 있었는데 대체로 수백 명이 모였으며 더욱 장날을 이용한 곳에서는 천여 명이 넘었다. 일경의 발포로 수십 명이 사상되고 수백 명이 체포되었는데 29일 읍내 만세 때는 기생일동이 참가하였고 기생 김향화가 구속되었다."라는 기사가 보입니다. 행화(杏花), 순이(順伊)라는 이름으로도 불린 김향화 애국지사는 3월 29일 경기도 수원군 자혜병원 앞에서 동료 기생 30여 명과 함께 태극기를 흔들며 독립만세를 주도하다 체포되었습니다. 김향화 애국지사와 수원기생들은 고종황제가 돌아가셨을 때도 나라 잃은 설움을 토해내었는데 1919년 1월 27일 고종황제 국장에 맞춰 수원기생 20여 명은 소복을 입고 수원역에서 기차를 타고 서울로 올라와 대한문 앞에서 망곡(국상을 당해 대궐 문 앞에서 백성이 모여 곡을 하는 것)을 한 것으로 유명합니다.

수원 만세운동에 앞장섰던 기생출신 김향화 애국지사

기생출신으로 만세운동에 참여한 분은 김향화 애국지사 외에도 1919년 3월 10일, 해주 만세운동에 앞장선 옥운경(1904.6.24.~ 모름, 2010 대통령표창), 동료 기생들과 함께 손가락을 깨물어 흐르는 피로 그린 태극기를 들고 해주 시내 종로에서 만세운동을 펼친 문재민(1903.7.14.~1925.2. 1998 애족장), 동료 기생들을 불러 모아 만세시위을 이끈 이벽도(1903.10.14. ~ 모름, 2010 대통령표창) 애국지사 등이 있습니다.

7) 해녀출신 독립운동가 부춘화 애국지사

부춘화(夫春花, 1908.4.6.~1995. 2.24.)애국지사는 해녀 출신으로 독립운동에 뛰어든 여성입니다. 일제 강점기에 한반도에서 전개되었던 항일운동 가운데 여성운동과 어민투쟁의 측면에서 독보적인 지위를 차지했던 해녀항일운동의 주동자인 부춘화 애국지사는 1908년 구좌읍 하도리에서 태어나 15살 때부터 물질을 배웠습니다. 낮에는 힘든 물질을 하면서도 밤이면 하도 사립보통학교의 야학부에 들어가 민족의식 교육을 받았습니다. 1931년 5월, 일제에 의한 해녀 착취가 극에 달하자 이를 저지하고자 해녀들을 단결시켜 일제와 투쟁을 결행하게 되는데 그 맨 앞에 서서 해녀들의 권익을 지켜낸 분이 부춘화 애국지사입니다. 당시 사회적 지위가 낮은 해녀로서 악독한 일제의 총칼에 굴하지 않고 분연히 일어나 항일운동으로 연결할 수 있었던 것은 야학을 통해 싹튼 민족의식과 비밀결사조직인 혁우동맹에서 활약한 청년들의 도움이 컸습니다.

제주 해녀 시위 기사(동아일보 1932.1.26.~29.)

일제는 해녀항일운동의 확산을 조기에 차단하려고 목포 응원경찰 대까지 동원하여 1932년 1월 26일, 사건 연루자 100여 명을 검거하였는데 이를 저지하고자 해녀대표인 부춘화 애국지사는 해녀 1,500여 명을 동원하여 무장경관대와 격렬한 대치를 벌이며 격렬한 항일투쟁을 펼쳤습니다. 1931년부터 1932년 1월까지 계속 되었던 제주도 해녀투쟁은 연인원 17,000여 명의 참여와 연 230회에 달하는 대규모 시위가 이어졌는데 이는 표면적으로는 제주도 해녀들이 해녀조합의 횡포에 저항하였던 생존권수호 운동이지만 그 밑바닥에는 일제의 식민지 수탈정책에 적극적으로 저항하였던 민족 울분 표출의 거대한 항일운동으로 평가받고 있습니다. 부춘화 애국지사 외에 서훈을 받은 해녀출신 독립운동가는 부덕량(1911.11.5.~1939.10.4. 2005 건국포장), 김옥련(1907.9.2.~2005.9.4. 2003 건국포장) 애국지사 등이 있습니다. 특히 부덕량 애국지사는 만세시위로 잡혀 들어가 갖은 고문 휴유증으로 28세의 꽃다운 나이로 순국의 길을 걸었습니다.

3. 맺는말

"아, 동포들아 기회는 두 번 다시 오지 않으니 때를 당하여 맹렬히 일어나 멸망의 거리로부터 자유의 낙원으로 약진하라, 자유가 속박에 사는 것보다 나으리라" 이는 목포 정명여학교 어린 학생들이 만세운동 때 지은 격문의 일부입니다. 일제 침략기에 여성독립운동가들은 묵묵히 자신의 이름을 드러내지 않고 목숨을 바쳐 나라를 위해 뛰었습니다. 여성들은 만세운동의 맨 앞에서 일제의 총부리도 두려

위하지 않았으며, 어떤 이는 광복군으로, 어떤 이는 기생의 몸으로, 어떤 이는 해녀의 몸으로 또 어떤 이는 의병으로 독립운동에 뛰어들었습니다. 여성들은 이름 없는 들꽃처럼 그렇게 독립을 외치다 스러져 갔지만 이분들은 결코 역사에서 사라진 것이 아니라고 저는 생각합니다.

나라를 잃고 처절한 침략의 역사 앞에서 불굴의 의지로 구국 활동에 앞장선 한국의 여성독립운동가들은 세계사적으로도 드문 일입니다. 그러나 부끄럽게도 우리는 유관순 열사 외에는 단 한 분의 여성독립운동가도 기억하지 못하고 있습니다. 그간 우리는 너무나도 여성독립운동가들의 삶을 돌아보지 않았습니다. 이들에 대해 눈을 돌리지도 않았습니다. 그 어느 누구도 이러한 이야기를 들려주지도 않았습니다.

지난 100여 년간 유관순 열사 한분만을 여성독립운동가 대표로 기억해온 것을 반성하고 이제 우리는 그간 이름을 불러 주지 않았던 수많은 여성독립운동가들의 이름을 불러주어야 할 것입니다. 유관순 열사를 깎아 내리거나 폄하하기 위해서가 아니라 유관순 열사처럼 자신을 돌보지 않고 불굴의 정신으로 조국을 위해 몸과 마음을 바쳐 헌신했던 수많은 제2, 제3의 유관순 열사의 애국정신을 우리가 본받기 위해서입니다. 그것이야말로 선열들에 대한 예의이며 '나라사랑 실천정신' 이라고 봅니다.

먼 이국땅 캐나다에서 "애국지사기념사업회"를 꾸려 《애국지사들의 이야기》(5호)로 나라사랑 정신을 이끌어 가시는 여러 선생님들께 큰 응원을 보냅니다.

[참고문헌]

『祖國을 찾기까지, 韓國女性活動祕話』 상중하 최은희 편저, 탐구당, 1974

『역사의 수레를 끌고 밀며』 지복영, 문학과지성사, 1995

『한국여성항일운동사연구』 박용옥, 지식산업사, 1996

『韓國女性獨立運動의 再照明 : 1993년~1997년』 3·1여성동지회, 2003

『한국독립운동지혈사』 박은식 지음, 김도형 옮김, 서울 소명출판, 2008

『한국광복군』 한국독립운동역사 52, 독립기념관 한국독립운동사연구소, 2007

『한국독립운동사 속의 용인』 용인항일독립운동기념사업회, 2009

『서간도에 들꽃 피다』(전10권), 이윤옥, 도서출판얼레빗, 2011

『여성독립운동가 300인 인물사전』 이윤옥, 도서출판얼레빗, 2018

『서대문형무소 수감 여성독립운동가 자료조사』 서대문구, 2012

국사편찬위원회 한국사데이터베이스 http://db.history.go.kr

국가보훈처 공훈전자록 https://e-gonghun.mpva.go.kr

내가 존경하는 애국지사 / 독립운동가

김미자
▶ 꽃보다 불꽃을 택한 애국여성 권기옥 여사

김민식
▶ 내가 존경하는 안중근 의사님

김완수
▶ 도산 안창호 선생과 캐나다 이민 1세대

김영배
▶ 내가 존경하는 애국지사 "스코필드박사"

이영준
▶ 내가 이승만을 존경하는 이유.

이재철
▶ 나의 모국 독립운동에 앞장섰던 "김창숙(心山)" 선생

조준상
▶ 조국을 위해 미련 없이 몸을 던진 안중근의사

한학수
▶ 나의 8 15해방경험과 애국지사

홍성자
▶ 청산리 전투의 영웅 백야 김좌진 장군

꽃보다 불꽃을 택한
애국여성 권기옥 여사

목사 **김미자**

2021년 새해인사로 전화를 주신 애국지사기념사업회 김대억 회장님께서 애국지사들의 이야기 5권을 출판하려고 하는데 특집란에 '존경하는 애국지사'에 대하여 글을 써 달라고 하셨다.

나는 부끄럽지만 솔직히 말씀을 드렸다. 사실 나는 애국지사들이 어떤 분들인지 잘 알지도 못하지만 '나라위해 목숨을 던진 분들은 모두 다 존경합니다.' 라면서 아는 것이 없다고 사양했다.

지난번 4권을 출판할 때에도 부탁을 하셔서 때늦은 공부를 약간했었지만 전문지식이 전혀 없는 나로서는, 그리고 역사에 무지한 나는 여러 차례 사양을 했었다. 그래도 계속 부탁을 하시니 하나님께서 공부 좀 하라는 뜻으로 받아들이고 부끄러운 모습으로 다시 어떤 분을 소개하여 볼까 인터넷을 연결하여 여러 애국지사들의 행적을 읽고 또 읽었다.

특별히 남여구별이 심했던 그 당시에 여자로서 나라를 구하는 일에 일한다는 것은 오히려 남자들 보다 더 어려운 것이라고 생각한다. 나는 여자 목사로서 목회를 한지 40년이나 되어 오는데 여자이기 때문에 받는 불이익과 어려움이 얼마나 많았는지 모른다. 하물며 그 당시 아내로서 엄마로서 오직나라를 사랑하는 마음 하나로 자신을 불태운 그들이야 말로 눈물 없이는 읽을 수가 없었다. 이름도 없이 빛도 없이 누가 알아주던지 몰라주던지 그들 한 몸 던져 나라를 지킨 그들을 어찌 존경하지 않을 수가 있겠는가? 한 사람 한 사람 찾아 읽다가 내 마음에 확! 들어온 애국지사! 하늘을 누볐던 권기옥 여성 애국지사였다.

권기옥權基玉(1901년1월11일~1988년 4월19일)은 대한민국의 독립운동가이다. 평안남도 평양 출신으로 남편도 독립운동가인 이상정이다. 권기옥은 평안남도 평양부 152번지의 몰락한 양반 집안에서 권돈각과 장문명의 1남 4녀 중 둘째 딸로 태어났다. 두 번째 딸을 낳자 아버지가 농담 반진담 반으로 "어서 가라"고 하는 의미가 담긴 갈례葛禮라고 이름을 지었다고 한다. 끝순이나 말년류의, 지독한 남아선호사상을 증명하는 이름이다.

1912년 11살 되던 해에 은단공장에 취직하여 집안 살림을 도왔다. 기옥이라는 이름을 갖게 된 것은 이듬해 12살의 나이로 장대현교회(1894년 설립)에서 운영하던 숭현소학교에 입학하면서부터이다. 1917년 5월 미국인 아트 스미스의 평양 곡예비행을 구경한 뒤부터 비행사가 되는 꿈을 꾸기 시작했다.

소학교 졸업 후 기독교계통 학교인 숭의여학교 3학년에 편입했다. 권기옥은숭의여학교에서 박현숙의 선생의 영향을 받아 반일 비밀결사인 송죽회에 참가해 활동했다.

숭의여고 재학 중 3.1운동이 일어나자 이 운동에 적극적으로 참가했다. 박현숙을 통해 민족대표 33인중 한명이었던 신홍식(1872년 3월1일~1937년)으로부터 지휘를 받아 1919년 3월 1일 경성부의 만세시위와 동시에 평양에서 만세시위를 일으키는데 동참했다가 잠시 구금되었다.

이후 대한민국 임시 정부와 연계하여 군자금을 모금하는 일에 참가했는데 평양지역 청년회의 김재덕과 연결된 것이 드러나 다시 체포되어 6개월 옥고를 치렀다.

1920년 봄 감방에서 출소한 후 브라스밴드단을 만들어 평안도와 경상도지방을 순회하며 민중계몽운동과 독립운동의 연락활동을 했다. 권기옥이 참여한 일련의 사건이 들통이 나면서 검거선풍이 불었고 체포직전 겨우 빠져나와 조만식이 몰래 보내준 여비로 중국 멸치배를 얻어 타고 상하이로 밀항했다.

권기옥은 1920년 11월 임시정부 의정원 손정도 목사의 집에 머물면서 비행사가 되겠다는 포부를 밝혔다. 권기옥의 뜻을 알고 김규식씨의 배우자 김순애가 중국어와 영어를 터득할 수 있도록 항주의 미션스쿨인 홍도여학교를 소개해 홍도여학교를 졸업하게 되었다.

상하이로 망명한 그는 운난육군항공학교 제1기생으로 입학하였다. 몇 개의 항공학교가 있었지만 여자라는 이유로 입학을 허락하지 않았다. 1923년 12월 권기옥은 임시정부의 추천서를 들고 운난성 성장인 당계요와 담판을 지었다. 조선의 독립운동에 호의적인 군벌인 당계요 운난성장, 그는 비행사가 되겠다고 이역만리를 찾아온 조선여성의 용기에 탄복하여 전격적으로 입학을 허가했다.

1924년 단독비행까지 무사히 마치고 1925년 학교를 졸업했다. 한국 최초의 비행사가 되어 장제스의 국민혁명군 항공사령부 소속 비행사로 합류했다. 권기옥은 단순히 하늘을 나는 것이 꿈이 아닌 일본황궁에 폭탄을 투하하는 것이 목적이었다. 1928년 5월 31일 난징에서 일본경찰에 체포되어 옥고를 치르기도 한 권기옥은 중일전쟁이 발발하자 충칭에 있는 중국 국민정부 육군참모학교의 교관으로 임명되어 적 정보를 연구해 직접 가르치는 등 후배 양성에 힘썼다.

그는 대한민국 임시정부에 조선총독부를 폭파하고자하니 비행기를 준비해 달라고 요구했다. 하지만 당시 대한민국 임시정부는 비행기를 살 돈은커녕 빌릴 돈도 없었다. 결국 그는 아쉬운 마음을 뒤로 하고 1932년 상하이 전쟁이 벌어지자 중국 측에서 일본을 상대로 맞서 싸웠다. 그리고 3년 후인 1935년, 장제스의 부인인 송미령 중국항공위원회 부위원장이 중국청년들에게 공군의 멋짐을 알리겠다며 권기옥을 앞세운 선전비행을 제안했다. 권기옥은 종착지가 일본 도교임을 확인하고 일왕의 궁전에 폭탄을 쏟아 부울 계획을 세웠다.

권기옥은 그날이 오기만을 간절히 기다렸다. 하지만 그의 꿈은 무산이 되었다. 선전비행을 앞두고 일본군이 베이징에 인접한 펑타이를 점령했기 때문이다. 베이징에서는 대대적인 항일시위가 이어졌고 정국이 불안해지자 계획자체가 취소되었다.

1943년 여름, 권기옥은 중국 공군에서 활동하던 최용덕 등과 함께 한국 비행대편성과 작전계획을 구상했다. 광복 후인 1949년 귀국한 권기옥은 국회국방위원회 전문위원으로 "공군의 아주머니"라고 불리며 한국공군창설의 산파역할도 했다.

1928년 2월 29일 이상정과 결혼을 했다. 슬하에 자녀는 없다. 정부는 권기옥의 공로를 인정해 1968년 대통령 표창, 1977년 대한민국 건국훈장, 국민장을 수여했다.

사망 후엔 국립묘지 애국지사묘에 안장했고, 국가보훈처는 2003년 8월 권기옥을 "이달의 독립운동가"로 선정했다.

이외에도 나라를 위해서 얼마나 많이 헌신하고 불꽃처럼 살았던가를 모두 기록할 수는 없다. 하지만 나라를 구하는 일에는 남녀의 구별이 없다는 것을 각인시켜준 귀한 분을 만날 수 있는 귀한 시간이었다. 이 같은 기회를 만들어 준 애국지사기념사업회에 감사한다. 아울러 후손들도 애국지사들의 삶을 통한 조국사랑이 나날이 성장할 수 있기를 기원한다.

내가 존경하는 안중근 의사님

캐나다 캘거리 CN드림 신문사 발행인 **김민식**

일제 강점기 때 조국 독립을 위해 투쟁하고 희생한 투사 분들이 많지만 그 중에서도 나는 안중근 의사를 제일 존경한다.

제일 존경하는 이유를 말하기에 앞서 간단히 안 의사에 대해 소개해 본다.

한일합방이 되기 1년 전인 1909년 10월 26일 만주 하얼빈 기차역에서 당시 조선통감부 초대 통감인 이토 히로부미를 저격, 사살한 장본인인 안 의사는1879년 황해도 해주에서 출생했다.

어려서는 안응칠로 불렸고 해외생활 중에도 이 이름을 자주 사용했으며 96년도 16세 때 김아려와 결혼 슬하에 2남1여를 두었다.

이듬해 천주교에 입교해 세례를 받았다. (세례명은 토마스) 1905년 27세 때 을사보호조약이 체결되자 상하이로 건너가 한인들을 모아 국권회복을 도모했고 이후 연해주로 가서 무장 항일투쟁에 나섰다.

1909년 동지들을 모아 '동의단지회'라는 비밀 결사를 조직, 이때 왼손 네 번째 마디를 잘라 태극기에 피로 '대한독립'을 새겼다. 같은 해 10월 이토를 사살했으며 다음해 2월 14일 공판에서 사형을 선고받고 3월 26일 뤼순 감옥에서 31세 나이로 순국했다.

뤼순 감옥은 현재 중국의 뤼순시에 있고 러일전쟁 직후 일본이 뤼순을 점령하면서 중국, 한국, 러시아인들을 더 많이 수감하기 위해 1907년까지 증축했다. 일제 치하가 이어지는 1936년까지 이곳 수감자는 11개국의 항일운동가 2만여 명에 달하며 이중에는 안 의사를 포함해 신채호, 이회영, 박희광등의 독립투사들이 수감생활을 했다.

뤼순 감옥은 현재 항일운동의 주요 국가문화재로 등록되어 있으며 2010년부터 외국인에게 개방되기 시작했다. 이곳에 들어서면 09년도에 제작된 '국제항일열사 전시관'이 있으며 이곳에 안 의사의 흉상이 있고 안 의사의 항일운동자료와 기사들이 전시되어 있다.

내가 안중근 의사를 가장 존경하는 이유는 세 가지이다.

첫째, 일본군과 직접 싸우거나 항거하는 분들은 많이 있었지만 안 의사는 일본 제국주의의 야욕을 정확히 간파해 내고 그 세력의 핵심 인물인 이토를 찾아내 적절한 시기에 그를 처단함으로써 일본 제국주의의 잔인하고 음흉했던 세력에 큰 치명타를 입혔다는 점이다. 물론 이토가 사망한 후에도 일제의 횡포는 원자폭탄이 투하되기 직전인 1945년까지 36년간 지속되었지만 이토가 죽지 않았다면 한국을 포함한 동아시아의 피해는 더욱 참혹했을 것이다.

이토는 메이지 유신 이후 총리를 네 번이나 지냈고 일본의 근대화를 이끌면서 한때 일본의 지폐에도 그의 얼굴이 실렸을 정도이다.

두 번째, 이토 처벌 이라는 큰 목표를 달성한 안 의사는 곧바로 감옥에 갇혔고 사형당할 것이 뻔한 상황임에도 불구하고 여생을 포기하지 않고 가치 있는 일에 매진했으며 누구에게도 굴하지 않고 당당한 모습으로 일관했다. 그리고 안 의사는 옥중에서 죽음을 얼마 남기지 않았음에도 불구하고 평소 생각하고 있던 세계관을 동양평화론'이란 제목으로 집필했다는 점도 그분을 크게 존경하는 이유 중 하나이다.

집필 중에 사형이 집행되면서 애석하게도 작품은 미완으로 남아 있는데 안 의사의 '동양평화론'은 동양의 나라들의 서양의 제국주의에 맞서 어떻게 대응해야 하는지, 조선인이라면 어떤 세계관으로 이것에 대해야 하는지를 깊은 안목과 통찰력이 잘 반영되어 있다. 만약 이분의 글이 완성되었었다면 당시 조선을 포함한 동양인들에게 크나큰 깨우침을 주고 각성이 될 수 있는 훌륭한 교과서가 되었을 것이 분명하며, 21세기인 현재 한반도는 남북 분단에 주변 강대국 틈에 끼어 조선말 시대와 크게 다를 바 없는 국제정세 속에서 한국인들에게 좋은 지침서가 되지 않았을까 하는 아쉬움이 크게 남는다.

미완으로 남은 그분의 '동양평화론'은 2020년 이다 출판사에서 나온 안 의사의 옥중서신 '나의 삶 나의 나라'에 실려 있다.

안 의사는 옥중일지를 통해 일본이 조만간 러시아, 중국은 물론 미국과도 전쟁을 일으킬 것이라고 예언했고 그때 우리가 아무런 준비를 안 한다면 일본이 패해도 대한은 다른 나라 손으로 들어갈 것이라고 주장했는데 결국 해방 후 우리는 아무런 힘도 없고 해방조차도 스스로 얻은 게 아니었기에 조국은 남북으로 나뉘고 각각 미국과 소련 손으로 넘어가게 되면서 북쪽은 공산당이 장악해 인민들을 전쟁과 가난 속으로 몰아넣고 남쪽은 친일파들이 대거 등장해 나라를 장악하고 오랜 세월 군부독재 속에 국민들이 신음하는 비극을 겪을 수밖에 없었다.

끝으로 안중근 의사가 나라 잃은 설움에 비분강개하여 노래 한 수를 읊은 것이 그분의 일지를 통해 전해지고 있는데 그 시를 옮기며 이 글을 맺는다.

> 장부가 세상에 처함이여 그 뜻이 크도다
> 때가 영웅을 지음이여 영웅이 때를 지으리로다
> 천하를 응시함이여 어느 날에 업을 이룰고
> 동풍이 점점 차가워 장사의 의기가 뜨겁도다
> 분개히 한번 가면 반드시 목적을 이루리로다
> 쥐도적 이토여 어찌 즐겨 목숨을 비길고
> 이에 이를 줄 헤아렸을까 사세가 고연하도다
> 동포 동포여 속히 대업을 이룰지어다
> 만세 만세여 대한 독립이로다
> 만세 만만세여 대한 동포로다〈*〉

도산 안창호 선생과
캐나다이민 1세대

캐나다한국인발행인 & 중앙일보토론토지사장 **김완수**

1

평소 존경하는 김대억 목사님으로부터 '내가 존경하는 애국지사'의 이야기를 써달라는 부탁을 받았다. 이 부탁을 받고 제일먼저 도산 안창호 선생이 떠올랐다.

도산 안창호 선생은 "애국자, 교육자, 사상가, 지도자, 선각자로 우리 겨레의 등불이고 자랑"이다. 그는 우리나라의 자주와 독립을 위하여 위대한 애국정신과 민중의 교화를 위해 평생을 바쳤다.

선생은 우리나라 사람들뿐만 아니라 미국인들에게도 존경을 받고 있다. 리버사이드가 8월 11일, 캘리포니아 주가 11월 9일을 '안창호의 날'로 기념할 정도다. 그 이유는 선생께서 미국사회를 지탱시키는 미국의 민주주의를 신봉하였기 때문이다. 또한 선생께서 독립운동 과정에서 좌우로 분열된 진영을 화합의 리더십으로 통합시키는 등의 추진력이 한인이민사회를 비롯해 미국사회 전반에 큰 영향을 미

쳤기 때문이기도 하다.

　도산 안창호 선생은 1878년 11월 9일 평양근교에서 태어났다. 선생께서 16세 때 청일전쟁(淸日戰爭)이 일어났다. 조선의 지배를 둘러싸고 중국(청)과 일본이 전쟁을 일으킨 것이다. 이 전쟁으로 평양의 명승고적들과 가옥들이 파괴되는 등 폐허가 됐다. 선생은 이들이 마음대로 우리나라에 들어와 싸우는 것은 우리에게 힘이 없는 까닭이라고 여기게 되었다. 이 깨달음을 통해 선생은 그때까지의 평범한 생활을 깊이 반성하고 나라와 겨레를 위해 일생을 바치겠다는 결의를 다졌다.

　선생은 10대부터 서울의 미션스쿨에 다니며 조국의 현대적 교육을 꿈꿔왔다. 그 길만이 조국이 일제에서 벗어날 수 있는 길이라고 믿었다. 선생은 그 꿈을 실현시키고자 1902년 미국 샌프란시스코로 건너가 공부를 시작했다. 경제적으로 어려웠던 도산 부부는 미국인 가정의 허드렛일을 하면서 초등 과정부터 공부를 시작했다.

　당시 샌프란시스코에는 약 20여 명의 조선인들이 살고 있었다. 가난한 이들은 서로 분쟁을 일삼는 등 비참한 생활을 하고 있었다. 그래서 미국인들로부터 멸시를 받았다. 도산 선생은 동포들의 이런 충격적인 생활을 목도하고 자신의 학업보다는 동포들의 생활개선 지도가 더 시급함을 깨달게 되었다.

　학업을 포기한 도산 선생은 동포들의 생활개선과 단결을 도모하는 일에 헌신하기 시작했다. 1903년 〈한인친목회〉를 결성하고 동포들의 생활개선과 직업을 알선해주는 등의 활동을 전개했다. 도산 선생이 직접 동포들의 가정을 찾아가 집을 청소해 주고, 어려운 일을 당한 사람들은 도와주고, 영어를 할 줄 모르는 사람은 직접 데리고 다니면서 일자리를 소개해 준 것이다. 이런 노력의 결과 도산 선생은 동포들로부터 큰 존경과 신뢰를 얻을 수 있었고, 한인사회도 크게 변모하게 되었다. 도산 선생은 여기서 멈추지 않고 한인친목회를 발전시켜 공립협회를 창설하여 체계적으로 한인들에게 계몽운동을 펼쳐나갔다.

도산 선생께서 이와 같은 운동을 시작한지 1년쯤 지나자 미국인들의 인식에 커다란 변화가 생겼다. 샌프란시스코의 유명한 부자가 어느 한국인에게 한국인들이 변했다며 "당신의 나라에서 위대한 지도자가 왔소? 위대한 지도자 없이는 이리 될 수 없소."라고 물을 정도였다. 이 같은 질문을 받은 한국인이 그에게 도산 선생을 소개했다. 그랬더니 이 미국인 부자가 크게 놀라워했다. 왜냐하면 조선인들을 갑자기 변화시킨 장본인이 바로 20대의 새파란 젊은이였기 때문이다.

그 부자는 살기 좋은 마을 만들기를 위해 헌신하는 도산의 헌신에 감명을 받아 자신의 가옥에 사는 조선인들에게는 매년 1개월 치의 집값을 면제해 주었다. 또한 도산이 계몽활동을 더 잘 펼칠 수 있도록 회관을 무료로 제공해 주기도 했다. 이 사건은 미국에 사는 조선인들에게 문화국민으로서 커다란 자부심을 갖게 해주었으며, 이후 더욱 강력한 조선인조직운동의 계기가 되었다.

2

낯선 이국땅, 말도 잘 통하지 않고 문화의 장벽도 높은 캐나다에서 50년 전 시작한 이민생활은 어려움이 한두 가지가 아니었다. 그럴 때마다 도산 선생께서 "낙망은 청년의 죽음이요, 청년이 죽으면 민족이 죽는다."라고 하신 말씀을 생각하며 낙망하지 않고 어려움을 견뎌낼 수 있었다. 이런 사례는 비단 나뿐만이 아니었다.

캐나다 이민초기의 한국인 이민자들 대부분이 접시닦이를 하면서도, 공장에서 시간당 $2.50을 받으면서도, 작은 가게에서 새벽부터 밤11시까지 일을 하면서도, 청소일 같은 궂은일을 하면서도 낙담하지 않고 "큰일이건 작은 일이건 네가 하는 일을 정성껏 하라."는 도산 선생의 말씀처럼 꾸준히 그리고 열심히 살아오면서 자녀들을 가르쳤다.

그 결과 지금 우리들의 자녀들이 캐나다주류사회의 각처에서 변호사, 의사, 정치가, 정부의고위직 등으로 각광을 받는 성과를 올리고 있어서 자랑스럽다. 또한 캐나다동포사회에서 두각을 나타내고 있는 분들이 우리의 조국 대한민국과 문화교류에 힘쓰는 여유까지 갖게 되어 감사하다. 이 같은 성과는 "교육만이 독립의 길"이라는 도산 선생의 가르침같이 이민 1세들이 자녀들을 잘 가르친 결과이다.

외국에 나오면 누구나 애국자가 된다는 말이 있다. 50년 이상 이민생활을 하고 나이가 들다보니 그 말에 자연적으로 동의하게 된다.

캐나다 한인 이민사회는 50여 년 전으로 거슬러 올라간다. 당시 조그마한 김포공항을 통하여 일본을 거쳐 미국 샌프란시스코를 거쳐 캐나다로 온 사람들, 서독에서 간호사와 광부로 일을 하다가 캐나다로 온 사람들, 남미에서 살다가 캐나다로 온 사람들, 이들이 모여 캐나다 한인 이민사회를 구성했다.

이들 1세대들은 지금은 모두가 노년기에 접어들어 은퇴생활을 하고 있지만, 이들은 이민 초창기에 투(2)잡 쓰리(3)잡을 밤낮을 가리지 않고 뛰면서 하루 8시간이 아니라 12시간, 16시간씩 일을 하면서 살아온 캐나다 한인이민의 선구자들이다. 이분들이야말로 내가 또 다르게 존경하는 애국지사들이다. 이분들의 이야기를 모두 쓰고 싶지만 하나같이 자기들의 이름을 밝히지 말라고 야단들이다. 그만큼 겸손의 미덕이 몸에 배어있는 분들이다.

이들은 일본에서 하룻밤을 자고 일본공항을 출국할 때 '조센징'이라고 차별을 받으면서 미국샌프란시스코를 거쳐 캐나다에 도착한 이민선구자들이다. 또한 서독에서 캐나다로 올 때 은행잔고가 없어서 비자를 받지 못할 때 서로가 돈을 모아서 은행 잔고증명서를 만들어 주며 캐나다 비자를 받아 캐나다에 온 이민개척자들이다.

그렇게 캐나다에 와서 힘든 이민생활을 하면서도 내 고국 부모형제들에게 송금하며 살아온 캐나다 이민선구자이다. 그래서 그들 모두가 애국자요 존경받아야 마땅한 사람들이다.

옛날 김포공항과 오늘날 인천국제공항을 비교해 보라. 세계 공항 평가에서 10년째 1위를 하고 있는 것을 우리들에게 '조센징'이라며 차별을 하던 일본인들이 제일 부러워한다고 한다. 한국을 방문하는 일본인들이 부러워하는 인천국제공항, 세계 제일의삼성전자와 기업들, 세계1등, 2등을 도맡아 하는 여성골퍼들 그리고 문화예술로 앞서가는 자랑스러운 한국인들을 보라. 얼마나 대견하고 가슴이 뿌듯한가! 어디 그뿐이랴! 표현력과 과학적인 자음모음(닿소리, 홀소리)을 지닌 한국어는 세계에서 가장 훌륭한 언어가 되어가고 있음을 자랑스럽게 생각한다. 그래서 나는 한국인임을 자랑스럽게 생각한다.

이렇게 자랑스러운 나라로 발전시킨 그 저변에는 우리이민1세들의 숨은 공이 있음을 부인할 수가 없다. 그러니 이민1세들 모두 다 또 다른 의미의 애국지사들이다.

우리 이민1세 여러분 부디 건강하시고, 부디 즐거운 여생 보내시기 바랍니다.

이민동반자 김완수

내가 존경하는
애국지사 "스코필드박사"

전 캐나다스코필드박사기념장학회장 **김영배**

스코필드 박사(Dr. Frank W. Schofield 1889-1970)는 1889년 3월15일 영국 워릭서주(Warwickshire), 럭비(Rugby)에서 태어났고 1907년에 캐나다로 이민 왔다. 그리고 1907년에 온타리오 수의과대학에 입학하고 1911년에는 토론토대학교(University of Toronto), 오타리오 수의과대학(Ontario Veterinary College)에서 수의학박사학위를 받았다. 그 후 1964년에 온타리오 수의과대학은 온타리오주 구엘프(Ontario, Guelph) 로 이전하고 구엘프대학교 수의과대학으로 병합하였다.

스코필드박사의 25년 선배 인 애비슨박사(Dr. Oliver R. Avison 1860-1956)는 토론토대학교 의과대학교수였고, 기독교선교사이며 의사였던 그는 1893년 6월에 한국 서울에 도착하여 열악한 세브란스의학전문학교 학장으로 부임하고 병원설립의 모든 기틀을 마련하였다. 그리고 애비슨 박사는 세브란스의학전문학교에서 세균학(Bactteriology)을 가르치며 또한 기독교선교사로 한국국민에게 기독교의 믿음과 신앙을 전도하는 사명을 실천하면서 그와 함께 기독교 선교사로 의학자로 한국에서 희생적으로 헌신하며 봉사할 수 있는 스코필드박사(Dr. Frank W. Schofield 1889-1970)를 한국으로 초청하였다. 스코필드박사는 그의 초청에 쾌히 승낙하고 1916년에 한국으로 오게 된 것이다. 애비슨 박사와 스코필드 박사는 모두 의사로 대학교수로 캐나다에서 평안한 삶을 누리며 잘 살 수 있었는데도 불구하고 그들이 선택한 불모지 한국은 당시 일제의 잔악한 식민지 정책으로 고난과 수난을 당하고 있었으며 모든 것이 열악하고 빈곤한 나라였는데도 불구하고 한국을 선택하고 찾아온 것은 그들에게는 한국과 한국국민을 위해 봉사하고 헌신하려는 기독교의 근본적인 신앙과 사명이 있었기 때문에 가능했다고 생각된다.

그래서 독립 운동가이며 민족대표 33인중 한 분이였던 이갑성 선생은 기독교의 사랑과 신앙이 넘치고 용기 있는 이들을 한국 땅에 보내주신 것은 하느님의 특별한 뜻이 있었기 때문이라며 눈물을 흘리며 감사함을 표현했다고 한다. 또한 매국노 이완용 이는 스코필드박사에게 어떻게 하면 나도 기독교인이 될 수 있을까? 질문했을 때 기독교인이 되기 전에 먼저 고난과 시련을 당하고 있는 2천만 한국국민에게 용서를 구하라고 응답한 스코필드박사는 우리에게 더욱 뜻 있는 감명을 주기도 했다.

스코필드박사는 캐나다장로교회(The Presbyterian Church of Canada)의 기독교 선교사로 병리학교수로 한국에 도착한 후 세브란스 의과대학(Severance Medical School)에서 병리학(Pathology)과 세균학(Bacteriology) 그리고 위생학(Hygiene)과 기생충학(Parasitology)을 가르치고 있었으며, 1919년 3.1 운동(3.1 Movement)은 민족대표 33인이 주축이 되어 한일합병조약과 일제의 식민정책에 항거하고 저항하며 한국의 자주독립을 세계만방에 선언하기위한 한국민족의 비폭력운동이었다. 당시 스코필드박사는 충청남도 천안 아우네 장터에서 3.1운동과 3.5만세를 주도하다가 체포되어 서울 서대문형무소에 수감된 유관순 열사(1902-1920)는 당시 감리교회 신자였으며 이화학당(현 이화여고) 고등부1학년이었다. 스코필드박사는 수감된 유관순 열사를 직접 방문하고 기독교의 믿음과 사랑을 전달하면서 놀라운 용기를 심어주었다고 한다. 그 후 유관순 열사는 1920년 9월 28일 서대문형무소에서 가혹한 일제의 고문으로 순국하였다.

그리고 3.1운동에 참여하였다는 이유 때문에 1919년 4월18일에 일본군에 의하여 경기도 수촌리마을과 제암리에서 일본군들에게 잔학하게 대량학살 된 한국희생자들의 참상과 일본군인에 의하여 화재로 전소되고 사살된 마을 현장들을 사진 찍어 제암리대량학살(Jeam-ri massacres)보고서를 만들어 전 세계에 전달하고 한국국민에 대한 일본식민지정책에 대한 잔학성을 국제사회에 상세히 알려주었으며 한국독립의 정당성과 한국국민의 인권을 국제사회에 강력히 호소한 유일한 외국인이었다. 그렇기 때문에 스코필드박사는 3.1운동 33인 민족대표와 함께 34인으로 한국역사에 기록되었다. 그리고 이처럼 스코필드박사는 한국국민에게 일본제국주의의 잔악한 식민정책에 대해 꾸준한 그의 항의 때문에 1920년에는 결국 캐나다로 추방되었다.

1920년에 캐나다로 돌아온 후 스코필드박사는 그의 모교, 구엘프 대학교 수의과대학(Ontario Veterinary College, University of Guelph)의 병리학교수로 복직하고 후학양성에 매진하였으며 1924년에 스코필드박사가 발견한 가축병치료연구결과는 캐나다뿐만 아니라 세계적으로 크게 인정받아 가장 유능한 수의병리학자로 널리 알려지게 되었다. 그렇기 때문에 지금도 스코필드박사를 기념하며 그의 수의병리학에 대한 연구를 위해 세계수의학자들은 구엘프대학교 수의과대학 주최로 매년 열리는 세미나에 많이 참석하고 있다.

1955년 스코필드박사는 구엘프대학교에서 은퇴한 후, 1958년 다시 한국으로 돌아와서 기독교 선교사로 한국전쟁으로 폐허가 된 한국국민의 어려운 상황을 세계에 알리며 기금을 모아 주로 전쟁고아들과 가난한 학생들을 돕는 일에 최선을 다하였다. 이처럼 대한민국과 국민을 위해 그가 베푼 희생적인 헌신과 공헌에 감사를 전달하기 위해 1958년 대한민국 광복13주년기념식에는 국빈으로 초청되어 참석하였으며 1959년 대한민국으로 영구귀국을 결정한 후 한국이름을 석호필로 개명하였다.

이처럼 한국인보다 한국을 더 사랑한 스코필드박사라고 부르며 한국국민은 그가 베푼 위대한 헌신과 희생을 기억하며 항상 감사하고 있는 것이다. 1958년에 스코필드박사는 서울대학교 수의과대학에서 외래교수로 복직하고 1970년 4월 12일 서거할 때까지 후학을 양성하는데 그의 남은 생애를 모두 바쳤다.

한국과 한국국민을 위해 바친 그의 공헌과 공적으로 대한민국 정부가 수여하는 최고의 훈장들을 받았다. 1960년에는 대한민국 문화훈장을 받았으며, 1968에 대한민국 건국공로훈장 국민장을 받았다. 한국을 자기 조국으로 삼고 내가 죽으면 한국 땅에 묻히기를 원한다는(I wish to be buried in Korea) 말을 남겨놓았으며, 그가 1970년 4월 12일 서거 후, 서울 동작동 국립현충원(Seoul National Cemetery)에 안장된 유일한 외국인이다.

또한 스코필드박사와 가까운 관계를 맺고 있었던 한국 지인들과 제자들 중에는 초기 기독교 사회운동을 YMCA 총무로 실천했던 월남 이상재 선생과 김정혜 선생이 있으며 1947년에 토론토대학교 신학대학에서 처음 만났던 정대위 박사(전 건국대학교 총장)와는 주로 한국의 기후와 언어 그리고 한국생활에 대하여 많은 대화를 했다는 것을 기억하고 있다고 했다. 그의 도움을 받은 제자들 중에는 1960년 초기에는 서울대학교에 재학 중인 고 김근태(전 보건복지부장관), 정운찬(전 서울대 총장, 국무총리), 이각범(전 대통령정책기획수석비서관), 오세정(서울대학교 총장), 김재현(한국고등신학연구원장) 등이 있다. 이들이 주축이 되어 현재 서울에는 2009년 9월4일에 "호랑이 스코필드박사 기념사업회"(The Tiger Schofield Memorial Foundation, 회장 정운찬)를 설립하고 그가 한국의 독립과 발전 그리고 자유와 정의를 위해 헌신한 숭고한 뜻을 받들어 어려운 학생들을 돕는 스코필드박사기념 장학사업을 실천하고 있으며 매년 그의 서거일인 4월12일에는 서울대학교 수의과대학 주최로 스코필드박사에 대한 세미나(Seminars)를 개최하기로 했다.

또한 캐나다에서도 스코필드박사에 대하여 대한민국과 국민을 위해 그가 실천한 기독교의 사랑과 희생 그리고 헌신에 특별히 감사함을 갖고 있는 Toronto 한인들이 주축이 되어 1999년 7월2일에 스코필드박사기념장학회(Dr.Schofield Memorial Scholarship association of Korean-Canadians)를 발족하고 스코필드박사의 모교 인 구엘프대학교, 수의과대학(Ontario Veterinary College, University of Guelph)에 설립하였다. 2009년 11월에는 스코필드박사의 흉상을 서울 유미안에서 제작 완성하여 구엘프대학교 수의과대학의 신축건물 내에 "스코필드박사와 한국"의 특별관을 개관하여 스코필드박사와 한국에 관련된 사진들과 유품들 그리고 장학생들의 명단들이 잘 전시되어 있다. 이처럼 대한민국자주독립을 위해 온 생애를 바친 그의 희생과 헌신 그리고 위대한 공헌에 조금이나마 보답하기위해 스코필드박사기념장학회(현 재단이사: 이창복, 이영희, 김영배, 최등용, 김학성, 이윤상)를 설립하게 된 가장 큰 동기와 목적이 되는 것이다.

이런 목적으로 1999년부터 현제 2021년까지 매년 구엘프대학교, 수의과대학에서 추천 선발된 우수한 3명의 장학생들에게 매년 $7500.00(일인당 $2500.00)을 스코필드박사기념장학금으로 수여하고 있는 유일한 캐나다한인장학재단이다. 특별히 2009년부터는 The Sam Jin Global Net Company와 The Pan Asia Food Company 각각 1명씩 2 명의 장학생들에게 스코필드기념장학금을 수여하고 있다. 2021년 현제까지 총 51명의 장학생들에게 스코필드박사기념장학금을 수여하였다. 그리고 영구적인 스코필드박사기념장학회를 만들기 위해 한캐 장학재단(Korean-Canadian Scholarship

Foundation)에 편입되어 지속적으로 먼 후세들까지도 스코필드박사를 기념하며 그의 헌신과 공적에 감사함을 보답하는 캐나다한국인들이 되기 위해서였다. 그리고 지난 한국역사에서 보듯이, 잔악한 일제의 식민지정책으로 36년 동안 한국의 자주독립과 한국국민의 인권과 자유를 위해 모진 고난과 시련을 겪으면서 투쟁하고 순국한 대표적인 애국지사들 중에는 윤봉길, 안중근, 김구, 안창호, 유관순, 이봉창, 이승만, 김마리아, 김좌진 장군, 스코필드박사 등 많은 분들이 있다. 그들을 기념하며 애국지사들이 우리에게 남겨준 위대한 한국민족의 혼에 항상 감사하는 마음은 우리세대뿐만 아니라 우리의 먼 후세들까지 끊임없이 지속되기를 바라는 마음이다.

특별히 이런 고난의 역사를 통해 우리들이 배웠던 것처럼 오직 교육으로 훌륭한 인재들을 많이 양성하여 인성교육을 통해 부정부패하지 않은 정직하고 진실하며 정의스러운 한국국민이 되면 어떠한 어려운 환란이 닥친다 해도 극복하고 승리할 수 있는 유일한 길이라는 사실을 애국지사들은 우리에게 끊임없이 교훈처럼 가르쳤다. 다행한 것은 우리가 살고 있는 캐나다동포사회에는 이런 숭고한 목적으로 Toronto에서 설립된 〈캐나다 애국지사기념사업회(회장 김대억)〉가 있다. 현재 인적 재정적으로 어려운 상황이지만 항상 희생적으로 봉사하며 헌신하고 있는 김대억 목사와 한인동포들이 있기 때문에 변함없이 발전해가고 있다. 캐나다에 살고 있는 우리의 먼 후세들을 위해 동포들의 뜨거운 관심과 참여로 애국지사기념사업회를 적극 후원하여 주기를 진심으로 바라는 마음이다.

내가 이승만을 존경하는 이유

로얄 몬테소리스쿨 교장 **이영준**

최근 들어 젊은 층을 중심으로 이승만을 부정적으로 이야기 하는 것이 광범위하게 퍼져 있는 것을 보고 세태가 이렇게도 많이 변하였구나 생각하며 안타까움을 느낀다. 그가 평생을 바쳐 독립운동을 위해 힘썼을 뿐 아니라 대한민국이 오늘날 자유 민주주의 경제 체제하에 번영을 이룰 수 있는 기초를 쌓은 일에 대한 평가는 망각 되어 있는 것 같다. 그저 3.15 부정 선거로 쫓겨 난 늙은 독재자로 쉽게 치부되고 있는게 아닌가 싶다.

정치가의 업적은 사실 역사관이나 당시의 시대상황에 따라 다르기 마련이기는 하지만 무엇보다도 이승만 대통령이 친일활동을 벌였다는 일부 좌편향 역사학자들의 주장에 이르러서는 정말 아연실색할 수 밖에 없게 된다.

하기사 이차 대전을 승리로 이끌어 영국 국민 뿐만 아니라 전 세계인 들로부터 위대한 지도자로 칭송 받았던 윈스톤 처칠도 냉전의 장본인이라는 악평이 따라다니고 전세계의 찬사를 한 몸에 안고 각광받았던 있던 폴란드 자유노조운동의 영웅 바웬사도 대통령이 된 후부터는 초라한 모습으로 추락하였고 절대권력을 휘두르던 스탈린이 사후 격하 되는 모습만 보아도 이승만에 대한 부정적평가도 같은 맥락에서 이해 되어야 할 것이 아닌가 한다.

　이러한 부정적평가 이면에는 다음과 같은 이유들이 큰 몫을 하고 있는 것 같다. 이승만은 김구 등이 추구한 것과 같이 일본의 군대, 경찰, 행정기관,그리고 핵심 인물을 물리적으로 공격한 '무장투쟁' 을 벌여 일반인들의 가슴을 시원하게 뚫어주는 항일 독립운동을 한 것이 아니라 주로 미국에 거주하며 미국과 강대국을 상대로 외교를 통한 독립운동을 하였기 때문에 그 업적이 피부에 느껴지지 않는 다는 것도 한 원인 인 듯 하고, 또한 해방 후 정국에서 친일파를 완전히 청산하지 못하고 요직에 등용한일 때문인 것 같기도 하다. 또 다른 이유는 해방 후 정국에서 좌우합작을 통하여 통일국가를 건설하려는 노력 없이 남한에 단독정부를 세웠기 때문에 한국전쟁이 일어나고 한국이 분단국가로 남게 되었다는 역사인식도 있는 것 같다.
　역사는 사실을 기반으로 하되 이의 해석은 당시의 상황과 형편을 살펴보면서 하여야 하는데 이승만에 대한 이러한 부정적평가는 지금의 판단과 잣대로 날카로운 칼을 들이대고 있는 것이 아닌가 싶다.
　이승만의 공과에 대한 역사적해석에 대한 첨예한 대립은 여기서 판단하고 이야기 할 수 있는 영역은 아니고 다만 그분의 일생을 보면서 존경하고 감탄할 수 밖에 없는 면들을 살펴보고자 한다.

　첫째는 그의 생애를 보면서 우선적으로 다가오는 인상깊은 것은 그가 20세의 약관의 나이부터 독립운동에 적극적으로 참여하기 시작하여 구한말, 일제시대, 임시정부수립, 독립, 건국, 6.25, 4.19의 굵직한 역사를 지나오면서 73세에 대통령이 되고1960년 85세 늦은 나이에 하야하기 까지 정말로 오랜 세월 무려 65년 동안의 세월을 중량감 있는 지도자의 위치에 늘 존재하고 있었다는 사실이다. 이승만에게는 천재적 지적능력과 더불어 신체적 건강 함마저 타고난 것이 아니었나 싶다. 남 아프리카의 넬슨 만델라가 젊은 나이 부터 반 아파르트 헤이트 운동에 투신하여 32세에 아프리카 민족회의(ANC)의 청년동맹 회장이 되었지만 그후 27년간의 투옥생활을 겪고 나서 76세에 대통령이 되어 81세에 정계에서 은퇴 95세에 타계한 것에 비견 된다. 이승만도 1899년 고종 폐위음모에 가담하였다가 체포되어 1904년 석방될 때 까지 5년 7개월간 한성감옥에 투옥 된 일이 있었던 것을 보면 두사람 다 범인이 가지지 못한 신체적 강건함을 가졌던 것 같다.

두번째 그의 생애를 보며 놀라운 점은 이승만이 보여준 천재성이다. 많은 사람들이 이승만을 보고 하늘이 내린 천재라는 말을 한다. 10대까지 한학을 공부한 사람이 20세에 배재 학당에 입학하여 신학문을 접하였는데 6개월만에 영어를 마스터 했다고 한다. 영어 사전도 없던 시기에 이런 일이 어떻게 가능했나 생각하면 그 뛰어난 어학능력과 또한 이를 가능케한 무서운 집중력에 감탄한다. 2년만에 졸업할 때에는 졸업생을 대표해 외국 사절들 앞에서 유창한 영어로 졸업연설을 했다니 더욱 놀랍다.

고종폐위 음모 가담으로 5년 7개월의 옥고를 치른 후 29세의 나이에 도미 30세의 나이에 조지 워싱턴대에 입학 하버드 석사과정을 거쳐 프린스턴 대학에서 국제법과 정치를 전공 하여 35세에 박사학위를 받았다고 한다. 이름도 없는 식민지 약소국에서 온 30세의 만학도가 대학공부를 시작하여 그것도 미국 최고의 명문대학 세곳에서 수학하면서 일반적인 학생들이 12년 걸리는 과정을 5년만에 끝내고 박사학위를 끝냈다는 것은 실로 경외심을 자아낸다. 이후 그는 풍부한 학식과 사고력을 바탕으로 세계를 바라보는 식견(識見)을 키우며 미국 지성계에 '이승만'이라는 이름을 알렸다. 이것이 기반이 되어 미국과 구미 열강의 중요 인물들을 상대로 한국독립을 위한 활동을 펼칠 수 있었던 것이 아닌가 한다.

세계 1차 대전 후 민족자결주의를 제창한 미국 대통령 우드로 윌슨이 이승만이 프린스턴에서 수학할 당시 프린스턴 대학 총장이었고 이를 인연으로 그와 친분을 유지한 덕에 그의 별장에서 단독으로 만나 한국의 독립지원을 호소 할 수 있었다 하며 일차 세계대전 후 세계질서를 논의하던 파리 강화회의 의장 이었던 조르주 클레망소 에게 한국의 독립선포를 알리는 공문을 발송하였다 한다. 또한 1943년 카이로회담 당시 미국 대통령이었던 루우즈벨트 에게 대한민국 임시정부의 승인을 요청하는 서한을 보내는 외교활동을 함으로서 이 회담에서 한국을 독립시키기로 결정 가능하게 하는데 그 힘을 보탰던 것도 주지의 사실이다.

이승만은 또한 선견지명과 탁월한 통찰력을 지니고 있던 인물이었던 것을 그가 한 일들을 보면 알 수 있다.

이승만은 1941년 미국에서 《일본 내막기(Japan Inside Out)》란 책을 출간하였는데 이 책을 통해 일본 군국주의의 야욕을 예견하고 일본이 전쟁을 일으킬 수 있으니 미리 대비할 것을 역설하였다고 한다.

그런데 공교롭게도 바로 이 책이 나온 1941년 같은 해 12월 8일 일본이 진주만을 폭격 하였다니 그 예언자적 통찰력에 감탄할 수 밖에 없다. 처음 책이 나왔을 때 미국인들은 차가운 반응을 보였다고 한다. 전쟁도발을 부추기는 망발을 한다는 혹평도 많았다고 한다. 그런데 막상 실제로 일본이 진주만을 폭격하자 이 책은 미국에서 베스트 셀러가 되었으며 특히 미국정부와 군부에서 일본 군국주의의 실상을 이해하는 교과서가 돼 버렸다고 하며 심지어 '예언자'라는 호칭도 따라다녔다고 하니 놀라울 따름이다.

또 하나 이승만이 탁월한 통찰력과 선견지명을 가진 인물이라는 것은 드러내는 것은 공산주의에 대해 그가 내린 정확한 판단이다. 이승만은 1917년 러시아 혁명이 일어난 바로 그 직후부터 공산주의에 대해 "자유를 원하는 인간본성을 거역하여 국민을 지배하려는 사상체계" 라고 간주했다는 것은 실로 놀라운 예지력을 보여주는 예이다. 게다가 공산주의를 따르는 정치는 반드시 실패할 것이라고 장담했다고 한다. 세계 주요지도자 가운데 그 누구보다도 가장 먼저 공산주의의 정체를 파악한 것이다. 정말 그의 예언 대로 러시아의 공산주의는 실패로 끝나 1991년 그 종말을 고한다. 이승만은 기독교인 이었기 때문에 기독교적 사상에 반하는 공산주의의 유물론 속에 감춰져 있는 거짓의 가면을 볼 수 있었다고 한다.

오늘날 한국에 자유와 경제적 번영을 가져다 준 중요 요인 중 하나로 평가 받고 있는 것은 한미상호방위 조약의 덕으로 이루어진 한미동맹의 울타리라는 것은 의문의 여지가 없다. 이 조약의 체결과정을 보면 이승만이 있었기 때문에 가능한 일이었다는 것을 알게 된다. 그가 정말로 예리한 식견과 통찰력 그리고 집중력을 가지고 조국을 사랑한 인물이라는 것을 새삼 깨닫게 된다.

오늘날 많은 사람들이 미국은 한국의 전략적 중요성 때문에 한미 동맹은 어차피 이루어질 수 밖에 없는 당연한 결과라고 이야기 하기도 한다. 그러나 당시의 상황을 보면 미국과 수 많은 밀고 당기는 수싸움 끝에 이승만이 이끌어낸 업적이라는 것을 알게 된다. 그 당시 미국이 이러한 상호 방위조약을 맺은 국가는 전 세계에서 필리핀이 유일한 나라 이었다고 한다. 미국은 한국에서 빨리 전쟁을 끝내고 일정부분 만큼만 한국의 전략적 가치를 지키기 위한 최소한의 조치를 취하고 싶었던 것 같다. 아이젠하워는 이러한 공약으로 대통령에 당선 되어 6.25 전쟁의 종전을 서두르고 있었던 때이다. 이승만이 한미방위조약을 요구하자 미국의 반응은 시원치 않았다.

애초에 미국은 이러한 조약을 원치 않았다. 무엇 때문에 약소국이며 세계 최빈국 중 하나인 한국과 동맹을 맺어 무거운 멍에를 지게 되기를 원했을까?. 더욱이 이승만은 이 조약이 무기한 효력을 가져야 한다는 조건을 요구하였는데 이는 더더욱 미국이 수용하기 어려웠다. 처음에 미국은 조약의 유효기간을 일년으로 하자고 주장했다고 까지 한다. 그러나 이승만은 북진통일을 감행 할 것 처럼 미국을 압박하며 동시에 반공포로석방을 통해 미국을 위협하는 승부수를 띄워 하루 속히 종전을 원하고 중국과의 확전을 피하고자 하는 미국의 약점을 역 이용하였다.

아이젠하워 대통령과 덜레스 국무장관을 직접 상대하며 종국에는 원하는 조건으로 조약을 이루어 낸 것은 이승만이 동북아정세를 바라보는 탁월한 식견이 있었을 뿐만 아니라 미국인들을 잘 이해하고 있었기 때문에 가능했던 것으로 대한민국에 선사한 크나큰 선물이었다.

이 조약이 체결된 후 발표한 이승만의 성명서는 다음과 같다.

"우리는 앞으로 여러 세대에 걸쳐 많은 혜택을 받게 될 것이다. 이 조약이 있기 때문에 우리는 앞으로 번영을 누릴 것이다. 한국과 미국의 이번 공동조치는 외부침략으로 부터 우리를 보호함으로써 우리의 안보를 확보해 줄 것이다."

이러한 일은 이승만이 20세 약관의 나이부터 평생을 바쳐 조국을 사랑하는 마음이 있었기에 가능한 일이 아니었을까?

한미동맹아래 번영하고 있는 현재 대한민국의 모습은 그가 꿈꾸고 설계했던 미래와 다르지 않았다는 것을 실상으로 보여주고 있다.

평범한 사람이라도 한 개인의 일생은 그리 단순하지가 않다. 더욱이 이승만과 같이 거대한 역사의 회오리 속에서 민족과 국가의 운명을 고스란히 어깨에 지고 있던 거인의 일생을 어떻게 단순하게 평가할 수 있을까? 이승만의 공과 과는 여러 복잡한 면면을 고려하여 커다란 역사의 그림으로 다시 평가되어야 마땅하다고 생각한다. 그의 공과가 제대로 평가 되어 추앙 받게 될 날이 오길 기대한다.

-2021년 2월 17일

〈이글은 본 사업회의 편집방향과는 다를 수 있습니다. 아울러 이 글의 모든 권한은 필자에게 있음을 밝혀둡니다.〉

나의 모국 독립운동에 앞장섰던
"김창숙(心山)" 선생

목사 **이재철**

내가 아주 어렸을 때였다. 초등학교 2~3학년쯤 되던 때에 아버지가 내손을 잡고 어떤 분의 집에 인사를 갔다. 그분의 집 앞에는 여러 대의 지프차가 주차해있었고, 아주 많은 사람 들이 마당에도, 방안에도 가득했다. 어린 내 눈에도, 그분이 큰 인물임을 짐작하기에 충분했다.

아버지는 다른 어르신들이 하듯 그분에게 큰절을 올렸다. 나는 방으로 들어가지는 않았지만, 엄숙한 분위기 속에서 모두들 목소리를 낮추어서 조용히 이야기를 주고받는 모습을 똑똑히 보고 들을 수 있었다.

알고 보니 그 어른은 내 고향인 경상북도 성주군 대가면 "사도실"에서 출생하여 항일애국운동을 하다가, 일본경찰의 무자비한 고문으로 두 다리가 마비된 채로 앉은뱅이가 되어 돌아온 心山 김창숙 선생이었다.

집으로 돌아오면서 아버지는 "일본 놈들이 악랄한 고문으로 두 다리를 못 쓰게 해놓고서 석방시킨 거다."라며 분노하셨다. 그날 이후 나는 조선의 마지막 선비라 불리는 그분, 心山 김창숙 선생을 자주 떠 올리며 존경하게 되었다

선생은 1905년 을사늑약이 체결되자 스승 이승희와 함께 상경하여 을사늑약의 파기와 이완용 등 을사오적의 처형을 요구하는 청참오적소請斬五賊疏라는 상소를 올린 사건으로 험난한 옥고를 치르기 시작했다.

1907년 국채보상운동이 일어나자 선생은 단연동맹회 성주지역 대표로 모금활동을 하며 국채보상운동에 앞장섰다.

1909년 일진회 송병준, 이용구 등이 이토 히로부미의 사주를 받아 한일합방론을 주창하고 일제는 '이것은 조선 인민의 소원이다'라고 선전하였다. 이에 선생은 "이 역적들을 성토하지 않는 자도 또한 역적이다"라는 격문을 발표했다가 일본헌병 성주분견소에 8개월 동안 구금되었다.

1910년 선생께서 전국단연동맹회 성주대표로 회의에 참석했을 때, 매국노앞잡이인 일진회 대표 김상범이 전국에서 모금한 돈을 중앙에 모아 각 정당의 감독을 거쳐 처리하는 방향을 제안했다. 선생은 이에 반대하고 성주군에서 모금한 전액을 사립학교인 성명학교星明學校를 설립하여 민족교육에 앞장섰다. 하지만 국채를 갚기 위해 모금한 것이니 국고로 돌리는 것이 마땅하다는 일본경찰의 말에 그 이

상 성명학교에 관여하지 않았다.

1910년에 나라를 일본에 빼앗기게 되자 선생은 중국으로 건너가 독립운동에 본격적으로 참여하였다. 1919년 거국적인 3.1 운동이 일어났을 때, 조선 독립선언서에 서명할 기회를 놓치게 된 것을 많이 안타까워하였다. 당시 어머니의 병환이 위중하셔서 고향에 내려가 있어서 서명 할 수 없었던 것이다.

김창숙 선생은 우리나라가 전통적으로 유교국임에도 불구하고 국가의 큰일에 유교계 인사가 한명도 참여하지 못하였던 것을 통탄하였다. 이에 파리평화회의에 장서를 보내는 유림운동을 전개하였다. 영남·호서의 도학자들을 중심으로 형성된 유림단이 독립을 청원하는 유림의 결집된 의사를 만국평화회의 각국 영사, 공사, 영사관, 중국의 정계요인 등에게 전달했다. 이에 일제는 곧 유림에 대한 일대 검거 선풍을 벌여 유림 5백여 명을 체포했는데 이 장서 사건은 국내외에 널리 보도돼 적지 않은 반향을 불러 일으켰다. 이 사건을 파리장서사건(제1차 유림단 사건)이라 한다.

1919년 3월 27일 파리장서를 소지하고 상해에 도착한 선생은 파리로 가는 대신 대한민국임시정부수립에 참여하면서 본격적인 항일독립운동을 시작했다. 선생은 같은 해 4월 대한민국 임시정부 의정원 경상도 지역 의원이 되었다. 이후 임시정부 교통위원으로도 활동했다. 하지만 이승만이 대통령으로 추대되자, 이승만이 미국의 위임통치를 요청한 것을 문제 삼아 이승만 탄핵을 주장했지만 실패했다.

이승만 탄핵을 분기점으로 선생은 임시정부 활동을 사실상 중단했다. 그 대신 박은식과 사민일보四民日報와 신채호와 협력해서 독립운동기관지 〈천고天鼓〉를 발간하여 독립운동을 선전했다. 상해를 떠나 베이징으로 활동지를 옮긴 선생은 이회영, 신채호 등과 교류하면서 독립운동을 모색하였다.

1920년 선생이 국내로 귀국하여 독립자금을 모금하는 과정에서 유림단 사건으로 체포되는 등, 일본 경찰에 의해 또 한 번의 옥고를 치르고 모진 고문을 받게 되었다. 1921년에는 무장독립운동단체인 보합단에 참여하여 활동했고, 1921년 4월 19일, 이승만을 비판하는 성토문을 발표했다. 선생이 지은 성토문에는 김원봉·이극로·신채호·오성륜·장건상 등 54명이 서명하였다.

1923년에는 의열 활동을 위해 입을 다물고 실행한다는 의미의 다물단을 조직하였다. 1925년 일본이 러시아와 국교를 회복하자 항일 독립활동이 크게 제약을 받았다. 선생은 이회영과 논의하여 일본세력이 미치지 않는 러허나 차하이 등의 황무지를 개척해서 독립군기지를 건설하려고 모색하였다. 이때 쑨원孫文 광둥정부의 외교총장과 쉬지엔을 만나 빠오터우 등지의 3만 정보의 황무지개간 권을 허락받았다. 그러나 개간과 한인이주경비 20만 원을 마련할 방법이 없었다. 그러자 선생은 비용을 마련하기 위해 1925년 8월 죽음을 무릅쓰고 국내로 잠입했다.

그러나 모금활동은 친일부호들의 비협조와 방해 때문에 부진했다.

심산은 "친일 부호들의 머리를 베어 독립문에 달지 않고는 우리의 독립이 달성되지 않을 것"이라며 분노하였다. 선생의 국내 잠입 모금활동 사실이 드러나면서 다시 6백여 명의 유림 인사들이 검거되었다. 이것이 '2차 유림단 의거(1925~1926)'다.

선생은 모금의 실패가 민심이 죽어 있고, 그것은 일제의 위장된 '문화정치'에 매수된 지식층과 주구走狗가 된 식민지 관리와 일부 부호 때문이라고 생각했다. 그는 독립운동에 일대 전환이 있어야 한다고 보고 "먼저 일제 총독 하의 모든 기관을 파괴하고, 그 다음 친일 부호들을 박멸하고, 그리하여 민심을 고무시켜 일제에 대한 저항을 다시 불붙게 한다."는 계획을 세웠다. 상하이로 돌아간 심산은 이동녕과 김구에게 국내의 상황을 설명하고 모금한 돈으로 청년결사대를 국내에 파견하기로 했다. 1926년, 조선식산은행과 동양척식회사에 폭탄을 던지고 동척(東拓) 사원과 경찰 간부 등 여럿을 죽이고 일경과 교전 중 자결한 나석주(1892~1926) 열사는 바로 선생께서 파견한 청년이었다.

이듬해인 1927년, 국내에 잠입한 선생의 맏아들 환기가 일경에 체포되어 고문 끝에 출옥 후 바로 사망했다. 아들의 주검을 가슴에 묻어야 했던 선생은 지병이 악화되어 상하이 조계租界의 병원에서 입원 치료를 받다가 일경에 체포되어 국내로 압송되었다.

1928년, 선생은 14년형을 선고받고 대전형무소로 이감되었다. 병세가 깊어지면서 혼절하여 사경을 헤매기도 했지만, 그는 일제의 고문에 굴하지 않았고 한국인 변호사들의 무료변론도 거절하였다. 그는 자신을 '포로'로 자처하면서 구차히 살려고 하지 않았다.

"나는 대한 사람으로 일본의 법률을 부인한다. 일본의 법률을 부인하면서 만약 일본 법률론자에게 변호를 위탁한다면 얼마나 대의에 모순된 일인가? 나는 포로다. 포로로서 구차히 살려고 하는 것은 치욕이다."

1934년 병이 위중하여 형집행정지로 석방될 무렵, 이미 몸을 제대로 쓰지 못해 사람들이 선생을 '벽옹躄翁-앉은뱅이'이라고 불렀다. 그러자 선생자신도 이를 별호로 썼다. 그러나 그의 저항정신은 전혀 위축되지 않았다. 일제의 창씨개명을 끝내 거부하는 등 투쟁을 계속하였다.

1940년, 일제의 감시가 다소 느슨해지자, 그는 고향 집을 찾아 어머님 묘소에서 2년간 시묘侍墓했다. 1920년 정월, 망명지 상하이에서 모친의 부음을 들었지만, 그는 어머니와 영결(永訣)하지 못했었다. 그러니 그 시묘는 실로 20년 만의 뒤늦은 자식 노릇이었던 셈이다.

선생은 1944년 8월에 서울에서 여운형이 조직한 건국동맹에 남한 책임자로 참여하였다. 비록 실질적 활동은 못 했지만, 일제의 패망과 민족해방에 대비하고 있었던 이 지하조직에 심산이 참여하고 있었던 것은 그가 민족적 양심을 대표하는 존재였다는 점에서 충분한 상징성을 갖고 있었다.

선생께서 해방소식을 접한 것은 1945년 8월초, 건국동맹 결성으로 왜관경찰서에 수감되어 있을 때였다. 당시 그는 을사늑약 체결 후에 스승과 함께 상경하여 '오적 참형소'를 올린 때부터 40년이 흘러 스물여섯 청년이 예순여섯의 노년이 되어 있었다.

비록 몸은 늙고 불편했지만 '진정한 해방'을 위한 열정은 식지 않았던 심산 김창숙, 그는. 해방공간에서 유도회를 조직하고 성균관 초대 관장과 성균관대학 초대 총장을 역임하면서 유도(儒道)의 재건과 개혁에 앞장섰다. 그는 유도의 현대적 재건을 좌우대립의 이념적 혼란을 극복하고 민족 통일을 추구할 수 있는 중요한 매개로 파악했던 것이었다.

특히 선생은 해방공간에서 민족의 분열을 경계, 임정을 중심으로 뭉치자는 이른바 '동일정부 수립'을 주장했다. 또 김구·김규식·홍명희·조소앙·조성환·조완구 등과 더불어 '7인 지도자 공동성명'을 내고 남북분단을 고착화하는 남북한 단독정부 수립을 적극 반대하였다. 김구를 비롯한 여러 지도자가 암살되고, 친일파가 정권과 유착하여 다시 실세로 떠올랐다. 이에 선생은 이승만 정권의 부패와 독재에 단독으로 맞섰다. 해방된 조국에서도 심산은 여전히 탄압받고 거듭 옥고를 치러야만 했다.

이 대통령 하야 경고문, 대통령 직선제 개헌안에 반대하여 반독재 호헌 구국선언을 발표한 국제구락부 사건, 이승만 삼선취임 반대, 보안법 개악반대, 민권쟁취 구국운동 등 독재와 맞서는 외로운 싸움에서 그는 늘 전면에 서있었다.

1955년 무렵부터 독재 권력과 주변세력들에 의해 성균관과 성균관대학의 분규가 확산하자 선생은 모든 공직에서 물러났다. 이후 선생은 집 한 칸 없이 곤궁한 생활 속에 여관과 병원을 전전해야 했다. 일신의 이해를 돌보지 않는 그의 선비정신이 대학을 세우고 총장을 지내고서도 셋집에서 여생을 보내게 만든 것이다.

1957년 겨울, 병으로 가마에 실려 고향에 돌아온 심산 김창숙, 그는 쇠약한 몸으로 병상에 누우니 온갖 감회가 밀려와, 詩 한 편을 지었다고 한다. 여생이 얼마 남지 않았다는 걸 알았던가. 그의 시에는 이루지 못한 평화와 통일에 대한 노<ruby>老</ruby> 독립운동가의 회한이 절절하게 녹아있다.

"천하는 지금 / 어느 세상인가./사람과 짐승이 서로들 얽혔네./붉은 바람, 미친 듯 / 땅을 휘말고/태평양 밀물, 넘쳐서 / 하늘까지 닿았네.//아아, 조국의 슬픈 운명이여./ 모두가 돌아갔네. / 한 사람 손아귀에,/ 아아, 겨레의 슬픈 운명이여./전부가 돌아갔네. /반역자의 주먹에//평화는 어느 때나 / 실현되려는가./ 통일은 어느 때에 / 이루어지려는가./밝은 하늘 정녕 / 다시 안 오면/차라리 죽음이여 / 빨리 오려무나."
　-"통일은 어느 때에" 중에서

1962년 5월 10일, 불요불굴의 저항정신과 실천적 행동주의의 표상이었던 심산 김창숙 선생은 서울 중앙의료원에서 그 열혈의 삶을 마감했다. 향년 84세. 온 국민의 애도 속에 사회장이 엄수되었고, 그의 유해는 수유리에 안장되었다. 정부는 선생의 공로를 높이 치하 1962년 3월 1일 건국훈장 1등급인 대한민국장을 수여했다.

이와 같은 선생의 모든 발걸음엔 대한민국을 다른 나라로부터 지켜 자주독립을 향한 염원이 담겨있으며, 일생을 교육을 위해 애쓰신 분임을 다시 한 번 새긴다. 내 머리가 희어지고 몸이 예전 같지 않아 삐걱거리는 지금도, 아버지를 생각할 때, 어릴 적 아버지 손을 잡고 심산 김창숙 선생의 집을 가던 우리 두 부자의 모습이 선명하게 그려진다.

[참고문헌]
한국 민족문화 대 백과사전

조국을 위해 미련 없이
몸을 던진 안중근의사

애국지사기념사업회(캐나다) 고문 **조준상**

　안중근 의사를 생각하면 우선 그분의 손도장이 떠오릅니다. 손가락 하나의 마디가 없는 안 의사의 손은 왜 저렇게 되었을까.

　안 의사는 일제 강점기 당시로서는 나름대로 유복한 가정에서 자랐고 결혼도 일찍한 2남 1녀의 아버지였습니다. 그런그가왜그렇게 험난한고난의길을자초했을까요.

　안 의사는 서른 두 살의 짧디 짧은 삶을 살다가셨지만 드높고 숭고한 그분의 뜻과 기개는 죽어서도 한민족에게 영원한 삶의 길이 무엇인지를 보여주는 불멸의 화신이 되었습니다.

　안중근 의사는 1879년 황해도에서 태어났으며 그의 할아버지가 대지주로서 미곡상을 경영해 재산을 많이 축적한 덕에 소년 안중근도 어렵지 않은 유년기를 보냈습니다. 그는 어려서부터 남달리 총명했으며 말 타기, 활쏘기 등을 좋아했고 개화사상의 영향을 받아 신학문인 프랑스어를 배우기도 했습니다. 안 의사는 9세 때 천주교에 입교해 프랑스 신부로부터 토마스(도마)라는 세례명을 받았습니다.

안 의사가 26세 되던 해인 1905년 을사늑약(乙巳勒約)이 맺어져 일제의 대한제국 침탈이 시작되었고 안 의사는 서북학회 및 국채보상운동에 참여하면서 본격적으로 항일운동에 뛰어들었습니다. 한일신협약을 통해 일제가 대한제국의 국권을 빼앗자 안 의사는 러시아로 건너가 의병투쟁을 벌였습니다.

이후 일제의 탄압으로 의병활동이 어렵게 되자 안 의사는 김기룡·엄인섭·황영길 등 12명의 동지들과 함께 '동의단지회(同義斷指會)'라는 비밀결사를 조직하고 투철한 의병으로 재기하자고 굳게 다짐했습니다. 안 의사는 이때 왼쪽 손의 넷째 손가락 한 마디를 끊어 혈서로써 결의를 다졌으며 안 의사의 수인(手印)은 이때부터 찍기 시작한 것입니다.

안 의사의 비밀결사조직은 특히 이토 히로부미와 을사오적 이완용을 암살하기로 맹세하였습니다. 이토 히로부미는 을사늑약을 체결하고 초대 통감이 되어 대한제국을 일제의 식민지로 만드는데 앞장섰던 인물입니다.

이토 히로부미를 암살하기위해 치밀한 준비와 계획을 세운 안 의사가 거사일을 기다리고 있던 중 1909년 10월 26일 마침내 이토 히로부미가 러시아 관리와 회담을 위해 만주하얼빈 역에 도착했습니다. 기차에서 내린 히로부미가 러시아군 의장대 앞을 지나고 있었고 이때 안 의사는 이토 히로부미를 향해 방아쇠를 당겼습니다.

이토 히로부미는 총격30분만에 숨졌고, 이를 확인한 안 의사는 품에서 태극기를 꺼내 에스페란토어로 "꼬레아! 우라!(Ｋｏｒｅａ!Ｙｐａ!)"라고 세 번을 크게 외쳤습니다. 이 외침은 "대한민국만세!"라는 뜻이었습니다. 안 의사는 그 직후 체포되어 러시아 헌병으로부터 조사를 받은 후 일본 총영사관에 인계되었습니다.

그 후 안 의사는 악명 높은 여순(旅順) 감옥에 투옥돼 재판을 받았으며, 재판받는 내내 법정에 모인 사람들에게 당당하게 말하였습니다. "내가 이토 히로부미를 죽인 것은 대한독립전쟁의 한 부분이요, 또 내가 일본 법정에 서게 된 것은 전쟁에 패배하여 포로가 된 때문이다. 나는 개인자격으로 이 일을 행한 것이 아니요, 대한국 의군 참모중장의 자격으로 적장 이토 히로부미를 살해한 것이요. 조국의 독립과 동양평화를 위해서 행한 것이니 만국 공법에 의하여 처리하도록 하라."…

안 의사는 32세 때인 1910년 2월 14일 공판에서 사형을 선고받았고 1910년 3월 26일 여순 감옥에서 순국하셨습니다. 안 의사는 나라가 독립하기 전에는 절대로 시신을 국내로 옮기지 말라는 유언을 남기고 간수들과 사형 집행자들까지 감동할 정도로 당당하게 죽음을 맞이하였습니다.

하지만 안타깝게도 안 의사의 유해는 오늘날 현재까지도 찾지를 못하고 있습니다. 안 의사와 함께 거사에 참여했던 우덕순은 징역 3년, 조도선과 유동하는 각각 징역 1년 6개월을 선고받았습니다.

안 의사의 의거와 체포소식이 접해지자 당시 국내외에서는 안 의사를 위한 변호 모금운동이 일어났습니다. 또한 안 의사의 숭고한 죽음은 조국은 물론 세계만방에 널리 알려져 중국의 정치지도자 손문(孫文)과 원세개(袁世凱) 등은 안 의사에게 다음과 같은 시를 전했다 합니다.

"生無百歲死千秋(살아서는 백 년을 못 채워도 죽어 천년을 살리라)"

유복한 가정에서 태어나 고생 모르고 청년시절을 보내고, 일찍 결혼도해서 행복한 가정을 꾸려나갈 수 도 있었을 안 의사는 조국의 독립을 위해 기꺼이 목숨을 버리고 대의(大義)와 정의를 위해 투신했습니다.

사형을 기다리던 안 의사는 여순 감옥에서 자신을 면회 온 안병찬 변호사에게 다음과 같은 유언을 남겼습니다. "내가 한국 독립을 회복하고 동양평화를 유지하기 위하여 3년간 해외에서 풍찬노숙 하다가 마침내 그 목적을 이루지 못하고 이곳에서 죽노니 우리 2천만 형제자매는 각자 분발하여 학문에 힘쓰고 실업을 진흥하며 나의 유지를 이어 자유 독립을 회복하면 죽는 자 여한이 없겠노라."

안중근 의사는 사형이 집행되기 전, 어머니가 하얀 명주천으로 지은 수의를 가져온 두 동생(정근, 공근)에게 마지막 유언을 남겼습니다. "내가 죽은 뒤에 나의 뼈를 하얼빈 공원 곁에 묻어두었다가 우리 국권이 회복되거든 고국으로 반장해다오. 나는 천국에 가서도 우리나라의 회복을 위해 힘쓸 것이다. 너희들은 돌아가서 동포들에게 각각 모두 나라의 책임을 지고 국민 된 의무를 다하며 마음을 같이 하고 힘을 합하여 공로를 세우고 업을 이르도록 일러다오. 대한독립의 소리가 천국에 들려오면 나는 마땅히 춤추며 만세를 부를 것이다."

해방 후 1945년 11월 중화민국에서 돌아온 백범 김구선생은 1946년 6월 윤봉길, 이봉창, 백정기 등 독립운동 3의사의 유해를 일본에서 찾아온 후 효창공원에 안장하였고, 그 옆에 언젠가는 안치될 안중근 의사의 가묘를 만들었습니다. 이것은 안 의사 시신을 꼭 찾겠다는 백범의 결심을 보여주었습니다. 가묘 앞에는 "이곳은 안중근 의사의 유해가 봉환되면 모셔질 자리로 1946년에 조성된 가묘입니다"라는 글이 새겨져 있습니다. 하지만 백범은 안두희에게 암살당해 자신도 이곳에 안장됐습니다. 이처럼 해방 후에도 민족의 비극은 그칠 줄을 모릅니다.

안 의사의 이토 히로부미 사살은 한국의 독립운동가와 정치인은 물론, 동아시아의 지성인과 정치인들에게도 큰 영향을 주었습니다. 특히 안 의사는 선각자적 지성과 행동력을 겸비한 독립운동가로 옥중에서 '동양 평화론(東洋平和論)'을 집필했고 '안응칠 역사(安應七歷史)'라는 자서전을 쓰기도 했습니다. 또한 훌륭한 서예작품도 남겼는데 "一日不讀書口中生荊棘"(하루라도 책을 읽지 않으면 입속에 가시가 돋는다)는 유명한 작품은 보물 제569-2호로 지정돼있습니다.

저는 모든 부귀영화를 미련 없이 던져버리고 청춘을 불사르며 조국독립을 위해 짧고 굵게 살다간 안 의사의 생애를 돌아보면서 오늘날 우리대한민국이 세계적인 강국이 되기까지 이런 분의 희생이 있었기에 가능했다는 사실을 절감합니다.

저는 기성세대로서 특히 자라나는 대한민국의 청소년들에게 꼭 한 번쯤 안중근 의사의 헌신적인 생애를 가르쳐줌으로써 소중한 자유대한의 의미를 되새겨주고 젊은이로서의 드높은 기상과 기백을 길러줄 것을 권합니다.

〈이글은 본 사업회의 편집방향과는 다를 수 있습니다. 아울러 이 글의 모든 권한은 필자에게 있음을 밝혀둡니다.〉

나의 8.15해방경험과 애국지사

전 은목회장 **한학수**

　나는 평북 의주군 위하면에서 태어나 한때 만주 신경에서 살았습니다. 어느 날 부모님께서 어린 나를 데리고 경성(서울)으로 가기 위해 신경 기차역에서 기차를 탔습니다. 그런데 일본 헌병들과 순사들이 칼이 꽂힌 총을 들고 기차에 올라와 검문을 하더니 아버지와 우리와 같은 자리에 탔던 사람들을 끌고 나갔습니다. 얼마 후 아버지는 돌아오셨지만 건너편에 앉았던 사람들은 끝내 보이지 않았습니다. 그때 기차가 압록강철교를 지날 무렵 일본헌병들이 요란하게 호루라기를 불면서 창문 커튼을 내리라고 큰소리를 치던 기억이 아직 선명합니다. 그때부터 나는 일본헌병을 무서워하면서도 미워하기 시작했습니다.

　나는 서울에서 아현국민학교(현 초등학교)에 들어갔습니다, 1학년이던 어느 날 아버지가 "해방이다! 해방이다!"라고 기뻐하시면서 다들 나오라고 하였습니다. 그래서 나갔더니 동네사람들이 처음 보는 이상한 깃발을 손에 들고 흔들면서 미친 듯이 '만세! 만세! 대한민국만세!'를 외치고 있었습니다. 그런데 그 깃발의 모양이 가지 각색이었습니다. 나중에야 저마다 급하게 태극기를 그려가지고 나왔기 때문에 태극기 모양이 여러 형태로 보였다는 것을 알게 되었습니다. 나는 그날 우리나라 국기인 태극기를 처음으로 보게 됐습니다.

우리 민족에게 8월 15일은 세계사도 기록할 만큼 중요한 날입니다. 우리민족이 일제 36년간의 압제에서 풀려난 날이기 때문입니다. 일본은 우리 조상이 물려준 성도 바꾸게 했고 이름도 개명하도록 했습니다. 장정들은 군수공장으로 광산으로 끌고 가서 강제노동을 시켰고, 여자들은 일본군의 성노리개로 만들었습니다. 애국지사들에게 잔인한 고문을 했고, 교역자들도 감옥에 가두어 200여 교회가 폐쇄 당하게 만들었습니다. 그렇게 우리민족은 36년간 한숨으로 지새웠습니다. 그러다가 1945년 8월 15일 감격의 해방이 된 것입니다.

아마 우리나라에서 광복절만큼 감격과 환희에 찬 날은 없을 것입니다. 일제 36년간의 압제생활의 상처가 너무나 컸기 때문에 광복절의 기쁨도 그만큼 컸습니다. 우리는 그날을 회상하며 중요한 교훈을 배워야합니다. 슬기롭고 지혜로운 백성은 과거가 준 교훈을 쉽게 망각하지 않아야 합니다. 역사의 교훈을 잊어버린 백성과 그 나라는 비극을 되풀이하기가 쉽습니다. 그런데 오늘 젊은 세대들이 8월15일의 교훈을 바로 알지 못하고 왜곡해서 받아들이는 것은 실로 안타까운 일이 아닐 수 없습니다.

학교에서 역사를 배우고 성장하면서 우리민족에게 일제 36년간의 압제가 얼마나 슬프고 고된 생활이었는지 확실하게 알게 되었습니다. 아울러 그 아픔을 참아가면서 조국과 후손들을 위해 모든 것을 바치신 애국지사들의 삶이 얼마나 귀한 삶인가도 알게 되었습니다. 그런 생각을 할 때마다 숙연한 마음으로 머리 숙여 조아리게 만듭니다.

백범 김구 선생은 네 소원이 무엇이냐고 하느님께서 물으신다면, 나는 서슴지 않고 "내 소원은 오직 대한독립이요." 대답할 것이다. 그 다음 소원이 무엇이냐고 물으시면 나는 또 "우리나라의 독립이요. 할 것이요." 또 다음 소원이 무엇이냐고 세 번째 물으셔도 나는 더욱 소리를 높여 "내 소원은 우리나라 대한의 완전한 자주독립이요"하고 대답할 것이라고 했습니다. 첫 번째도 두 번째도 세 번째도 독립이 소원이었던 선생의 심중을 깊이 헤아려야합니다.

도산 안창호 선생은 "나는 밥을 먹어도 대한의 독립을 위해, 잠을 자도 대한의 독립을 위해 해왔다. 이것은 내 목숨이 없어질 때까지 변함이 없을 것이다."라고 말했습니다. 또한 선생께서는 "나를 죄인 취급하지 마라. 이또를 죽인 것은 나 개인을 위한 것이 아니라 동양평화를 위한 것이다."라며 "나는 국민의 의무로서 내 몸을 희생하여 어진 일을 이루고자 했을 뿐이다. 내 이미 죽음을 각오하고 결행한 바이니 죽어도 여한이 없노라."고 당당하게 말했습니다. 이렇게 해서 얻어진 해방이고 되찾은 우리나라입니다. 이런 역사를 짊어지고 갈 젊은 세대들은 더 성실하게 살아가야 합니다.

안중근 의사의 어머니 조마리아 여사는 사형선고를 받은 아들 안중근에게 "네가 만약 늙은 어미보다 먼저 죽는 것을 불효라 생각한다면, 이 어미는 웃음거리가 될 것이다. 너의 죽음은 너 한 사람 것이 아니라 조선인 전체의 공분을 짊어지고 있는 것이다. 네가 항소를 한다면 그것은 일제에 목숨을 구걸하는 짓이다. 네가 나라를 위해 이에 이른즉 딴 맘먹지 말고 죽으라"며 "대의에 죽는 것이 어미에 대한 효도"라고 했습니다. 두 모자의 죽음을 두려워하지 않은 애국애족정신이 가슴을 뭉클하게 만듭니다.

내가 3학년 때 아현동에서 남산 아랫동네 적산가옥으로 이사를 갔습니다. 우리 집에서 아현국민학교를 가려면 걸어서 1시간 쯤 걸렸습니다. 내가 학교 갈 때 동선은 서울역, 만리동옆, 미군 보급창고 앞을 지나가야 했습니다. 어느 날 미군보급창고에서 오렌지 하나가 데굴데굴 굴러 나왔습니다. 집에 와서 먹어봤더니 어찌나 맛이 있었던지 그 창고 앞을 지날 때 마다 혹시 또 굴러 나오지 않을까하여 서성거리다가 학교에 지각을 해서 선생님한테 책망과 회초리로 손바닥에 매를 맞은 적이 있습니다. 내 어린 시절엔 오렌지가 그만큼 귀했습니다. 나는 그때를 잊지 못해 지금도 오렌지를 무척 좋아합니다.

중학교 일학년 때 6 25 사변이 일어났습니다. 어느 날 어머니를 따라 새벽기도회를 하러 가는데 군인 지프차 확성기에서 북한 인민군들이 탱크를 몰고 쳐들어 왔다고 했습니다. 그래서 기도회도 못가고 집으로 되돌아갔습니다. 무서웠습니다. 왜냐하면 인민군들은 예수 믿는 사람들을 잡아가고 죽인다는 말을 들은 적이 있었기 때문입니다. 나는 무서워서 "하나님 살려주세요!"라고 간절히 기도를 드렸습니다.

우리 가족은 인민군을 피해 능곡 친척집으로 피신했는데 큰형이 보이지 않았습니다. 어머니가 목사가 되기를 바라며 18년을 기도한 아들이라며 백방으로 알아보았으나 행방을 알 수가 없었습니다. 그렇게 형의 소식을 모른 채 우리가족은 부산을 거쳐 제주도까지 피난을 갔습니다. 제주도에서 어렵게 살고 있는데 아버지와 상거래를 하던 목포의 상인이 찾아와서 염색일을 권했습니다. 아버지는 그 사람이 제공한 염색약으로 염색일을 시작했습니다. 그 덕분으로 생활이 많이 안정돼갔습니다.

그러던 어느 날, 서울에서 다니던 교회 목사님이 형이 전투 중 큰 부상을 입어 서울 수도국군병원에 입원해 있다는 소식을 전해 주었습니다. 알고 보니 형은 육군종합학교를 나와 육군소위가 되어 전선에 투입됐던 것입니다.

부랴부랴 어머니가 서울 수도국군병원으로 가서 형을 만났습니다. 다행이 형의 상처가 많이 회복되어 한 달 만에 어머니가 돌아오셨습니다. 그 후 형은 총알받이 육군소위에서 장군이 되기까지 32년간의 군 생활을 마치고 명예스럽게 전역을 했습니다.

어머니께서 목사가 되기를 바랐던 큰형. 큰형은 나라가 위기에 빠지자 가족에게도 알리지 않고 육군소위가 되어 전선에 나가 목숨을 걸고 싸웠습니다. 이와 같이 애국심이 강한 형이 만약에 일제강점기에 살았다면, 분명히 애국지사가 되었을 것이란 생각을 해봅니다.

청산리 전투의 영웅
백야 김좌진 장군

수필가 **홍성자**

　김좌진 장군은 1905년 을사늑약으로 일제 강점기가 시작되면서 대한제국의 항일 독립투사로, 반일단체통합에 앞장섰으며 북로군 정서의 총사령관으로 5박 6일의 청산리전투에서 3천여 명의 일본군을 대파함으로 대한민국의 독립운동사상 최고의 승리로 금자탑을 이룬 영웅이다. 한족총연합회 사업의 하나인 산시참정미소 사업격려 도중에, 북만주 노령지역 고려공산당 산하 재중공산청년동맹에서 파견한 박상실(朴尙實)의 총에 맞아 안타깝게도 1930년 1월 24일 41세의 장엄(莊嚴)한 일생으로 순국하였다.

생애

　1889년(고종26) 11월 24일, 김좌진 장군은 충남 홍성(洪城)에서 양반 출신 김형규(金衡圭)의 둘째아들로 출생했다. 본관은 안동(安東)이고, 자는 명여(明汝), 호는 백야(白冶), 문충공 김상용(金尙容)의 11대손이다.

당시 무관집 후손으로 많은 노비를 거느리며, 2천석을 한다는 부유한 가정에서 태어났으니, 그가 후에 만주 벌판을 호령하게 되는 김좌진이다. 3세 때 아버지를 여의고 홀어머니(한산 이씨) 슬하에서 자랐으며, 형 김경진이 서울에 사는 김덕규의 양자로 가는 바람에, 13세로서 집안 살림을 도맡게 되면서 오숙근(吳淑根)과 결혼하였다.

오숙근과의 사이에 딸 하나가 있었고, 애첩인 나혜국과의 사이에 남매가 있었다 하며, 소실인 김계월에게서 낳은 김두한과 딸이 있다. 김두한의 딸로 전 국회의원이며 탤런트인 김을동이 현재 생존해 있다.

1905년, 김좌진의 나이 16세, 그는 집안의 가장으로써 늘 노비들을 생각하였다. 저들은 왜? 평생을 또한 자손대대로 남의 집에서 종노릇을 하고 살아야 하는가? 내가 종이 되어 평생을 저렇게 살아야 한다면? 하늘 아래 똑같은 사람인데 누구는 주인이고 누구는 종인가? 그러나 그의 번민과 갈등은 오래 가지 않았다. 하루는 집안의 노비들을 다 불러다가 큰 잔치를 벌여주고, 그들 앞에서 "보아라! 이것이 너희들 노비문서다, 다 불태워 버리겠다. 이 시간부터 너희들은 노비가 아니다" 가족 단위로 먹고 살만한 논밭들을 나누어 주며 자유의 몸으로 만들어 주었다. 노비들은 감히 상상이나 했던 일이었겠나? 인간 김좌진의 참 모습을 엿보는 순간이며, 그 결단력은 소년 시절부터 탁월하였다.

김좌진은 어렸을 적 동네에서 아이들과 병정놀이를 할 때는 늘 대장노릇을 했다. 체격부터가 컸고 힘이 장사였으며 글공부 보다는 말 타고 활 쏘며 전쟁놀이 등, 무예에 더 관심을 가진 영웅을 꿈꾸던 개구쟁이였다.

　1905년 11월 17일, 억지로 맺은 을사늑약으로 일본에게 나라를 빼앗기고 고종을 폐위시키는 등, 대한제국이 주권을 잃고 망했음을 알면서 부터 분통이 터졌다. 왜 나라를 잃어버렸는가? 어떻게 해야 잃어버린 나라를 되찾을 것인가? 오로지 나라를 찾아야 한다는 일념으로 초지일관 고심했다. 서울로 올라가 육군무관학교에 입학하여 애국계몽사상과 독립운동에 눈을 뜨기 시작했다. 목숨을 다하여 일본에 빼앗긴 나라를 되찾고야 말리라는 집념만이 굳어갔고 대한제국을 찾아 지키려는 구국의지가 불타올랐다.

　1907년에 고향인 충남 홍성에 호명학교(湖明學校)를 설립했다. 신교육으로 새 학문과 나라의 빠른 정보에 눈을 뜨게 하고, 왜 구국활동을 해야 하는지?를 깨우치기 위해 신교육을 시켜야만 했다. 가만히 앉아 생각만 하는 성격이 아닌지라 서울에 왔다 갔다 하며 군사학을 배우며 가르치고, 당시 윤치성, 노백린, 유동렬, 이갑 등과 접촉하며 세력을 확장해 나갔다. 그 때 18세였으니 피 끓는 청년시절이었다.

　1910년, 한일병합으로 일본제국의 힘이 강하게 되자, 나라를 빼앗긴 분함을 견딜 수가 없어 독립군 무장 항쟁으로 국권을 회복해야 한다고 판단하고, 북간도에 독립군 사관학교를 세우기 위한 군자금 모금활동을 시작하였다. 또한 서울에도 활동거점이 있어야 하겠기에, 관수동에 이창양행을 설립해 두었고, 신의주에는 염직회사를 차려 해외와 연락 거점을 삼았으며 전략을 도모하기에 불철주야 여념이 없었다.

1911년, 서울에서 군자금모금 활동 중에 일본경찰에 체포되어 2년 6개월간 서대문 형무소에서 옥고를 치르게 되니, 그 원통함을 어찌 다 말로 할 수 있겠나, 속히 독립군들을 훈련시키고 정신을 무장시켜야 하는데, 금쪽같은 시간은 무정하게 흘러만 가고 애끓는 간장은 녹아만 갔다. 그의 희생적이고 치열했던 의거활동의 결과는 체포와 감옥 이었으니, 감옥 생활은 시련이 아니라 활동을 할 수 없다는 비통함, 그 자체였다. 감옥생활의 또 다른 결과는, 민족을 위해서 다시 한 번 더 깨어나는 계기가 되었고, 의지만은 더욱더 굳어만 갔다. 감옥에서 새로운 인연으로 백범 김구와의 만남은 천재일우였다. 그를 만남으로 항일투쟁을 위한 독립운동에 박차를 가하기 시작하였으니 그의 나이 22세였다.

1913년 9월, 출옥 후, 일단 고향인 홍성으로 갔다. 몸과 마음을 추스르면서 또다시 고향에서 독립운동을 시작하였으나 일제에 체포되어 홍성헌병대에 10개월간 수감되었다. 시련은 또 다른 시작을 위한 출발점이라고 했던가! 그는 감옥에서 왜 독립운동이 자꾸만 실패하는가? 를 깊이 연구해 보았다. 실패의 원인은 구식병서를 바탕으로 한 의병출신 중심의 전통적인 방식이었다. 그는 새로운 군사력과 전술, 새로운 전략으로 일본을 제압해야 한다는 것을 깨달았으나, 앞이 막막하여 실의에 빠져 혼란스러웠을 때 샛별 같은 이들을 만나게 된다.

당시 일본에서 사관학교를 졸업하고 돌아온 신진기예들로 윤치성, 노백린, 이갑, 유동열, 신현대, 권태진, 임병한, 등으로 대부분 일본육군사관학교와 대한제국군인 출신인 장교들이었다. 호방하고 들떠있던 김좌진은 이들과의 만남으로 차츰 침착해지고 치밀한 성격으로 변화되어갔다. 김좌진은 이들과 함께 주로 계동에 있는 윤치성의 집에 모여, 앞으로 항일운동을 어떻게 전개해 나가야 할 것인가에 중점을 두고 논의하였다. 김좌진이 신진기예인 이들과의 만남으로 군사전략과 군사학에 깊이 공부하지 않으면 안 된다는 판단을 하고 군사학을 배우는데 온 힘을 기울였다.

1915년에 김좌진의 일생에 특별하게 남을 한 단체와 인연을 맺게 되니 비밀결사조직인 바로 '대한광복회'이다. 광복회원으로 군자금을 모금하다가 1917년 3월 이기필, 감익룡, 신효범 등 7명과 체포되었으나 아슬아슬하게 면소판정을 받고 풀려났다.

1917년 9월, 조선 땅에 앉아서 독립운동 한다는 것은 쉽지 않은 일이어서 경의선 기차에 몸을 싣고 압록강을 건너 만주로 망명하게 되었으니 망명 또한 쉽지 않았다. 김좌진은 소년시절 노비들을 해방시켜 준 후 가산이 넉넉지 않았고, 만주로 망명하고자 했던 대다수 독립 운동가들은 노잣돈이 없어, 그 때의 경제상황이 얼마나 열악했는지 상상해 볼 수 있겠다. 여러 어려움 끝에 김좌진은 만주 땅을 밟게 되고, 조선의 호랑이가 만주벌의 호랑이로 거듭나는 순간, 그가 선택한 길로 한발 한 발 황량한 만주벌판을 향해 두 주먹을 불끈 쥐고 걸어가고 있었으니 그때 28세였다.

1918년, 만주로 건너가 보니 그곳에는 한인들로 대종교인들이 많았다. 대종교에 입문을 할 수밖에 없었고, 무장운동단체인 대한정의단(大韓正義團)을 창설하자 총재 서일의 요청으로 대한정의단 군사책임자가 되었다. 대한정의단은 그 지역사회에서는 기반을 두고 있었으나 무장투쟁을 지도해 나갈 만한 뛰어난 역량을 지닌 독립운동가들은 거의 없었다. 독립을 향한 불타는 열정을 주체할 수 없었던 청년 김좌진은 그 막막한 만주 벌판에서서 무엇을 생각하였을까? 강한 결의를 가지고 떠났다 하더라도 아는 사람 하나 없고, 한치 앞을 내다 볼 수 없는 미래가 엄두도 안 나고 두렵기도 하지 않았겠나? 만주에 입성한 김좌진은 서간도와 북간도를 둘러보게 되었는데, 서간도는 압록강 건너에 있고, 북간도는 두만강 건너편으로 지금의 연변조선족자치주에 해당하는 지역이다. 김좌진은 북간도 길림성으로 들어갔는데, 당시 길림성에서는 비밀리에 중대한 계획이 진행되고 있었으니, 바로 대한의 독립을 선포할 위대한 선언문이 애국지사들에 의하여 세상 밖으로 나올 준비를 하고 있었던 것이다.

1919년 기미년 3월, 기미독립운동으로 '독립선언서' 가 나오기 몇 주 앞서서 '대한독립서(大韓獨立書)' 가 공표되었다. 김좌진과 함께 서일, 여준 등이 만주와 러시아를 비롯한 외국에 나가있던 우리 나라의 저명인사 39인이 서명했으며, 조선의 독립을 선언한 글이 다.

한국에서 발표된 최초의 대한선언서라는 점에서 큰 의의를 가 지며, 그 내용의 요지는 한국이 완전한 자주독립국이자 민주의 자 립국이라는 것을 선포하며, 한일합병은 일본이 우리나라를 사기 와 강박 그리고 무력 등의 수단을 동원하여 강제로 병합한 것이므 로 무효라고 주장하였다. 일본을 향하여 '섬은 섬으로' '반도는 반 도로 돌아오게 할 것'을 요구했으며, 우리는 우리의 영토를 지키 기 위하여 무력의 사용도 불사한다는 것을 선언하였다. 사실상 독 립선언서를 선언하는데 사기를 돋운 일이 되었으니 김좌진의 나이 불타는 30세였다.

기미년, 3.1일 독립운동은 모든 계층의 참여로 우리 민족의식이 고취된 운동으로, 우리의 의지를 일본에게는 물론, 전 세계에 알리 는 일이 되었으며, 이 운동으로 말미암아 조직적이며 체계적인 독 립운동을 전개하게 되었고, 결국 상하이에 대한민국 임시정부를 수립하는 계기가 되었다.

1919년 10월, 대한정의단은 명칭을 '군정부'로 개칭하였는데 군 사정부라는 의미이다. 1919년 11월에 이동휘 등이 상해 임시정부 에 참여함으로서, 상해임시정부가 독립운동의 최고기관으로 그 지 위를 어느 정도 확보하게 되자, 같은 해 12월 군정부는 상해임시정부의 명령으로 그 명칭이 다시 '군정서'로 바뀌게 되었다. 그 후 '북로군정서'라는 이름으로 또 다시 바뀌어 불리게 되었지만, 김좌진은 오로지 일본으로 부터 조선을 독립해야 한다는 일념으로 신념은 굳어만 갔다.

1920년 6월 김좌진 31세, 만주의 북간도 십리평 삼림지대 안에 사관연성소를 설립하고 교장을 겸임했으며, 교관으로는 이범석(李範錫) 김규식(金奎植) 등이 훈련을 담당했다. 이때 홍범도의 대한독립군, 안무의 국민회군 등과 독립군 연합에 합류했다.

북간도에 있을 때, 눈 위에 산채를 치고 북로군정서의 총사령관으로 일본군과 보름동안 혈전을 계속 할 때, 하졸들과 식사도 꼭 함께 하고, 밤에는 뜬 눈으로 파수를 보았다 한다. 그의 친척인 김홍진씨가 기억한다는 김좌진의 시가 있으니 "산영월하 마도객 칠색풍전 말마인" 이다. 풀이해보면,

"대포소리 울려 퍼지는 곳에도 봄이 오니/ 청구 옛 땅에 빛은 새로워라 /달빛 아래 산영에서 칼을 가는 나그네 /철채 바람맞으며 말을 먹이고 서있네 / 중천에 펄럭이는 깃발은 천리에 닿은 듯 / 진동하는 군악소리 멀리도 퍼지는구나 / 섶에 누워 쓸개를 핥으며 십 년을 벼른 마음 / 현해탄 건너가서 원수들을 무찌르세나"

항일무장투쟁에 대한 그의 집요하고 확고부동한 의지로 나라의

명운을 걸은 시다.

　여기에서 알고 넘어가야할 이야기가 있다. 독립자금을 어디서 만
드나? 였다. 안정되지 않은 상해임시정부만 바라볼 수는 없었다.
다행이 그곳은 주로 한민족들이 거주하고 있어서 재만 동포들은
북로군정서가 일제의 감시를 효과적으로 피할 수 있도록 적극적으
로 도움을 주었다. 마을 사람들과 재외동포들의 열렬한 큰 협조가
있었기에 근거지를 형성하고 독립군을 양성하게 되었다.

　문제는 무장독립투쟁을 준비하는 병사들에게 사격수, 총검술, 기
관총과 야포 등을 구입하여 만반의 훈련을 철저히 실시해야하는
데, 무기구입이 제일 큰 문제였다. 어디에 가서 무기를 구입해 오
나? 병사가 무기 없이 어떻게 싸우겠나? 무기, 무기만이 살길이다.
라며 고민하고 있을 때, 멀리서 서광이 비쳐왔다. 김좌진의 심장은
벌떡 벌떡 뛰었다.

　연해주 남부에 위치한 블라디보스토크에 제 1차 세계대전에 참
가했던 체코군인들이 자기네 나라로 돌아가면서, 성능이 좋은 무
기, 특히 기관총을 판다는 소식이었다. 아, 기관총만 있으면 우리
독립군은 일본군이 지닌 무기보다 더 강한 무기이니 얼마든지 대
항 할 수 있는 일이었다. 수단과 방법을 가리지 말고 우리 손에 넣
어야 한다는 것이 소원이었다.

　여기에서 무기입수경로와 주민들의 무기운반 이야기를 안 하고

넘어갈 수는 없겠다. 무기 운반에 직접 참가했던 이우석은 1920년 6월 어느 날, 북로군정서로부터 러시아에 가서 무기를 운반해 오라는 사명을 받았다. 지방에서 선발해온 2백여 명은 도수(徒手)로 가는데, 이들의 자체보호를 위하여 30여명의 독립군 무장경비대가 수행하게 된다. 험한 산길을 하루 길을 걸어 훈춘 지방 민가에서 하룻밤을 지내고, 다음날 국경을 넘어 30여리쯤 가서 30여 호의 동포부락에 다다르니 우리 무기 운반대 일행은 집집에 나누어 배치하고, 통보가 올 때 까지 기다리게 되는 것이었다. 이곳에서 70리 되는 해안은 블라디보스토크 항구 내해로, 배편으로 운반해 오는 무기를 넘겨받아 가지고 가게 되는 일인데 그게 쉬운 일이 아니었다. 처음에는 2-3일내로 무기가 입수 될 예정이었는데, 뜻밖에 제정 러시아가 망하고, 혁명 러시아가 탄생되어 구제도가 개혁되는 과정에서 화폐개혁이 실시됨으로, 구 지폐를 마련하였던 우리 독립군 측으로는 당황하고 난감하지 않을 수 없었다. 대금을 새로 마련하기 까지 식량이 문제였다.

주민들도 초여름이라 식량이 다 떨어지고 감자알은 채 들지도 않았는데, 감자알을 파다가 연명을 해 가는 실정이었으니 기아의 사선에서 신음하는 그 일을 어찌 다 말로 하겠나. 일군의 병참은 불과 30리 거리에 있고, 후방에는 마적단의 소굴로 불과 20리 밖에 있으니 어느 때 습격을 당할지 모르는 상황에 처해 있었다.

무기 운반대 일행은 한 달여간이나 굶주림과 갖은 고초를 견디다가, 백계 러시아인으로부터 무기를 사도록 드디어 교섭이 되었다.

블라디보스토크 내면에서 무기를 받아가지고 돌아올 때는 밤에만 행진하고, 낮에는 산중에서 은신 혹은 눈을 좀 붙이다가 밤이 되면 또 행진하는 것이었다. 2백여 명의 대부대가 무기를 한 짐씩 걸머지고 천신만고 끝에 국경을 넘어 훈춘 땅에 도착하니 고난의 역정을 어찌 다 말하리. 북로군정서 본영에 돌아오니 군정서 수뇌가 모두 뜨겁게 운반대 일행을 찬사와 치하로 껴안아 맞아주니 그 동안의 고통은 어딘가로 다 날아갔다.

체코슬로바키아군에게서 구입한 무기와 백계 러시아 군에게서 입수한 무기로 그 중에서도 중기관총은 큰 자랑이 아닐 수 없었다. 왕청현 서대파 산곡에 6백여 명의 무관양성소 학생들은 다시 무장을 강화하게 되었다. 의기충천한 진군나팔소리도 유난히 요란하여 삭북의 산야에 메아리 칠 때, 침략일본군의 잔인한 시선은 왕청현 서대파 일대를 주목하게 되었다. 재만 한인동포들이 암암리에 소문을 내어 물심양면으로 적극적인 협조 덕에, 야포 등도 구입을 이루어냈으니, 무기 다루는 법을 가르치며 사기는 점점 고조되어갔다.

1920년 8월 하순, 김좌진은 근거지를 이동, 9월 21일 경 허룰현 이도구 어랑촌 부근에 도착하자, 뒤따라 국민회군, 의군부, 신민단, 광복단, 의민단이도구 등도 이동해왔다. 봉오동에 있던 최진동의 군무도독부 독립군은 9월 말경 나자구에 도착하고, 김좌진이 이끄는 북로군정서는 1920년 10월 12-13일 삼도구 청산리(靑山里) 부근에 도착하였다.

1920년 10월 20일. 김좌진부대는 청산리 일대가 백두산의 끝자락인 원시림으로 되어있는 이곳 지형에 대하여 잘 알고 있었다. 깊숙이 들어가 협곡으로 되어 있는 백운평에서 하룻밤 노숙을 한 후, 김좌진 부대가 그곳을 떠나고 얼마 지나지 않아 일본의 야마다 부대가 당도했다는 첩보를 입수했다.

그 지역엔 주로 한인 대종교인들이 살고 있어서 독립군들에겐 병력과 식품 등을 지원 받기가 쉬웠으며, 일본군이 와서 독립군에 대하여 물어 볼 때, "그들은 오합지졸로 각각 흩어져 도망갔다고 말하라"고 했다. 본진은 계속 이동하면서 일부 부대원들을 백운평 협곡에 매복시켰으며, 험준한 절벽과 고지대에 일본군 추격대를 몰아넣는 전략으로 이때 지휘는 이범석(21세)이 맡았다.

일본군은 5천여 명, 북로군정서 독립군은 5백여 명, 10분의 1의 병력이지만 백운평의 지형을 요새로 이용하여 왜군들을 유인했다. 독립군은 소총, 기관단총, 박격포로 안개 자욱한 이른 아침에 치고 빠지는 전술로, 일본군 자기들끼리 사격을 비 오듯 하게 해, 이곳에서 3천 3백여 명의 왜군들을 무찌른 전투는 가장 위대한 전투로 남았으며, 김좌진 부대의 작전계획대로 이들을 독 안에 든 쥐처럼 일시사격으로 공격하여 대승리를 거두었다.

10월 21일부터 26일까지 5박 6일 동안, 일본군과 백운평 전투, 완루구 전투, 어랑촌 전투, 천수평 전투, 맹개골 전투, 만기구 전투, 천보산 전투, 쉬구 전투, 고동하 전투 등, 청산리 일대 좌우로 몇 십km 넓은 곳에서 10여 차례 치열한 전투가 벌어졌다. 당시 지휘관으로 북로군정서 사령관이었던 김좌진 장군은 첩보 전략을 쓰는 등, 일본군을 대패시키는 위대한 전투들을 했는데 통틀어 청산리 전투라 일컫는다.

청산리 전투를 승리로 이끈 요인 중의 하나는 체코 군이 사용했던 우수한 무기를 구입한 덕이었다.

청산리 전투 중 잊지 못할 또 하나의 일은, 독립군들이 추위와 굶주림에 떨면서 숲속 웅덩이 낙엽 속에서 눈을 붙일 때, 근방에 흩어져 살던 한인마을의 독립군 가족이자 후원자들은 주먹밥 등을 치마폭에 싸와 독립군과 하나로 뭉쳐, 이 큰 일을 이루어 냈다는 점이다. 동포부인들의 목숨을 건 협조가 없었다면 이 전투를 어찌 승리로 이끌었겠나, 동포들과 한 마음이 되어 이루어 낸 이 전투를 불패의 신화라고도 한다.

1921년, 청산리 전투는 독립군의 대승리로 끝났지만, 김좌진은 숨 돌릴 새도 없이 끝없이 험난한 항일투쟁의 길을 계속 걸어야만 하였다. 조국광복의 그날까지…….

만주로 후퇴해 온 그에게 한 일화가 있다. 김계월에게서 낳은 사랑하는 딸, 당시 16세인 옥남(玉男)이가 따라가겠다고 아버지의 소매에 매달려 울며 몸부림칠 때, "아비가 성공하여 돌아와서 좋은 데로 시집보내 주마" 그 한마디를 남긴 채 대의를 품고 비장한 각오로 눈 쌓인 만주 벌판을 향하여 떠나갔다. 옥남이는 아버지가 돌아 올 날만을 손꼽아 기다리다 지쳐서 하늘나라로 갔다.

그 후 북만주지역으로 가서 대한독립군단을 조직하고, 총재에 서일, 부총재에 김좌진, 홍범도, 조성환이 추대되었고, 병력은 약 3,500명 정도 되었다. 그 다음해 사령관으로 취임했으나 당시 정세는 독립군에게 불리한 상황이었다. 가까운 밀산에 일본군이 주둔하고 있었고, 러시아 혁명군이 있었기 때문이었다. 무기와 식량 보급, 앞으로의 행보가 큰 문제로 대두되고 있었다. 그리하여 부대들은 각각 흩어져 러시아의 남만주로 떠나고 밀산에 남기도 했는데, 부하들이 토비들에게 살해당하였다는 소식을 들은 서일은 암담한 현실을 비관하며 자살하였다.

러시아로 넘어간 독립군은 계속 북상하여 흑하까지 진군했다. 러시아 혁명이 진행되는 와중에 불행하게도 소만국경선인 러시아에 거주하는 한인으로 조직된 한인부대와 군 쟁탈전을 벌이는 중, 우리 독립군이 체포, 감금되는 등, 많은 희생자가 생겨났다. 1921년 6월에 있었던 사건으로 독립운동 역사상 최대의 비극이며 불상사라고 일컬어지는 '자유시참변' 이다.

1925년 3월, 북만주 지역에서 새로운 항일민족단체인 신민부를 조직하여 총사령관 및 군사부위원장으로 활동하였으며, 김좌진 장군의 정치이념을 논하는데 있어서 '대종교'를 빼 놓을 수는 없다. 1910년대에는 북만주지역에 한인들이 많지 않았는데, 1920년대에 이르러 동경성, 영안, 밀강, 영고탑, 말산 등지에 한인촌이 형성되기 시작하였다. 1922-1923년 2년 동안 48개 처에 대종교 시교당을 설립, 포교활동에 전념한 결과 이 지역에는 대종교가 크게 번창하였다.

김좌진이 신민부를 조직할 당시 북만주 지역은 대종교 신도가 많이 거주하는 지역이었다. 신민부에서 추구한 대종교 이념은 조선인의 민족정신, 즉 단군을 중심으로 한 민족정신을 배양하여 이상국가인 대종교적 민족주의와 함께 공화주의를 추구하였다. 영토관념은 북만주지역이 포함된 만주지역 전체로 삼았던 만큼 재만 동포들에게는 위안이 되었고, 이는 신민부가 동포들로부터 신뢰를 얻는 계기가 되었다.

신민부가 위치한 북만주지역에는 대종교인뿐만 아니라 다수의 공산주의자들도 거주하고 있었다. 북만주 지역은 지리적으로 소련과 직접 맞닿아 있어서 다른 지역보다 공산주의자들의 활동이 더욱 활발하였다. 신민부의 대종교적 민족주의자들은 공산주의자들과 늘 대결양상을 보일 수밖에 없었다. 대종교는 민족주의적 색채를 강하게 지니고 있었기 때문에 국제성을 강조하는 사회주의에 강하게 반대하였다. 러시아에서 돌아 온 김좌진이 북만주 밀산에서 공산주의를 배척하기 위해서 1922년 4월 통일당을 조직한 것에서도 볼 수 있다.

1929년, 김좌진이 이끄는 신민부는 군정파와 민정파로 양분되기 시작하여 각자 자기들이 신민부라고 주장하며 활동하고 있던 때에, 김좌진은 재만 한인사회의 동태와 조선공산당 만주총국의 활동을 주의 깊게 살펴보게 되었다. 그 결과 재만 동포들이 공산주의사상에 공명하기 시작했으며, 신민부로부터 민심이 달라지기 시작하였음을 느끼고 현재가 대단한 위기 상황이라고 판단하였다. 다시 독립운동을 전개해야만 하는 것이 가장 시급했던 김좌진은 재만한인사회의 이탈된 인심을 회복하려 안간힘을 썼다.

공산주의와 대결할 수 있는 이념과 방략이 절실히 필요했기 때문에 재만무정부주의자연맹과 연합해 1929년 7월 해림의 산시역전에서 새롭게 '한족총연합회'를 결성하였다. 여기에서 김좌진은 주석으로 권화산, 정신, 이을규, 김종진, 백정기, 이정규, 정현섭, 등과 함께 활동하였다.

이 한족총연합회에서 다양한 활동을 펼치게 되는데, 첫 번째는 농촌자치조직을 결성하였다. 북만주지역에 살고 있던 한인농민들은 계속 농사를 짓기 위해 중국인 지주들에게 황폐한 땅을 비싼 사용료를 지불하고서라도 빌려 사용해야만 했다. 해마다 소작료를 올리는 지주들에게 불만인 북만주동포들에게는 반일, 반공사상, 민족정신 같은 것은 관심의 대상이 되지 못하였다. 거기에 독립자금이나 조직운영비 의 명목으로 나가는 많은 돈은 그들에게는 큰 부담이었다.

한족연합회에서는 1929년 10월 농촌자치조직하에서 농민들의 이익과 편의를 위해, 또한 불이익을 감소시켜 주기 위해 산시참에

정미소를 설치 운영하였다. 정미소를 운영하면서 공동판매, 공동 구입, 경제적 상호금고의 설치 계획 등을 시도하니, 이반 되었던 민심이 조금씩 돌아서게 되었다.

두 번째는 교육활동을 전개하였다. 젊은 인재들에게 무정부주의 와 상호부조정신과 자주자치정신을 교육시키고자 하였다. 세 번째 는 무장독립운동을 전개하였다. 당시 그곳에는 한족총연합회와 조 선공산당 만주총국이 재만 한인을 둘러싸고 서로 대립상태에 있었 으니, 공산주의 진영과도 무장투쟁에 힘을 쏟을 밖에 없었다.

1930년 (41세) 1월 24일 김좌진은 조국광복이라는 최종목적지 에 이르지 못한 채, 산시역 부근에 설치한 금성정미소를 돌아보던 중, 일제의 사주를 받은 고려공산당 만주 총국 화요계 청년 박상실 이 쏜 흉탄에 맞고 순국하였다.

1931년 음력 2월 13일, 산시역 칠가둔 북쪽 산에 사회장으로 안 장하였다. 1934년 음력 4월 9일, 김좌진의 부인은 목숨을 걸고 박 물장수로 가장하여 유해를 고국으로 운구해 충남 홍성군 서부면 이호리에 밀장하였다. 1957년 오숙근 여사가 타계하자 아들 김두 한이 현재의 묘소에 합장하여 잠들어 계시다. 묘는 충남 보령시 청 소면 김좌진로 200번지에 있고 생가. 기념관. 백야사당. 백야공원 은 충남 홍성군 갈산면 행산리 330-1 에 있다. 1962년 대한민국 건국공로훈장 중장(重章)에 추서되었다.

글을 마치면서

김좌진장군에게서 받은 영향력은 결연(決然)한 의지(意志)입니다. 초지일관 변함이 없는 정신, 오로지 잃어버린 나라를 도로 찾아야 한다는 일념뿐으로 41세의 짧은 생이었지만, 그의 죽음은 거룩하다고 하겠습니다.

김좌진 장군은 저에게, '목숨이 그렇게 아까운가? 어차피 한번 죽는 목숨인데, 나라를 구해야 될 것이 아니겠는가?' 라고 말씀 하시는 것 같습니다.

항일 무장독립운동을 하기 위하여 만주로 건너간 후 굶기를 밥 먹 듯하며 갖은 고초로 험난한 세월 속에, 물불을 가리지 않고 나라를 찾아야 한다는 오로지 그 의지 하나로 사신걸 알았습니다. 빼앗긴 나라를 되찾기 위한 독립운동에 명운을 걸었던 장하신 삶을 회고해 볼 때, 최고의 존경을 표하는 바입니다.

김좌진 장군께서 북만주에서 항일독립투쟁을 이끌 당시 조국에 대한 그리움과 일제에 나라를 강탈당한 한을 '창자가 끊어지는 아픔'을 담아낸 단장지통(斷腸之通)을 다시 한 번 음미해 봅니다.

"적막한 달밤에 칼머리의 바람은 세찬데 / 칼끝에 찬 서리가 고국생각을 돋구는 구나 / 삼천리금수강산에 왜놈이 웬 말인가 / 단장의 아픈 마음 쓸어버릴 길 없구나."

나라 없는 백성의 슬픔이란 어찌 글의 표현만으로 알 수 있겠습니까? 나라의 독립을 위해 목숨을 내 놓은 위대한 독립군들! 잃어버린 조국을 되찾기 위해 총을 들었던 독립군들의 승리는 민족의 승리로, 그 피 끓는 함성이 지금도 들리는 듯합니다.

또한 16세에 집안의 가노(家奴)들을 해방시켜 주고 토지까지 나누어 주었다니 그 정신은 감히 성인의 경지요, 상당히 앞선 선각자임을 알 수 있겠습니다.

2021년 올해는 청산리 전투 101 주년이 되는 해입니다. 독립군들과 힘을 모은 민초들이 기적의 역사를 이루었듯이, 그 정신은 오늘의 대한민국을 세계에 우뚝 서게 했습니다. 김좌진 장군을 생각하면 고개가 절로 숙여짐을 감출길이 없으며, 그 결연한 의지를 영원히 이어 받겠습니다.

[참고문헌]
만주벌의 항일영웅 김좌진 (박환지음. 도서출판 선인)
한국민족문학 대백과사전. 위키 백과. 명장열전 등.

2020년 보훈문예공모전 학생부 입상작

김준수(4학년) | 나라를 구한 슈퍼 히어로

이현중(6학년) | 용감한 애국지사 노동훈님

박리아(8학년) | 권기옥 / kwonki-ok

정유리 (유치원)	왕명이 (유치원)	송호준 (1학년)	조윤슬 (2학년)
이다은 (3학년)	송명준 (3학년)	신서영 (3학년)	송민준 (5학년)	하태은 (5학년)

2020년 보훈문예공모전, 최우수상 없는 풍작

우수상에 일반부 이효상,
학생부 왕명이, 하태은 공동우승

시인 **최 봉호**

올해 열 번째를 맞은 애국지사기념사업회의 「보훈문예공모전」본 선심사가 지난 7월 29일 S식당에서 실시됐다. 연륜에 어울리게 풍작을 거둔 이번 공모전의 본선에 오른 작품은 일반부 9편, 학생부 13편 등 총 22편이었다. 작품 대부분이 공모 주제를 잘 파악하고 있는 것으로 보였지만, 개중에는 주제주위를 서성이는 작품들이 옥에 티가 됐다.

이번 심사 작품의 특징은 일반부보다 학생부의 작품이 전체적으로 돋보였다. 하지만 독창성이나 진정성의 신선함에는 아쉬움을 남겼다. 특히 대부분의 작품소재가 특정인에 편중되어있어서 애국지사기념사업회의 책임감을 더욱 무겁게 만들었다.

김대억 사업회 회장, 홍성자 수필가, 최봉호 시인 등 3명의 심사위원은 작품의 주제와 내용을 어떻게 표현해서 공감대를 완성했는가? 에 심사중점을 두었다. 아울러 검증되지 않은 지식전달이나, 주제와의 통일성 부족, 정치적인 사례 등은 걸러냈다. 그 결과 일반부는 우수상 1명, 장려상 1명, 입선 4명 등 6명, 학생부는 우수상 2명, 장려상 2명, 가작 5명, 입선 3명 등 12명의 수상자가 선정되었다.

일반부의 우수상은 이효상의 "독도에 마지막 의병이 있었다"가 선정되었다. 이효상은 캐나다에 오기 전에는 우리나라 역사에 별로 관심이 없던 학생이었다. 그런데 아빠로 부터 「독도의용수비대」사진과 항일투쟁기를 전해 받고 독도와 동해가 우리나라 영토라는 것을 깨닫게 되었다. 나아가서 세계지도에 일본영토로 만든 WIKIDATA에 정정요청까지 했다는 이야기이다. 장려상의 김진혁은 오대산 통일전망대에서 고당 조만식 선생의 동상을 만나는 순간 북한영화에서 보았던 그분을 떠 올렸던, 만감을 "진정한 민족주의자 조만식 선생"이라는 제목으로 응모했다. 입선에는 황은영의 "애국가", 박현정의 "여자인들 나라사랑 모를쏘냐. 독립운동 여전사 윤희순 의사", 지동식의 "장군의 아들(김좌진 장군에 대한 소고)", 채송화의 "연해주 독립운동의 대부 최재형 선생" 등 4명이 입상했다.

학생부는 예년과 다르게 치열한 경합을 벌였다. 그 결과 1학년 학생답지 않게 한 폭의 서화에 주제를 똑! 부러지게 표현한 왕명이의 "유관순 열사"와 조선물산장려회운동으로 일제에 맞서 싸운 조만식 선생의 항일운동을 함축적으로 표현한 하태은(5년)의 "조만식 독립운동"이 공동으로 선정됐다. 장려상에는 자신보다 "다섯 살 차이밖에 아지 않은" 나이에 일제와 맞서 싸운 "용감한 애국지사 노동훈님"를 쓴 이현중(6년)과 한국 최초의 여성비행사인 "권기옥"과 자신을 대비한 심정을 영문으로 표현한 박리아(8년)가 공동으로 선정됐다. 가작에는 김준수(4년)의 "나라를 구한 슈퍼 히어로", 이다은(3년)의 "감사해요", 신서영(3년)의 "사랑해 대한민국", 조윤슬(2년)의 "유관순", 정유리(유치원)의 "대한독립만세" 등 5명, 입선에는 송명준(5년), 송민준(3년), 송호준(1년) 3형제의 "대한민국만세"가 선정됐다.

이번 심사에서 심사위원들은 학생부의 작품수준이 일반부를 능가하는 괄목할만한 성장을 보인다는 심사결과를 내놓았다. 하지만 특정인에게 쏠린 소재로 인해 작품마다 신선감을 발휘하지 못했다는 아쉬움도 컸다. 한편 신서영의 "사랑해, 대한민국!" 경우 표현은 만점인데 작품 속에 숨겨놓은 주제가 분명하지 않아 심사위원들을 난감하게 만들었다. 그러나 심사위원들에게 내년에는 이와 같은 문제들이 해소된 작품들을 만날 것이라는 기대를 크게 가질 수 있게 만들었다. 입상자 모든 분들에게 축하의 박수를 보낸다.

왼쪽부터 최봉호 시인, 김대억 회장, 홍성자 수필가

입상작

나라를 구한 슈퍼 히어로

4학년 **김준수**

오늘은 엄마가 2020년이 광복75주년이 되는 날이라고 말씀해 주시면서 많은 애국지사에 대해 많은 이야기를 들려주셨습니다. 그 이야기 속 많은 인물들 중에서 나에게 가장 많은 감동과 슬픔을 주었던 애국지사는 유관순이었습니다.

유관순은 아주 어린 나이에 독립운동을 했습니다. 그런데 일본정부가 유관순이 독립운동을 했다는 이유로 죽이려 해서 유관순은 서울로 갔습니다. 그리고 사람들한테 태극기를 나눠주고 1919. 3. 1에 모두 대한독립만세! 라고 외쳤는데 일본군이 총과 칼로 많은 사람들을 죽이고 감옥으로 데려갔습니다.

많은 사람들이 죽었을 때 유관순은 기도를 했습니다.
"하느님 나라를 위해 몸바친 잔 다르크의 용기를 제게 주세요. 우리나라의 독립을 위해서라면 제 목숨 하나도 아깝지 않습니다. 우리나라가 독립만 된다면 언제라도 목숨을 내놓을 각오가 되어 있습니다" 이렇게 기도를 했습니다.

　그렇게 많은 사람들을 죽은걸 봐도 유관순은 포기하지 않고 다시 자기 고향으로 돌아와 또 대한독립 만세를 사람들과 외쳤습니다. 다시 일본군은 총을 들고 많은 사람들을 죽었습니다. 유관순은 감옥에서 많은 고문과 지옥 같은 날들을 견뎌가면서도 대한독립 만세를 외쳤습니다.

　사실 나는 그런 용기가 없었을 거예요. 많이 아프고 끔찍했을 텐데 전 이야기를 듣는 것만으로도 힘들고 괴로웠는데 말이예요. 유관순은 그 당시 18살 이였는데 어떻게 그런 큰 용기를 낼 수 있었는지 제가 좋아하는 마블 영화에 나오는 수퍼히어로보다 더 멋지고 용감한 것 같아요.

　유관순과 수많은 애국지사들이 포기하지 않고 끝까지 독립운동과 만세운동을 한 덕분에 우리는 조국을 되찾을 수 있었습니다. 나는 너무 감동 받았습니다.

　나에게 감동을 준 또 한명의 애국지사는 윤봉길입니다. 윤봉길은 어릴 때 친구들이 대한독립 만세를 외치는 걸 봤어요. 그런데 일본군들이 마구 죽이고 있었어요. 그 날 부터 윤봉길은 일본을 아주 싫어하게 됐어요. 윤봉길은 일본인척하고 일본 잔치에 가서 폭탄을 던졌어요. 대한독립 만세라고 외쳤어요. 일본인들이 윤봉길을 마구 때리고 죽였습니다.

만약에 이렇게 대한독립을 위해 목숨 바친 사람들이 없었다면 우리는 일본어를 지금 우리의 국어로 쓰고 있고 대한민국이라는 나라는 없어졌을지도 몰라요.

마지막으로 안중근은 어릴 때 일본인들이 한국인들한테 하는 많은 나쁜 짓들을 보면서 일본한테 분노와 슬픔을 느꼈습니다. 그래서 대한독립을 위해 많은 일들을 하다가 이토 히로부미를 총으로 쐈습니다. 감옥에서 많은 고통을 받았지만 안중근은 한국을 위한 일을 했어요.

만약에 안중근, 유관순, 윤봉길이 지금에 멋진 대한민국을 봤다면 너무 좋았을 거예요. 전쟁이 없는 독립된 대한민국의 평화를 보고 너무 기뻤을 거예요.
많은 사람들이 죽었는데 그 사람들은 나쁜 짓도 안했고 그냥 평화를 원했을 뿐.
이 많은 사람들 덕분에 우리나라에 평화가 있었습니다.

우리나라의 애국지사들뿐만이 아니라 우리나라의 독립을 위해 용기 내어 도운 모든 사람들은 다 우리한텐 영웅이에요.
나는 많은 사람들이 이렇게 용기를 낼 수 있는 게 너무 멋있어요. 이 많은 사람들이 목숨 보다 나라를 위해서 싸운 게 너무 감동이에요. 이 사람들은 싸우는 것보다 평화가 더 좋다. 라는 걸 이야기 해줬어요.

유관순, 안중근, 윤봉길은 모두 독립된 평화로운 나라에서 살고 싶었고 많은 사람들에게 두려움과 무서움을 없애주고 용기를 주었기 때문에 모두가 대한 독립만세라고 외칠 수 있었던 것 같습니다.

이렇게 멋지고 용감한 애국지사들에 대해 많이 고맙고 많이 감사합니다.
배트맨보다 아이언맨보다 캡틴마블보다 훨씬 더 용감하고 멋지세요.

그날의 아픔과 승리를 꼭 기억하겠습니다.

입상작

용감한 애국지사 노동훈님

6학년 **이현중**

나는 일본이 오래전에 우리나라를 공격해서 아직까지도 두 나라 사이가 좋지 않다는 것은 들어서 알고 있었지만, 자세한 내용은 알지 못했었다. 그런데 최근에 애국지사에 관한 영상과 글들을 보게 되었는데, 일본이 이렇게 잔인하고 폭력적인 방법으로 우리를 지배하려고 했었다는 것을 새롭게 알게 되었다.

일본은 우리나라사람들을 강제로 일을 시키고, 어린학생들에게도 위협과 협박을 했었으며, 때로는 고문을 하고 죽이기까지 했다. 이렇게 나쁜 일본을 막으려고 많은 애국지사님들이 그들을 반대하면서 위험을 감수하고 나라를 지키기 위해 맞서 싸웠다. 많은 애국지사님들의 이야기를 듣게 되었는데, 그중에서도 제일 감동적인 이야기는 애국청년 노동훈 선생님이였다.

노동훈 애국지사님은 그 당시 그렇게 큰일을 이루지는 못했어도 학생이지만 나라를 위하는 마음이 매우 컸다. 그는 일제강점기에 친구들과 함께 독서회를 만들고 선생님 몰래 태극기를 만들었다. 이때는 선생님들이 모두 일본사람이었고 무시무시한 칼을 차고 학교를 돌아다녔다고 한다. 그래서 그는 심한감시를 피해 몰래 태극기를 만들었던 것이다.

노동훈 애국지사님은 당시를 떠올리며 그때 들킬까봐 너무 무서워서 손이 떨렸고 속이 울렁거렸다고 말했다. 이후에 그들은 무등 독서회라는 비밀결사조직을 만들어서 활동했고 김구 선생님께서 독립운동을 하고 있다는 소식을 듣고 용기를 모아 독립운동을 하려고 했었다. 그런데 아쉽게도 이들은 들키고 말았다. 학교에서 시험 보는 도중에 일본경찰들에 의해 체포당했다고 한다. 그들은 고문을 받고 큰 고통을 받았다.

나는 노동훈 애국지사에 대한 이야기를 듣고 많은 감동을 받았다. 왜냐하면 그는 독립운동을 계획하던 당시에 17세 소년이었고 이것은 나보다 다섯 살 차이밖에 나지 않는 고등학생이었기 때문이다. 고등학생이 그렇게 나라를 지켜야 된다는 마음을 갖고 용감하게 싸웠다는 것이 나는 상상도 못할 일이기 때문이다. 나라를 위해서 꼭 그렇게까지 하지 않아도 되는데 고문을 받으면서까지 싸웠다는 것이 대단하다고 느껴졌다. 내가 그였다면 죽을까봐 무서워서 그냥 조용히 있었을 텐데 그는 용감하게 일본에 맞서 싸웠다. 나는 이번을 기회로 노동훈님 같은 많은 애국지사들의 나라를 사랑하는 마음을 존경하고 잊지 않아야겠다고 다짐했다. 그리고 소중한 것을 지킨다는 것이 때로는 어렵지만, 노력하는 마음이 더 중요한 것이 아닐까하는 생각도 들었다.

입상작

권기옥 / kwonki-ok

8학년 **박리아 Leah Park**

August 15th is a liberation day for Koreans to celebrate the independence of their country. In the past, Koreans did not have the right to speak their own language, have their own religion and mostly everything was controlled by the japanese. People who fought for liberty and went against them were imprisoned, tortured and suffered through a lot. However, Koreans didn't give up. They kept trying and trying until they succeeded. Those people showed perseverance and bravery. They were the people who helped korea become an independent country as it is today.

A person who showed the trait of perseverance and bravery was Kwon Ki-Ok. Kwon Ki-Ok was a courageous and fearless woman who was passionate about Korea's independence. She was a very important person who was involved during this time. In 1918, Kwon ki-ok had a goal to fly across japan to fight against them. So she travelled all the way to China by boat and studied there and became the first female pilot in Korea. Her actions had inspired many women, because during that period, women didn't have authorization to help with korea's independence compared to men, like fighting against the japanese.

If I were in Kwon Ki-Ok position I wouldn't have had the ability and courage to do the actions she's done for people. I would be afraid to face the japanese because of the fact that they had Koreans in control. Kwon Ki-Ok on the other hand was the opposite. She had leadership and sacrificed her own life for a change. On March 1st she participated in the Independence movement and handed out korean flags she had made herself while she was in school, to the other protesters fighting for liberty. Unfortunately she got caught and was imprisoned for 3 weeks. Despite all the hardships she had, she didn't want to stop there. She continued to raise funds for the Korean Patriotic Women's Association, a group which supported Korea's liberation. While doing this, she was caught once again and this time was sentenced to six months of imprisonment. Kwon Ki-Ok never gave up until the end and overcame all the difficulties she had throughout those times.

When you ask someone about the korean female independence activist, most people refer to Yu Gwan Soon. However, in my opinion, I thought that other female independence activists had to be heard too, like Kwon Ki-Ok. The reason why I chose Kwon Ki-Ok is because not only did she also participate in the independence movement, but also was also the first woman that helped establish Korean air force school even after Korea's liberation. Kwon Ki-Ok's actions had inspired me the most and encouraged me to never give up even when times are difficult.

Although Kwon Ki-Ok wasn't able to fight the Japanese in the air as she intended, she will continue to be recognized for her bravery and for the mark she has left on not only the Koreans but everyone in the entire world.

◀ 대한독립만세!

유치원 정유리

1학년 왕명이

▲ 유관순열사, 사랑합니다

▲ 대한민국만세!

1학년 송호준

대한독립만세!

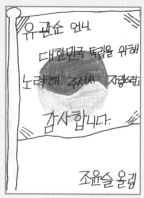

유관순 언니 감사합니다

2학년 조윤슬

(애국지사님들)감사해요! ▶

3학년 이다은

대한민국만세!

5학년 송명준

▶ (애국지사님들)희생에 감사드린다

3학년 신서영

3학년 송민준

대한민국만세!

▶ 조만식 선생의 물산장려운동

5학년 하태은

애국지사기념사업회(캐나다) 약사 및 사업실적

▲ 2010년
- 3월 15일 한국일보 내 도산 홀에서 50여명의 발기위원들이 참석한 가운데 창립. 초
  대회장에 김대억 목사를 선출하고 고문으로 이상철 목사, 유재신 목사, 이재락 박
  사, 윤택순 박사, 구상회 박사 등 다섯 분을 위촉했다.
- 8월 15일 토론토한인회관에서 거행된 제 65회 광복절 기념식에서 김구 선생(신재
  진 화백), 안창호 선생(김 제시카 화백), 안중근 의사(김길수 화백), 등 세분 애국지사
  의 초상화를 동포사회에 헌정하다.
- 애국지사기념사업의 필요성과 중요성을 동포들에게 인식시킴과 동시에 애국지사들
  에 관한 책자, 문헌, 사진과 기타자료를 수집하다.

▲ 2011년
- 2월 25일 기념사업회가 계획한 사업들을 추진할 자금을 확보하기 위한 모금만찬을
  개최하고 $8,000,00을 모금하다.
- 8월 15일 토론토 한인회관에서 거행된 제 66회 광복절 기념식에서 윤봉길 의사(이
  재숙 화백), 이봉창 의사(곽석근 화백), 유관순 열사(김기방 화백) 등 세분 애국지사
  의 초상화를 동포사회에 헌정하다
- 11월 캐나다에 거주하는 모든 동포들을 대상으로 애국지사들에 관한 문예작품을
  공모하여 5편을 입상작으로 선정 시상하다. / 시부문 : 조국이여 기억하라(장봉진),

자화상(황금태), 기둥 하나 세우다(정새회), 산문 : 선택과 변화(한기옥), 백범과 모세 그리고 한류문화(이준호), 목숨이 하나밖에 없는 것이 유일한 슬픔(백경자)

▲ 2012년
- 3월에 완성된 여섯 분의 애국지사 초상화와 그간 수집한 애국지사들에 관한 책자, 문헌, 사진, 참고자료 등을 모아 보관하고 전시할 애국지사기념실을 마련하기로 결의하고 준비에 들어가다.
- 애국지사들에 관한 지식이 없는 학생들이나 그 분들이 조국을 위해 목숨까지 바친 애국정신에 별다른 관심이 없는 동포들에게 애국지사들이 국가와 민족을 위해 무엇을 희생했는가를 알리기 위해 제반 노력을 경주한다.
- 12월 18일에 기념사업회 이사회를 조직하다.
- 12월에 캐나다에 거주하는 모든 동포들을 대상으로 애국지사들에 관한 문예작품을 공모 1편의 우수작과 6편의 입상작을 선정 시상하다.
  우수작 : (산문)각족사와 국사는 다르지 않다.(홍순정) / 시 : 애국지사의 마음(이신실)/ 산문 : 역사를 잊은 민족에게 미래는 없다.(정낙인), 애국지사들은 자신의 목숨까지 모든 것을 다 바쳤다(황규호), 애국지사(김미셀), 애국지사(우정회), 애국지사(이상혁)

▲ 2013년
- 1월 25일 이사회를 개최하여 해당년도 사업계획과 예산안을 확정하다.
- 2013년, 해당년도 사업을 추진하는데 필요한 자금을 확보하기 위한 모금만찬을 개최하고 $6,000,00을 모금하다.
- 8월 15일 토론토 한인회관에서 거행된 제68회 광복절 기념식에서 이준 열사, 김좌진 장군, 이범석 장군 등 세 분 애국지사의 초상화를 동포사회에 헌정하다.
- 10월 애국지사들을 소재로 문예작품을 공모 우수작 1편과 입상작 6편을 선정 시상하다.
- 11월 23일 토론토 영락문화학교에서 애국지사기념사업의 중요성과 필요성에 관해 강연하다.
- 12월 7일 한인회관에서 거행된 '차세대 문화유산의 날' 행사에서 토론토지역 전 한

글학교학생들을 대상으로 "우리민족을 빛낸 사람들"이란 제목으로 강연하다.

▲ 2014년

– 1월 10일 이사회를 개최하고 해당년도 사업계획과 예산안을 확정하다.

– 3월 14일 기념사업회 운영을 위한 모금을 확보하기 위한 모금만찬회를 개최하고 $5,500,00을 모금하다.

– 8월 15일 토론토 한인회관에서 거행된 제 69회 광복절행사에서 손병희 선생, 이청천 장군, 강우규 의사 등 세분 애국지사의 초상화를 동포사회에 헌정하다.

– 10월 애국지사 열여덟 분의 생애와 업적을 수록한 책자 '애국지사들의 이야기·1'을 발간하다.

▲ 2015년

– 2월 7일 한국일보 도산홀에서 '애국지사들의 이야기·1' 출판기념회를 하다.

– 8월 4일 G. Lord Gross Park에서 임시 이사회 겸 친목회를 실시하다.

– 8월 6일 제 5회 문예작품 공모 응모작품을 심사하고 장원 1, 우수작 1, 가작 3편을 선정하다.

　장원 : 애국지사인 나의 할아버지의 삶(김석광)

　우수작 : 백범 김구와 나의소원(윤종호)

　가작 : 우리들의 영웅들(김종섭), 나대는 친일후손들에게(이은세),

　태극기단상(박성원)

– 8월 15일 한인회관에서 거행된 제 70주년 광복절기념식장에서 김창숙 선생(곽석근 화백), 조만식 선생, 스코필드 박사(신재진 화백) 등 세분 애국지사의 초상화를 동포사회에 헌정하다. 이어서 문예작품공모 입상자 5명을 시상하다.

▲ 2016년

– 1월 28일 이사회를 개최하고 해당년도의 사업계획과 예산안을 확정하다.

– 8월 3일 사업회 야외이사회를 개최하고 이사 상호간의 친목을 다지다.

– 8월 15일 거행된 제 71주년 광복절 기념식에서 이시영 선생, 한용운 선생등 두 분 애국지사의 초상화를 동포사회에 헌정하다. 또한 사업회가 제작한 동영상 '우리의

위대한유산대한민국'을 절찬리에 상영하다. 이어 문예작품공모 입상자5명에게 시상하다.

　최우수작 : 이은세 / 우수작 : 강진화 / 입상 : 신순호, 박성수, 이인표
- 8월 15일 사업회 운영에 대한 임원회를 개최하다.

▲ 2017년
- 1월 12일 정기 이사회를 개최하고 사업계획 및 예산안을 확정하다.
- 8월 12일 사업회 야외이사회를 개최하고 이사 상호간의 친목을 다지다.
- 9월 11일 한국일보사에서 제7회 문예작품 공모 입상자 시상식을 실시하다.

　장원 : 내 마음 속의 어른 님 벗님(장인영)

　우수작 : 외할머니의 6.10만세 운동(유로사)

　입상 : 김구선생과 아버지(이은주), 도산 안창호 선생의 삶과 이민사회(양중규 / 독

　후감: 애국지사들의 이야기 1(노기만)
- 3월 7일, 5월 3일 5월 31일, 7월 12일, 8월 6일, 9월 21일, 11월 8일 12월 3일2
  일. 임원회를 개최하다.
- 2017년 8월 5일: 애국지사들을 소재로 한 문예작품 공모작품을 심사하다.

　일반부 | 최우수작: 김윤배 "생활속의 나라사랑"

　우수작 : 김혜준 "이제는 대한민국 만세를 부르자"

　입상 : 임강식 "게일과 코리안 아메리칸", 임혜숙 "대한의 영웅들",

　이몽옥 "외할아버지와 엄마 그리고 나의 유랑기",

　김정선 "73번 째 돌아오는 광복절을 맞으며", 임혜숙 "대한의 영웅들"

　학생부 | 최우수작: 하태은 하태연 남매 "안창호 선생"

　우수작 : 김한준 "삼일 만세 운동"

　입상 : 박선희 "대한독립 만세", 송민준 "유관순"

　특별상 : 필 한글학교
- 12월 27일 정기 이사회를 개최하다.

▲ 2018년
- 5월 30일 〈애국지사들의 이야기·2〉 발간하다.

- 8월 15일 73주년 광복절 기념행사를 토론토한인회관에서 개최하다. 동 행사에서 문예작품공모 입상자 시상식을 개최하다.
- 11일 G. Ross Gross Park에서 사업회 이사회 겸 야유회를 개최하다.
- 9월 29일 Port Erie에서 한국전 참전용사 위로행사를 갖다.

▲ 2019년
- 3월 1~2일 한인회관과 North York시청에서 토론토한인회와 공동으로 3·1절 및 대한민국임시정부 수립 100주년 기념식을 개최하다.
- 1월 24일 정기이사회를 개최하다.
- 3월 1일 한인회관에서 토론토한인회등과 공동으로 3.1절 100주년 기념행사를 개최하다.
- 6월 5일 〈애국지사들의 이야기·3〉호 필진 최종모임을 갖다.
- 6월 20일 〈애국지사들의 이야기·3〉호 발행하다.
- 8월 8일: 한인회관에서 〈애국지사들의 이야기·3〉호 출판기념회를 갖다.
- 8월 15일: 한인회관에서 73회 광복절 기념행사를 개최하다. 동 행사에서 동영상 "광복의 의미" 상연, 애국지사 초상화 설명회, 문예작품 입상자 시상식을 개최하다.
- 10월 25일 회보 1호를 발행하다. 이후 본 회보는 한인뉴스 부동산 캐나다에 전면 칼라로 매월 넷째 금요일에 발행해오고 있다.

▲ 2020년
- 1월 15일: 정기 이사회
- 4월 20일: 〈애국지사들의 이야기·4〉호 필진 모임
- 6월 15일: 〈애국지사들의 이야기·4〉 발간
- 8월 13일: 〈애국지사들의 이야기·4〉호 출판기념회 & 보훈문예작품공모전 일반부 수상자 시상
- 8월 15일: 74회 광복절 기념행사(한인회관)
- 9월 26일: 보훈문예작품공모전 학생부 수상자 시상
- 1월 ~ 12월까지 회보 발행 (매달 마지막 금요일자 한인뉴스에 게재)

▲ 2021년
- 2월 1일: 〈애국지사들의 이야기·5〉호 필진 확정
- 5월 일: 〈애국지사들의 이야기·5〉호 발행

애국지사기념사업회(캐나다)
동참 및 후원 안내

후원하시는 방법/HOW TO SUPPORTUS

Payable to Canadian Association For Honouring Korean
Patriots로 수표를 쓰셔서
Canadian Association For Honouring Korean Patriots
1004-80 Antibes Drive Toronto. Ontario. M2R 3N5로 보내시
면 됩니다.

사업회 동참하기 / HOW TO JOINS

애국지사기념사업회(캐나다)에 관심 있으신 분은 남녀노소 연령에
관계없이 누구나 회원으로 가입하실 수 있습니다.
회비는 1인 년 $20입니다.(가족이 모두 가입하실 수도 있습니다.)
회원가입을 원하시는 분은 (416) 661-6229나
E-mail : dekim19@hotmail.com으로 연락주시기 바랍니다.

『애국지사들의 이야기·1.2.3.4.5호』
독후감 공모

『애국지사들의 이야기·1,2,3,4,5호』에는 우리나라의 독립을 위해 신명을 바치신 애국지사들의 이야기가 수록되어 있습니다. 이분들의 이야기를 읽고 난 독후감을 공모합니다.

● 대상 애국지사 ....
　　본회에서 발행한 애국지사들의 이야기·1,2,3,4,5호에 수록된 애국지사들 중에서 선택

● 주제 ....
　1. 조국의 국권회복을 위해 희생, 또는 공헌하신 애국지사들의 숭고한 나라사랑을 기리고자 하는 내용.
　2. 2세들에게 모국사랑정신을 일깨우고, 생활 속에 애국지사들의 공훈에 보답하는 문화가 뿌리내려 모국발전의 원동력으로 견인하는 내용.

● 공모대상 ....
　　캐나다에 살고 있는 전 동포(초등부, 학생부, 일반부)

● 응모편수 및 분량 ....
　　편수에는 제한이 없으나 분량은 A$용지 2~3장 내외(약간 초과할 수 있음)

● 작품제출처 및 접수기간
　　접수기간 : **2021년 8월 15일부터 2022년 7월 30일**
　　제출처 : anadian Association For Honouring Korean Patriots
　　　　　　1004-80 Antibes Drive Toronto. Ontario. M2R 3N5
　　E-mail : **dekim19@hotmail.com**

● 시상내역 ....
　　최우수상 / 우수상 / 장려상 = 상금 및 상장

● 당선자 발표 및 시상 : 언론방송을 통해 발표

본회발행 '애국지사들의 이야기 1,2,3,4호'에 게재된 애국지사와 필진

▶ 애국지사들의 이야기 1호

	수록 애국지사	필자
1	민족의 스승 백범 김 구 선생	
2	광복의 등댓불 도마 안중근 의사	
3	국민교육의 선구자 도산 안창호 선생	김대억
4	민족의 영웅 매헌 윤봉길 의사	
5	독립운동의 불씨를 돋운 이봉창 의사	
6	의열투사 강우규 의사	
7	독립운동가이며 저항시인 이상화	
8	교육에 평생을 바친 민족의 지도자 남강 이승훈	백경자
9	고종황제의 마지막 밀사 이 준 열사	
10	민족의 전위자 승려 만해 한용운	
11	대한의 잔 다르크 유관순 열사	
12	장군이 된 천하의 개구쟁이 이범석	최기선
13	고려인의 왕이라 불린 김좌진 장군	
14	사그라진 민족혼에 불을 지핀 나석주 의사	
15	3.1독립선언의 대들보 손병희 선생	
16	파란만장한 대쪽인생을 살다간 신채호 선생	최봉호
17	한국광복군 총사령관의 대명사 이청천 장군	
18	머슴출신 의병대장 홍범도 장군	

김 구 안중근 안창호

윤봉길 이봉창 강우규

이상화 이승훈 이 준

한용운 유관순 이범석

김좌진 나석주 신채호

손병희 이청천 홍범도

김대억 백경자 최기선 최봉호

▶ 애국지사들의 이야기 2호

	수록 애국지사	필자
1	우리민족의 영원한 친구 스코필드 박사	김대억
2	죽기까지 민족을 사랑한 조만식 선생	
3	조소앙 선생에게 '남에선 건국훈장, 북에선 조국통일상' 추서	신옥연
4	한국독립의 은인 프레딕 맥켄지	이은세
5	대한독립과 결혼한 만석꾼의 딸 김마리아 열사	장인영
6	이승만 전 대통령이 성재어른이라 불렀던 이시영 선생	최봉호
7	극명하게 엇갈리는 이승만 전 대통령의 공과(功過)	

특집〈탐방〉: 6.25 가평전투 참전용사 윌리엄 클라이슬러

김대억　　신옥연　　이은세　　장인영　　최봉호

프레딕 맥켄지　　김마리아　　이시영　　이승만　　윌리엄 클라이슬러　　스코필드　　조만식　　조소앙

▶ 애국지사들의 이야기 3호

	수록 애국지사	필자
1	Kim Koo: The Great Patriot of Korea	Dae Eock(David) Kim
2	조국의 독립과 통일을 위해 바친 삶 우사 김규식 박사	김대억
3	근대 개화기의 선구자 서재필 박사	김승관
4	임정의 수호자 석오 이동녕 선생	김정만
5	한국 최초의 여성의병장 윤희순 열사	백경자
6	댕기머리 소녀 이광춘 선생	
7	독립군의 어머니라고 불린 남자현 지사	손정숙
8	아나키스트의 애국과 사랑의 운명적인 인연 박열과 후미코	권천학
9	인동초의 삶 박자혜	
10	오세창 선생: 총칼대신 펜으로 펼친 독립운동	
11	일본을 공포에 떨게 한 김상옥 의사	윤여웅

특집 : 캐나디안 독립유공자 5인의 한국사랑 – 프랭크 윌리엄 스코필드, 프레드릭 맥켄지, 로버트 그리어슨, 스탠리 마틴, 아치발드 바커 / 최봉호

김대억　　신옥연　　이은세　　장인영　　최봉호

김구　　김규식　　서재필　　이동녕　　윤희순　　이광춘　　남자현　　박열　　후미코

박자혜　　오세창　　김상옥　　프랭크 윌리엄 스코필드　　프레드릭 맥켄지　　로버트 그리어슨　　스탠리 마틴　　아치발드 바커

▶ 애국지사들의 이야기 4호

	수록 애국지사	필자
1	항일 문학가 심훈	김대억
2	민족시인 윤동주	
3	민족의 반석 주기철 목사	
4	비전의 사람, 한국의 친구 헐버트	김정만
5	송죽결사대로 시작한 독립운동가 황애덕 여사	백경자
6	민영환, 그는 애국지사인가 탐관오리인가	최봉호
7	중국조선족은 항일독립운동의 든든한 지원군	김제화
8	역사에서 가리워졌던 독립운동가, 박용만	박정순
9	최고령 의병장 최익현(崔益鉉) 선생	홍성자

특집·1 : 민족시인 이윤옥 | 시로 읽는 여성 독립운동가 −서간도에 들꽃 피다
　　　　　김일옥 작가 | 어린이를 위한 특별한 이야기 – 우리나라 최초의 여성의사, 박에스터

특집·2 : 후손들에게 들려 줄 이야기
강한자 : 애국지사들의 이야기 4호 발간을 축하드립니다.
김미자 : 어제와 오늘 그리고 내일을 생각하며
이재철 : 캐나다에서 한국인으로 사는 것
조경옥 : 애국지사기념사업회(캐나다)와 나의 인연
최진학 : 사랑하는 후손들에게 들려줄 이야기

김대억　　김정만　　백경자　　최봉호　　김제화　　박정순　　홍성자

이윤옥　　김일옥　　강한자　　김미자　　이재철　　조경옥　　최진학

심훈　　윤동주　　주기철　　호머 헐버트　　황애덕　　민영환　　박용만　　최익현

조국과 민족을 위해 모든 것을 바친

애국지사들의 이야기·5

초 판 인 쇄　2021년 04월 26일
초 판 발 행　2021년 04월 30일

지 은 이　애국지사기념사업회(캐나다)
펴 낸 이　이혜숙
펴 낸 곳　신세림출판사
등 록 일　1991년 12월 24일 제2-1298호

04559 서울특별시 중구 창경궁로 6, 702호(충무로5가, 부성빌딩)
전　　화　02-2264-1972
팩　　스　02-2264-1973
E - m a i l　shinselim72@hanmail.net

정가 18,000원

ISBN 978-89-5800-229-1, 03810